中國新聞史研究輯刊

七 編

主編　方漢奇

副主編　王潤澤、程曼麗

第 5 冊

基於美國原始檔案的
來華密蘇里新聞人研究（1900～1953）

劉 珍 著

花木蘭文化事業有限公司

國家圖書館出版品預行編目資料

基於美國原始檔案的來華密蘇里新聞人研究（1900～1953）
／劉珍 著 -- 初版 -- 新北市：花木蘭文化事業有限公司，
2023〔民112〕
目 4+186 面；19×26 公分
（中國新聞史研究輯刊 七編；第 5 冊）
ISBN 978-626-344-346-4（精裝）
1.CST：新聞從業人員 2.CST：東西方關係 3.CST：美國
890.9208   112010178

ISBN-978-626-344-346-4

中國新聞史研究輯刊
七 編 第 五 冊   ISBN：978-626-344-346-4

基於美國原始檔案的
來華密蘇里新聞人研究（1900～1953）

作　　者　劉 珍
主　　編　方漢奇
副 主 編　王潤澤、程曼麗
總 編 輯　杜潔祥
副總編輯　楊嘉樂
編輯主任　許郁翎
編　　輯　張雅淋、潘玟靜　美術編輯　陳逸婷
出　　版　花木蘭文化事業有限公司
發 行 人　高小娟
聯絡地址　235 新北市中和區中安街七二號十三樓
　　　　　電話：02-2923-1455／傳真：02-2923-1452
網　　址　http://www.huamulan.tw 信箱 service@huamulans.com
印　　刷　普羅文化出版廣告事業
初　　版　2023 年 9 月
定　　價　七編 6 冊（精裝）新台幣 15,000 元

基於美國原始檔案的
來華密蘇里新聞人研究（1900～1953）

劉珍　著

作者簡介

劉珍，女，北京印刷學院出版學院講師，畢業於中國人民大學新聞學院，師從方漢奇先生，主要研究方向為中外新聞傳播史，政治傳播和情緒傳播研究。讀博期間受國家公派到美國密蘇里大學聯合培養。

曾參與編撰新版《中國新聞事業編年史》，並作為主要成員參與多個國家級、省部級項目。發表《情緒傳播的社會影響研究》，《新文科背景下新聞傳播教育的挑戰與發展思路》，《宋明理學的衰落與清代傳播觀念丕變》，《情緒傳播：概念、原理及在新聞傳播學研究中的地位思考》，《宋明理學的傳播觀念研究》，《5G 通訊對輿情流動作用方式的新特徵分析》，《智媒時代拓展的社會政治空間》，《晚清在華外報：作為新知和意識形態的橋樑》等中英文高水平學術論文二十餘篇，其中多篇獲《新華文摘》、人大複印報刊資料《新聞與傳播學》轉載。

提　　要

1908 年密蘇里新聞學院的成立是美國社會職業化、專業化浪潮在新聞領域的集中反映，更是由於當地的經濟和文化以及具體人物的不懈努力等諸多因素共同促成。我國既往研究大多側重於「密蘇里模式」，然而民國時期美國新聞界對我們的影響並非僅僅通過新聞教育和業界的中國留學生來實現。奠定密大新聞學院重要影響力的還有在本書中簡稱做「來華密蘇里新聞人」的這批美籍記者。在這一群體的不懈努力之下，他們逐漸站穩腳跟，創辦了英式報刊之外特點鮮明的美式報刊。

本書以檔案材料為基礎，填補了相關研究中諸多的史實空白，完善了已有的認知，具有重要的史料價值。同時，本研究主要通過時間順序和其所在來華密蘇里新聞人中所處地位、歷史貢獻著重選取了一系列人物作為重點案例，立體展示密蘇里新聞人在華新聞活動的全景。此外，作為中美交流的一部分，來華密蘇里新聞人的新聞實踐活動為我們思考和制定跨文化交流以及對外宣傳策略的重要歷史參考。

來華密蘇里新聞人的活動跨度五十多年，內部既有發展連續性、也有代際層次，而外部歷史環境也處於近現代歷史中最為風雲變幻的時期。密蘇里新聞人來華是美國記者、美國新聞業在華植入和拓展的中堅力量，同時也是美國對華經貿往來加強、外交政策變遷的親歷者。這些新聞人既是報導這些重大歷史事件的記錄人，也被捲入時代的洪流成為鑄就歷史的一份子。作為人物史研究，本書著意在人物書寫中對於以上宏大的歷史畫面予以細緻勾連、分析和審慎評價。

本研究為北京印刷學院博士啟動金項目「全球化視野下的民國時期美國在華新聞出版史研究」成果，項目代碼：27170121001/042

目次

引　言

　　19 世紀世界範圍內舊的秩序開始土崩瓦解，而新的連結和交往在科技革命的推動下從政治、經濟和文化等多個層面建立起來，在對未知世界的嚮往和對財富攫取的強烈渴望驅動下，封閉且各自獨立的狀態被打破，人類進入了相互聯繫的全球時代。而在 19 世紀末至 20 世紀中葉短短的六七十年間，資本主義的發展進入新的階段也面臨重大危機；面對交流與融合的衝擊，民族意識崛起發生了從局部戰爭到波及世界的兩次世界大戰，國際政治格局發生重大變化，在西方世界眼中中國的形象也幾經變遷。

　　作為當時歷史的記錄者，新聞業內部也發生了重要的演進。現代新聞業作為一種重要的社會傳播樣態在 19 世紀後期駸駸而來，強勢的參與到了世界政治、經濟的發展進程中。而這種強大的動能背後是新的媒介技術、新聞職業化、專業化所賦予的勢能。新的媒介技術對於人類通信和新聞傳播的影響是徹底而深遠的，從具體層面上正是由於新式印刷出版技術、電報、電話的技術乃至現代交通運輸的變革才使得長距離、大範圍的信息傳播成為可能。而歐洲大陸 19 世紀晚期以來的兵連禍結也使得駐外記者制度得以應運而生。新聞業不斷參與到整個世界現代化進程中的同時，構築起了新聞事實選擇、書寫、編輯、營銷的一整套專業流程，並在此過程中訴諸自身權力的建構。

　　而作為這一時期新聞業巨變的親歷者和書寫者，密蘇里新聞人正是從美國如火如荼的職業化、專業化運動中走來。他們以自身長期在出版印刷界的實踐為基礎，成為世界新聞教育的先鋒，為構建新聞專業化提供了更為有利的保障——那便是新聞的學科化。他們以先進的理念開創了「於做中學」的密蘇里模式，為新聞記者和編輯提供職業技能和職業倫理規範的教育。在這一過程

中，其對於新聞記者的職業觀念和職業認同也在逐步形成。但是密蘇里新聞人之所以在世界新聞史上留下濃墨重彩的一筆絕不僅僅因為 1908 年新聞學院的成立。其重要性更在於通過威廉院長以及眾多密蘇里背景的記者將美式報刊理念通過親身實踐，傳播四海。本研究著意於從全球史觀的視野來書寫來華密蘇里新聞人在 20 世紀初至 20 世紀 50 年代的這段歷史。誠然就密蘇里新聞學院的歷史本身在中美學界都是一個並不陌生的論題，然而在探訪其作為職業共同體的可能性以及這一群體在中國的歷史活動形態演進的路徑時，卻發現依照現有的成果只走得通一半的路程。原因在於要想做理論的總結，基本的史實必先要充分且清晰。但是其歷史的真實面相我們都還沒有描畫清楚，特別是有關於人物心理活動和態度判斷。除了武道、薩拉·洛克伍德等基本空白之外，更多地像威廉、密勒、卡爾·克勞、鮑威爾等等一些重要的人物，我們也還缺乏非常多的能夠反應其職業經歷、能力、心態等方面的細節。

因此，本研究主要嘗試在兩個層面展開。首先也是最為重要的是，筆者依託在美國多地收集的原始檔案材料，選取了來華密蘇里新聞人在不同時期的幾位代表人物，嘗試將其新聞實踐和新聞思想回歸到當時的歷史語境中，陳述清晰的歷史進程。首先是結合美國新聞界在 19 世紀末以來的業態和密蘇里州自身所具備的自然人文條件，分析世界第一所新聞學院在密蘇里誕生的背景。同時結合豐富的歷史細節來還原了密大新聞學院首任院長在新聞實踐、新聞教學以及新聞思想方面所達及的深度。通過研究本研究發現，在初創時期密蘇里大學新聞學院的課程設置已經非常先進，對於新認識的課程設置也非常重視，這體現了當時新聞人對自身學科的合法性和合理性的追求。此外，因為本研究採取的是個案與整體結合的研究角度，因此在開篇部分也對於密蘇里新聞學院以及密蘇里新聞人的總體群像進行了一系列的描述。

在本研究的第二章當中通過對密勒和克勞的新聞經歷敘述，描述了美式報刊在面臨英國報刊競爭中艱難植入中國土壤的過程。同時本研究通過梳理發現作為開拓者，兩者的區別在於密勒是以自身職業理想支撐，迫切想把自己對中國的認識介紹給西方世界。而卡爾克勞則更深入的立足於中國本土語境側重對華宣傳。作為早期美式新聞的嘗試，《大陸報》的失敗與當時上海讀者群體成份有關。密勒和卡爾·克勞很快成為了密蘇里新聞學院在華的主要聯絡人，隨著這個群體後來逐漸的壯大，其競爭對手，英國報人將他們蔑稱為「玉米佬兒」和「牛仔記者」。密勒的歷史貢獻更多的在於其大量著述直接影響到

了當時關注中國事務的人們對中國問題的看法，同時他給了卡爾克勞、鮑威爾等人在中國開展事業的機會。

　　第三章開始，主要介紹密蘇里新聞學院畢業的「科班生」，也即文中所稱「新聞正規軍」的個人經歷和新聞活動。在新聞實踐中他們堅持客觀公正的操作規範、追求新聞倫理。他們中的很多人都有著多年的新聞教學經歷，對中美新聞教育界都做出了重要貢獻。本章選取的個案是鮑威爾、武道和薩拉·洛克伍德，兼對帕特森、聶士芬等人的經歷做了介紹。在這些出色的新聞教育者和優秀的記者們共同的努力下，從業界到學界，密蘇里對中國新聞界的影響全面展開。

　　第四章則主要以斯諾和他的夫人海倫為個案，他們這些從黃金時代成長起來的美國青年在紅色中國中找到了個人理想想和職業頂峰。而在歷時的比較中，他們在中國社會的捲入程度較之之前的密蘇里新聞人大大加深。這當中既有他們自身性格的原因，更有歷史各種機遇共同作用的推力。而他們的影響和歷史作用也是值得不斷思考和衡量的。

　　在第五章中主要以最後一家私營的美國報刊《密勒氏評論報》主筆小鮑威爾為核心展開。在眾多的密蘇里新聞人中，小鮑威爾本身是有諸多特殊性的。他是密蘇里新聞人這個群體中唯一具有出生在中國，有著中美兩段成長經歷的記者；並且他還是與中國當時的知識分子群體走得最近的密蘇里人；是對中國的情結最糾結密蘇里新聞人。在新中國成立後他的發聲不僅在於揭露美軍細菌戰這樣的大事件，還在於從新聞實踐和言論上都做出一系列的調整，竭力的想要使他的刊物融進中國，包括對當時環境下外報身份定位和辦報宗旨的思考都是非常值得研究的問題。

　　研究的最後一部分，則是基於前面的論述分析梳理新聞人作為職業群體的可能性與特徵；以及從跨文化角度密蘇里新聞人在歷史中的貢獻。

第一章　緒　論

　　密蘇里新聞學院長久以來對於中國新聞界，特別是中國新聞教育界不僅僅是歷史悠久聞名遐邇的新聞教育高峰，更是一種情結——蘊含著對其專業水準的認可，以及對於中美新聞界在 20 世紀篳路藍縷開啟新聞教育交流的一份敬意與想念。作為創立於 1908 年的世界上第一所新聞學院，該學院培養了大量對中美新聞事業做出了傑出貢獻的新聞人才。即使在 21 世紀新聞傳媒業發生巨變的今天，密蘇里新聞學院仍然以其對新聞行業的敏銳嗅覺和注重實踐的精神及時作出反應，開設了很多在世界範圍內都稱為領先的新課程，堅守「密蘇里方法」，站在了新聞教育與實踐前沿。2005 年 10 月 20 日，中國人民大學新聞學院正式與密蘇里新聞學院結成姊妹關係學院。

　　2017 年筆者有機會前往這所心中既熟悉又陌生的學校進行訪學。行前，導師方漢奇先生幾次對我教導囑咐：「密蘇里新聞學院的院長曾經多次來到中國，籌集款項資助燕京大學辦新聞系。這在整個中美新聞教育發展過程當中是非常少見的，是很重要的！中國這邊董顯光、馬星野、汪英賓、趙敏恒、沈劍虹、吳嘉棠、謝然之、王洪鈞等人都先後留學密蘇里新聞學院，回國後都在新聞等領域有過不小的貢獻。」「你要做到拾遺補缺，充分利用在那邊一年的時間。一定要充分利用這次去美國的機會，發掘一手材料，特別是補充一些在國內不方便查到或者沒有的資料。美國的檔案館圖書館提供的服務也是很周全的……」我一直謹記著先生的話，決心充分利用這次機會收集和發現新史料。到達密蘇里新聞學院之後，我就開始了資料的搜集發掘工作。

　　儘管在行前我已經做了比較充分的準備，但是我還是經歷了相當程度的文化休克，作為一個外國人，身處於「古老的中西部」，從語言到交往習慣和

文化等諸多問題需要重新學習和適應。隨著逐漸的調試和聯合培養課程學習的深入，我在質化研究方法和跨文化傳播課上逐漸注意到了身份研究這一話題，並對此產生了興趣。並進而從自己的生活和學習經歷聯想到了我的研究對象上——密蘇里新聞人。這一曾經在中國新聞業界、學界留下濃墨重彩的群體，他們在美國時期的人生經歷是怎樣的？又有哪些動機促使他們跨越萬水千山來到中國從事新聞工作和新聞教學研究工作？在觸及一個完全不同的文化環境時產生了什麼樣的反應並進而對於他們的新聞實踐活動產生了怎樣的影響？圍繞著這些問題，我開始了資料的搜集和整理，並最終確定了「來華密蘇里新聞人研究」這個選題。

這個選題的意義主要體現於以下四個方面：

首先，密蘇里新聞人這一群體對整個中國新聞史學乃至中國近現代歷史都具有很高的研究價值。戈公振在《中國報學史》中對外國記者在華新聞活動的記錄中就曾指出了外國新聞業對在華的建立過程大致是葡文報刊最早而英文報刊勢力更有優勢。（戈公振，2013：72）而在華的英文報業之中，美國記者後來居上，同英國、澳大利亞等國記者共同向世界報導中國的情況，密蘇里新聞人在美國記者之中又可謂獨領風騷。密蘇里新聞人在華的活動經歷了世界政治經濟全球化加速、英國對華新聞市場統治地位被打破、兩次世界大戰、美國對華政策轉變、新舊民主主義革命等諸多極為重要的歷史時期。他們既是報導者，見證者，更是這些歷史發生時的參與者，其影響甚至超越了新聞事業的範圍。

密蘇里新聞學院首任院長威廉五次來訪中國，架起了中美新聞教育交流的橋樑。密蘇里新聞學院自己的雜誌中稱在威廉院長促成中美新聞教育的交流之後，中國完全繼承了威廉的辦學模式（Williams，1928）。1928 年之前就已經有四十多位從密蘇里大學新聞學院畢業的學生前往遠東工作，他們之中超過半數有在中國工作的經歷（Rozanki，1974：375）。具有代表性的有：八國聯軍侵華時期來華的《紐約先驅報》記者托馬斯・密勒（Thomas F. Millard），以及辛亥革命爆發之後來到中國的卡爾・克勞（Carl Crow）。這兩人受孫中山的委託，參與籌建了《大陸報》，成為招攬外國人來華的宣傳陣地。克勞還一度主編了《大美晚報》。1917 年密勒創辦了《密勒氏評論報》，該報的作者和經營人員囊括了多數來華的密蘇里新聞人，成為眾多美國記者來華的跳板。由密蘇里新聞人一手籌建的《密勒氏評論報》是最後離開中國大陸的由外國人經

辦的英文報刊。該報的停刊標著美國私營報刊在中國大陸地區歷史的終結（鄭保國，2018：2）。

　　在記者這一重職業身份的背後，筆者在豐富的檔案材料和國外傳記回憶錄中還看到了充分還原的這一群新聞人歷史形象的可能。比如他們的其他社會身份，托馬斯·密勒、卡爾·克勞、武道等人先後都曾經擔任過北洋政府顧問和國民黨宣傳顧問。然而我們對於歷史人物的理解必須有賴於豐富的材料去充實，並進而展開對其全面的認知和評判。比如武道長期與國民黨方面人士來往密切，在此前的認識中，人們普遍認為武道屬於完全的「親蔣記者」。但是在 1944 年的西北記者觀察團一行之後，武道卻幾乎完全引用共產黨方面提供的數據並結合自己在陝北的所見所聞撰寫了大量對共產黨的正面報導。並且他還違背國民黨的要求不但沒有迅速返回重慶，反而繼續獨立深入陝北腹地採訪考察。此外，筆者還見到了 1947 年馬星野親筆簽署贈送武道收藏的蔣介石壽辰紀念《中央日報》專刊以及相關書信。言語間甚為恭敬，因此以武道為代表的有些美國記者，其當時真實的處境和地位如何、是否可以簡單地劃分「陣營」尚需詳細考證以及更多歷史細節的披露。又如密勒曾經不遺餘力的勸說在美國政壇極具影響力的大亨查爾斯·克雷恩（英文為：Charles Crane 中文也有譯作：葛蘭）關注中國議題，而後者則在 1920 年 3 月至 1921 年 7 月擔任美國駐華公使。再如，在斯諾的檔案裏清晰地呈現了他在燕京大學時的教案手稿，他與宋慶齡的聯繫信件等。老鮑威爾在回到美國之後如何被塑造成一位反法西斯的英雄，受到民眾的熱烈追捧。以上只是筆者在浩瀚資料中粗篩時發現的冰山一角，這些發現不僅使研究者增添信心，同時也更加使人深刻的意識到密蘇里新聞人在歷史中的地位和影響。

　　其次，密蘇里新聞人來自於新聞職業倫理規範的發源之地，他們的職業生涯也與新聞記者職業化、專業化的時期相重合，對密蘇里新聞人的梳理有助於以歷史的眼光來進一步檢驗和探討西方記者職業水平和倫理。外國人在華辦報始於 19 世紀中葉前後的傳教士辦刊，他們當時主要在我國沿海通商口岸城市進行出版活動，而這也成為了整個中國現代新聞業的肇始。但當時受到政治環境和當時受眾媒介素養等諸多原因的影響，傳教士辦刊採取的是糅合中西，甚至是完全包裝成儒家思想的印刷品的所謂「舊瓶裝新酒」的傳播策略。雖然其辦刊質量在當時的中國已是最為先進，但在世界報業發展的背景下看仍然處於半專業化和較為落後的水平，其意義和影響重在拓荒。20 世紀初，英美

的一些商人開始聘用一些有從業經歷的較為有經驗的報人辦刊，取得了商業上的巨大成績，對推動報紙普及起到了巨大作用。這些商業報刊在上海、廣州等區域形成了較為發達的報網體系。這一階段起著承前啟後的作用，大量的專職記者開始出現，新聞業在其自身的現代化進程中，向前邁出了一大步。伴隨著中國與外國發生的一系列重大政治事件，越來越多的外國職業報人來到中國，架設傳播網絡、設立常駐記者。19 世紀末到 20 世紀，美國國內興起了職業化、專業化的運動，越來越多的職業確立了自身的職業合法性和專業性。而在新聞業中就集中體現為新聞專業主義的提出和最終確立。

密蘇里新聞人的到來恰恰就是在這樣的背景之下。作為世界首家新聞學院密大新聞學院擁有從理論到實踐的全面的新聞學課程體系。1914 年院長威廉沃特提出了著名的「記者信條」（the Journalism Creed），這為當時的新聞學院師生提供了系統的從業倫理規範，也進一步奠定了美國整個新聞行業的職業規範體系。鮑威爾、帕特森等人都在密大新聞學院接受了專業的教育並有過一定的教學經驗，而更多地密蘇里新聞人在來到中國之前，都在美國的地方報紙甚至是全國性大報有著豐富的從業經歷。新聞職業倫理和道德規範在他們身上如何體現，他們自己又是如何看待這一問題。借助於豐富的檔案材料，使我們有機會能夠近距離的還原新聞職業規範和倫理的形成過程，以及這些記者真實的態度和實踐操作。

與此同時，密蘇里新聞人複雜的社會身份對職業倫理的影響也是一個需要深入分析的問題。首先是他們的美國人身份，這又分為兩個方面：其一，他們是美國政策的解釋者和辯護者，他們的新聞活動為美國僑民或商行提供信息服務並且幫助構建美國僑民的國族認同。其二，外國人身份。這種身份在當時的中國社會本身就具有一種特殊性，可以給他們的生活和工作帶來諸多便利，作為記者可以獲得常人所不能及的新聞資源。其次，他們的職業身份是記者。從西方語境帶入到了中國的語境下，他們的新聞實踐也都有所調適。再次，他們中的一部分人成為了社會名流被中美政府奉為座上賓。這樣的一重身份對新聞報導的客觀性構成挑戰。另外，在「密蘇里幫」中不乏有著浪漫理想的左傾記者，政治上明顯的傾向性又會使他們在進行新聞報導時怎樣堅守新聞的倫理與規範。

再次，借助豐富的一手史料，筆者希望能夠在一定程度上彌補此前的密蘇里新聞人研究在文化社會語境方面的不足。在以往的研究中專門圍繞密蘇里

新聞人進行全景式分析和呈現的研究還是很少的，然而他們的社會背景恰恰對於理解他們的新聞思想和實踐有著巨大作用。20 世紀初期開始，密蘇里新聞學院培養的美國畢業生中有約 50 名來到遠東地區。上海是絕大多數來華的密蘇里新聞人所到達的第一站，也是他們之中生活工作很長時間的地方。在當時人們的眼中上海是可以快速致富的地方，一戰之後的短暫和平裏，美國人經營的場所「如蕁麻疹一樣的在上海爆發」，1920 年 1 月 24 日，由 122 名來自密蘇里州的旅居中國的美國人組成了密蘇里在華協會（Missouri Society in China），來自堪薩斯的 F.J.懷特（F.J.White）任主席，來自哥倫比亞的鮑威爾（J.B. Powell）等人擔任委員。他們的職責與任務也十分明確，促進密蘇里人在當地的融入，為中國學生到密蘇里留學提供幫助，增進密蘇里人對於世界的瞭解為世界和平做貢獻等。他們還特別重視對滬江大學等教會大學的支持。密蘇里新聞人在當時上海的美國社會中扮演了什麼樣的角色，對促進美國社區形成起到了什麼影響。而他們的情感態度與實際行為與美國對華政策是否完全一致，這些問題對於理解密蘇里新聞人具有至關重要的意義。

　　再比如 20 世紀初英美在中國的新聞競爭，密蘇里新聞人是一個很好的切入角度。然而要想搞清楚他們的影響力是如何建立起來的，我們就不能僅僅從誰辦了什麼刊物如何經營去模擬結果，而是要更深入的分析當時社會、經濟、外交等多個方面，密蘇里新聞人所發揮的作用。比如，上海英美新聞競爭中很關鍵的一步——《大陸報》控制權從美國轉向英國商人，促使鮑威爾等人辭職並開創自己的《密勒氏評論報》，這背後不僅僅是報人個人的職業選擇，更是由於當時在上海的美國僑民社區迫切需要掌握為自己發聲的媒體。《密勒氏評論報》、《大美晚報》的誕生與上海美國商界和美國政府商務專員的努力也是分不開的。而打破路透社在歐亞地下電纜通訊方面的霸主地位，推動中美跨太平洋電纜的鋪設也是在密蘇里新聞人的積極幹旋下完成的。鮑威爾還利用自己的影響力，積極支持美國人學習中文，鼓勵中國學生到美國留學。

　　第四，密蘇里新聞人屬於跨文化工作群體，其在政治、文化方面的認同現象具有典型性，本研究作為史料的分析和整理可以為歷史社會學的相關研究奠定基礎。認同本身是一個複雜的概念，本著從問題出發為導向，本研究有意從現象出發，對認同進行解讀。在這一過程中需要涉及密蘇里新聞人對於中美兩國當時的執政者、政治權力、制度、觀念等等方面所表現出來的處於認知層面的理解、承認、贊同。在情感層面上，這些美國記者在政治生活中對主權的

歸屬感、歷史文化的依附感也是需要深入研究的。在行為層面，這些來華的美國記者的一系列的政治行為活動中相當一些人自覺地承擔起了政治義務，這一點也需要考察。在這些問題背後，還需要思考的是影響政治認同的因素。比如當時的社會經濟、主流和邊緣輿論環境對政治認同的影響，教科書、歷史教育等主流敘事是否存在偏見等。以及個人經濟、人格特質、心理依戀等方面的原因。更進一步的，如果可以實現依託檔案資料還原當時密蘇里來華的這些美國記者群體作為一個共同體，他們對這個群體的看法，在這群體內部的交往情況，這個群體的性質以及作為群體與外部的交往情況都有可以深入挖掘的空間。而這對於傳統新聞史研究無疑是一次新的探索和嘗試。

政治和媒體的機構常常相互交織，並且在公共生活當中，媒介對政治的反作用不亞於政治對於新聞的巨大影響。（舒德森，2010：183）密蘇里新聞人在中國現代史中對於新聞事業發展和中國新舊民主主義革命所發揮的作用無疑是巨大的。「將過去的真事實予以新意義或新價值，以供現代人活動之資鑒」（梁啟超，1998：148），無疑是本研究系統梳理和研究密蘇里新聞人的最終訴求。而回首分析這一充滿理想、保持著高水平專業素質的記者隊伍對於現今全球化與逆全球化下的國際新聞記者的工作開展具有重大的現實指導意義。

自上世紀中葉到現今，由於密蘇里模式在中國新聞教育界的成功移植，密蘇里新聞學院和外國來華記者的相關話題一直備受學界和業界的關注，所取得的研究成果在數量上已經蔚為可觀。這為筆者進行密蘇里新聞人在教育背景和教學實踐的研究方面打下了堅實的基礎。而現有研究由於對於資料的掌握而各有偏重，有關於從記者本身角度全景式深入展現其社會歷史活動的研究成果並不多見。圍繞斯諾、史沫特萊和斯特朗的研究比較豐富，而更多地在中國大地上以青春和血淚參與和見證了偉大的中國革命的密蘇里新聞人還沒有得到研究者的充分重視。

回顧既往有關於密蘇里新聞學院以及人物的研究，最先引起國內學者關注的是密蘇里新聞人的新聞教育經歷與實踐的相關話題：

19 世紀末期美國綜合國力上升迅速，在向外尋求資本擴張的同時，美國也十分注重將自己的價值體系向外傳播，其途徑之一就是廣泛的資助和創辦具有美式價值觀的學校。而中國方面也在擺脫了儒教倫理綱常和科舉的束縛之後積極向外尋求能夠救國的新知識、新思想，從政府到民間掀起了「師夷長技」的浪潮，新式學校、工廠不斷湧現。中美新聞教育的交流也是在這樣的大

背景下展開的。在來華的密蘇里新聞人當中有相當的一部分人從事過新聞教育活動，其中以沃特・威廉、帕特森、武道和斯諾最為有名，但國內對於後面幾位在新聞教育方面的實踐經歷顯然關注度遠遠要弱於前者——密蘇里新聞學院的第一任院長威廉。

　　我國國內有關於密蘇里新聞學院的介紹和研究可以說早在中美新聞教育交流開啟之初就已經有了相關的零星介紹。而早期文獻當中專門介紹密蘇里新聞學院課程設置和中美交流情況的文章並不多見，主要有 1932 年發表在《新聞學研究》上的周天犀的《現代美國新聞教育》，以及 1941 年饒引之撰寫的《米蘇里大學之報學院》。其餘則多散見於與密蘇里有過往來的報人回憶錄中，比如趙敏恒所撰寫的《採訪十五年》等。1948 年，《大公報》獲得密蘇里榮譽獎章，在同年的《全球最早的新聞學校》一文中對此有所記錄，同時還特別提到了民國政府贈送密蘇里新聞學院石獅子一事。1952 年中國大陸高校實行了院系改革，在新聞教育的路線上選擇向蘇聯學習。自此，中國大陸方面與密蘇里新聞教育的交流活動告一段落。這一階段中的成果主要是片段式的、零散的介紹和敘述。

　　在大陸地區與密蘇里的往來幾乎中斷的同時，港臺地區仍然有大量的學生前往密蘇里新聞學院求學，並撰寫了一些具有重要研究價值的學術論文。如 1962 年臺灣的尹雪曼在密蘇里新聞學院完成了其碩士學位論文《密勒氏評論報研究》（The China Weekly Review），論文從《密勒氏評論報》的辦刊背景，到刊物的理念、經營方式等具體的方面做了分析。武道輔導過的學生程之行所撰寫的《沃特・威廉與中國——他對中國新聞事業的影響》（Walter William and China, His influence on Chinese Journalism）。作者認為威廉院長是世界上第一位以非凡視野將新聞業作為一個專業領域的人。同時也是第一個將新聞專業主義推向世界的人，而中國新聞事業的發展離不開威廉院長的啟蒙與促進（Cheng，1963：VII）。隨後在董顯光出版自傳 Autobiography of A Chinese Farmer 曾虛白翻譯為《董顯光自傳——一個農夫的自述》，當中對來華的密蘇里新聞人有所涉及但並不深入。

　　大陸與密蘇里的交流直到改革開放以後的 1980 年才重新開啟。而這一次中美的新聞教育交流與研究逐步走向了更加深廣的領域，並在新世紀之後集中湧現出了眾多里程碑式的研究成果 1980 年《新聞戰線》發表了陸行的文章《密蘇里新聞學院院長談幸福》。此後越來越多的作者撰寫了自己遊歷訪問密

蘇里的經歷，如張保安的《美國新聞教育散記》兩篇。隨著新聞傳播學科體系的建設和發展，有關於中國近現代史的專著逐漸增多，許多專著都對密蘇里新聞學院與中國的交流史有所涉及，但大多只作為中國新聞事業的邊緣內容予以少量篇幅的介紹。隨著研究的深入和中美之間愈加頻繁的交流訪問，量的積累終於引發質的提升。以陳昌鳳撰寫的《中美新聞教育傳承與流變》為代表，新的一批學者以融匯中西的視角，在大量分析史實的基礎上探討了中美新聞教育的聯繫與區別，斌能夠深入分析其內外動因。鄧紹根教授的《美國密蘇里新聞學院和中國新聞界交流合作史研究》依託珍貴材料——燕京大學當年獲贈的密蘇里新聞叢書，旁徵博引結合當時的報紙、檔案等多種史料，完整清晰地梳理了密蘇里新聞學院自身的歷史發展和與中方的交流合作歷程，宏觀視角的框架握把與微觀視角的個案研究相結合，可謂是密蘇里新聞學院與中方在新聞界的交流史方面的集大成者。同時需要特別指出的是，鄧紹根教授的這部著作也是目前為止，在國內研究中有關於威廉院長訪問中國行程與密蘇里新聞人來華、國人留學密蘇里雙向交流的研究中史料最為詳盡權威的作品之一。同樣借助於國內的《申報》報導而對於威廉院長進行了深入研究的還有馬光仁（馬光仁：2005，33）。可以說在密蘇里新聞人中除斯諾之外，沃特威廉院長是為我國研究者所重視的人物。而沃特威廉夫人薩拉·洛克伍德·威廉（Sara Lockwood Williams）相關檔案材料的發現為我們進一步瞭解密蘇里新聞學院的創建過程以及她和丈夫威廉院長的家庭情況、來華經歷等更多細節提供了更大的可能性。

　　上海聖約翰大學報學系與密蘇里新聞學院可謂同根同源，但對於它的研究在熊月之主修的《聖約翰大學史》中所著筆墨不多。相較而言研究更為充分的是李建新發表於 2016 年《新聞與傳播研究》上的《民國時期上海新聞教育的史論理析》，作者運用了《聖約翰大學五十年簡史：一八七九年至一九二九年》和上海市檔案館相關武道的材料，是國內為數不多的，介紹關於兩任系主任帕特森和武道相關情況和辦學思想較為詳細的論文。特別有價值的是作者在檔案中發現了武道認為當時新聞系發展的阻礙之一是西方來的教師在中國的「水土不服」，「除口頭信息外，得不到任何關於中國報業和報人的新聞學理論的參考」，但即使這樣，囿於資料的匱乏，這篇文章提及兩位美國密蘇里新聞人的內容不過百餘字。

　　在新時期，港臺地區的研究也碩果頗豐。重要的成果有羅文輝的《密蘇里

大學新聞學院對民國新聞教育及新聞事業的影響》。其中有對密大新聞學院校友赴臺之後的情況加以介紹。2008 年香港傳播學著名學者李金銓和密蘇里大學新聞學院的張詠副教授的合著問世〔註1〕，該文是在張詠副教授的博士論文基礎上修訂完成的，運用了社會學研究的視角與方法，從宏觀上分析了密蘇里模式在中國的傳播過程。

　　通過在中國知網進行的數據檢索分析來看，在涉及密蘇里相關的文獻當中，有關於新聞教育模式和中美之間新聞界交流的文章占到絕大多數。而最受研究者關注的具體問題就是「『密蘇里模式』或者『密蘇里方法』對中國新聞教育的影響」。簡單地說「密蘇里模式」其精神實質和突出內涵便是「於做中學」（Learning by Doing），強調培養新聞專業學生的職業技能訓練。在這類著作中也有少量涉及到密蘇里新聞人，但多數並不作為研究重點，而僅是作為基本情況的交代。集中探討了「密蘇里模式」的代表作比如《移植與流變——密蘇里大學新聞教育模式在中國 1921～1952》。作者林牧茵辨析密蘇里模式的內涵並提出了自己的理解，同時深入分析了這一模式形成的歷史原因以及在中國得以快速推廣的實際影響因素。提出密蘇里模式在中國經歷了中國本土化的變革，對於中國報業近代化有著深遠影響。更多的學者將焦點匯聚在密蘇里模式與當前新聞行業變化的契合或流變上，密蘇里新聞人的相關情況交代極少，此處不多贅述。

　　在外國記者在華新聞活動角度介紹密蘇里新聞人的相關研究方面：

　　戈公振認為「外國文報紙之發行，當然係供給其本國人閱覽。然外人在華所設學校之中國學生及少數注意外事之華人，亦有夠而讀之者；同時亦能招致我國大商店及有關外人之廣告，故不能謂其直接與華人無關係也。」（戈公振，1989：83）而談及外人在華辦報的目的，他同樣提綱挈領的指出了從「研究中國文字與風土人情」到「今時勢遷移，均轉其目光於外交方面矣」（戈公振，1989：83）的確，正是由於外報這樣的基本功能和重要性，我國學者對於外人在華的新聞事業也給予了很高的重視。上世紀 50 年代，董顯光出版了他的英文著作《日界線：中國與世界新聞聯繫的開端》（Dateline: China by Hollington K. Tong）該書以作者從事新聞宣傳工作的角度，記錄了從 30 年代直至國民黨退守臺灣的許多重大歷史時刻，其間涉及了與鮑威爾等諸多密蘇里新聞人的

〔註 1〕題目為：《密蘇里新聞教育模式在現代中國的移植——兼論帝國使命：美國實用主義與中國現代化》。

來往情況。

由於共同的革命理想以及資料豐富性等原因，在這些研究成果中，早期針對密蘇里新聞人及其新聞事業的研究主要圍繞斯諾、史沫特萊和斯特朗而展開。後期隨著研究者外語水平整體提升以及關於國民黨新聞政策和相關人物的研究深入，外報原本得到更多地關注，密蘇里新聞人的其他成員也受到了重視。但是整體上呈現出的特點是內容上介紹性文字很多但理論深度不夠，並且由於使用的一手史料不足，研究存在很多重複的論述，「內卷」現象比較明顯。從密蘇里新聞人的新聞實踐成果——報刊入手的研究比較集中，從人物角度進行的研究零散數量和質量上都有待提高。

通史類的文獻中，外國記者和他們的新聞活動常常被作為一個整體來敘述，比如《中國新聞事業通史》，研究者的主要目的是將外人辦報一線作為與國人辦報相併行的一條脈絡予以交代。這為我們後來的研究鋪開了全景導覽的平面地圖，使後人得以按圖索驥。但同時這也意味著，許多更加深入的細節需要填充進去從而使歷史更加豐滿立體。尹均生的《中外名記者及其新聞風格》也屬此類，而當中僅對斯諾夫婦和史沫特萊做了分析，由於三 S 的研究體系已較為成熟，此處不多做交代。

在總述型的文獻當中，相對比較多的涉及密蘇里新聞人的研究比如張功臣在人民大學攻讀博士學位的論文《外國記者與近代中國：1840～1949》（1999）。該文對鴉片戰爭之後來華的外國記者按照時間順序進行了比較系統的梳理，其中涉及到密勒、卡爾·克勞，斯諾夫婦等重要的密蘇里幫成員。但由於該著作的時間跨度比較大更為詳細的情況沒有辦法展開，也沒有對密蘇里新聞成員的新聞活動結合具體的史料和文本進行深入分析。

《密勒氏評論報》是密蘇里新聞人在上海創辦的一份英文時政財經類雜誌，在當時具有很大影響，是考察密蘇里新聞人的新聞實踐活動非常重要的一個窗口。不少研究者從該刊入手從多個維度進行了整理和分析。著重分析該刊物在抗日戰爭中的立場與作用的有王薇，張培的《〈密勒氏評論報〉涉華報導理念研究》以及山東大學兩位碩士的學位論文袁麗紅（2013）《日本侵華的援華之聲〈密勒氏評論報〉社論研究》孫寶琴（2014）的《〈密勒氏評論報〉對中國重大事件的報導分析（1936～1941）》等。劉姿驛的《從觀望到調適：〈密勒氏評論報〉在 1949 年的抉擇》則考察了建國前後《密報》的態度轉向問題。崔維征的《斯諾與〈密勒氏評論報〉》和張洪柱教授主編的《中美文化關係的

軌跡》都對斯諾以及《密勒氏評論報》在抗戰中的堅定反日態度進行了肯定。總體來看，《密勒氏評論報》在抗日戰爭中的反日立場是得到學界公認的。北京外國語大學的鄭保國所著的《〈密勒氏評論報〉：美國在華專業報人與報格》是在其在北京大學攻讀博士學位時的學位論文《〈密勒氏評論報〉：美國新聞專業主義在中國的實踐、傳播與變異》的基礎上修訂而成的，該著作著重從新聞專業主義的角度考察了《密報》在專業辦刊方式，新聞團隊組成、報刊定位與經營的角度進行了系統而全面的考察。由於研究的側重點在於《密報》所體現的新聞專業主義特徵，論文對於密蘇里新聞人的論述主要在第四章第一節，相對處於作者研究的焦點之外並未展開論述。可以說鄭的成果是當前對於《密報》進行內容研究最為深入的著作之一。同樣關注《密勒氏評論報》的還有從利用該報的附屬產品《中國名人錄》（Who's Who in China）分析的周虹婷《〈密勒氏評論報〉中的浙籍名人群體研究（1918～1948）》，該論文為以往的考察增添了新的角度，但該研究的焦點並非密蘇里來華的外國記者，而只是在浙江籍新聞出版名人中提到了「密蘇里幫」成員，並著重介紹了董顯光的生平事蹟。2015 年上海書店出版了全套《密勒氏評論報》影印本，相信這一定會使該刊的研究再掀高潮。

　　專門從人物角度對密蘇里新聞人進行研究具有代表性的主要是張威教授的一系列成果。2007 和 2008 年張威教授相繼發表了《舊中國留美新聞人的抉擇和命運》、《「密蘇里新聞幫」與中國》，此後兩篇文章收錄於在他的著作《光榮與夢想：一代新聞人的歷史終結》中。這兩篇文章比較集中的反映了當前有關與密蘇里新聞人人物研究的水平與現狀。首先，對於來華的美國記者和留美的密蘇里留學生人員的名單範圍基本確定。其次，對於傳統上最著名的代表性人物斯諾等人的主要經歷有了清晰的梳理。但是，從更加深廣的視角，探索和發掘這個群體包括主要成員的社會聯繫與新聞實踐的關係展現的極少。作為對一個群體的研究，其他次要成員的情況交代並不清晰。

　　而國內有關於其他外國記者的研究成果也十分值得學習借鑒。比如《莫里循模式》就認為外國來華記者雖然是一個很小的群體，但是他們對當時國際與國內政治產生了重要影響。因此作者採取了對人物的具體事件展開個案研究方式，這樣有利於看清在重大事件下研究對象的具體行為。

　　與國內的研究情況相呼應，由於密蘇里新聞學院在世界新聞教育界的重要地位，學術界有關於學院的研究文獻非常豐富。對密蘇里相關人物的研究則

主要由各種回憶錄和個別學者的研究構成。

有關於密蘇里新聞人的人員以及新聞教育的基本情況，校方師生都做了大量的整理和記錄工作。比如人員信息主要記錄於學校自己的年鑒（The Savitar-The MU Yearbook）和校友錄（University of Missouri Alumnus Magazine）中。從目前掌握的資料來看，有關於密蘇里新聞學院的新聞教育情況記錄最早也最為詳盡的當屬 1929 年出版的《新聞教育 20 年——美國密蘇里大學（哥倫比亞）新聞學院史》〔註2〕作者是威廉院長的夫人薩拉。此後 1988 年時任院長厄利（Early English）出版編年史《密蘇里哥倫比亞大學的新聞教育》〔註3〕。2008 年百年院慶之際學院還組織出版了一批著作，整理和記錄了百年來的教育經歷和成績，當中對中國的交往也有所涉及。

而從記者角度進行記錄的文獻，可見於鮑威爾在《密蘇里歷史評論》（Missouri Historical Review）上的兩篇文章，分別是 1946 年的《東方的密蘇里著作家和記者》〔註4〕以及《在華密蘇里人》（Missourians in China）。而他撰寫的回憶錄已經被譯成中文，名為《我在中國的二十五年》（My twenty-five Years in China）。此外，威廉院長、斯諾、史沫特萊等都有諸多傳記、回憶文獻。1974 年莫迪凱·羅贊斯基（Mordechai Rozansky）的撰寫的博士論文《中美關係中美國記者的角色（1900～1925）》（The Role of American Journalist in Chinese-American relatios，1900～1925）主要關注早期在華的美國記者和編輯在中美關係當中所發揮的作用。斯諾的研究在也有三部較為有代表性的著作。第一部是《從流浪漢到記者——斯諾在亞洲（1928～1941）》，作者羅伯特·M·法恩斯沃斯（Robert M. Farnsworth）依託大量一手資料對斯諾和其第一任夫人海倫·福斯特的亞洲經歷進行了相近敘述。1986 年西北大學學者漢密爾頓（John Maxwell Hamilton）的文章《密蘇里新聞壟斷和美國在華的利他主義：密勒、鮑威爾和斯諾》是較早進入中國研究者視野的文章，也以此引發了國內學者對相關話題的研究熱情。在漢密爾頓出版的另一部《埃德加·斯諾傳》（Edgar Snow: A Biography）主要通過斯諾的第二任夫人的介紹，描述斯諾的經歷。但是由於採取的是傳記寫法，所以許多歷史事件和描述沒有給出具體出

〔註2〕英文標題 Twenty Years of Education for Journalism, A History of the School of Journalism of the University of Missouri Columbia.

〔註3〕英文標題 Journalism Education at the University of University of Missouri-Columbia.

〔註4〕英文標題 Missouri Authors and Journalistsin the Orient.

處，使學術價值打了折扣。尼爾 L.O 布萊恩（Neil L. O'Brien）寫作了外國學術界對專門一位密蘇里新聞人小鮑威爾的研究專著──《中國早期革命中的一個美國編輯：約翰・威廉・鮑威爾和〈密勒氏評論報〉》文中重點談及了小鮑威爾及密勒氏評論報的其他編輯記者在新中國建立前後的態度轉變過程，特別是記錄了小鮑威爾反對美軍細菌戰，支持中國共產黨的一系列事件。美國蒙大拿州立大學的（University of Montana）保羅・喬登・勞恩（Paul Gordon Lauren）撰寫的《中國通的遺產：道德準則和處世之道》（The China Hands' Legacy Ethics and Diplomacy）記述了在二戰期間以及二戰之後美國駐華機構的工作人員和記者的在華經歷。作者著重討論了這些中國通在華見聞所形成的觀點與美國政策相違背時的兩難境地，特別是其中的一些人的行為在美國國內被視為不忠甚至叛國，而作者認為這樣的衝突應當為反思美國政策和美國對亞洲關係的方針制定提供參考。在這部著作中作者提到了鮑威爾一家、斯諾、史沫特萊等人，研究角度十分值得學習借鑒。另外，還有三部著作已經被翻譯成了中文分別是彼得・蘭德的《走進中國》，保羅・法蘭奇的《鏡裏看中國──從鴉片戰爭到毛澤東時代的駐華外國記者》，以及《卡爾・克勞：一個強悍的中國通》。這些著作都有著豐富的史料，從最為貼近的角度對駐華記者的經歷進行了敘述，兩位作者都跟中國有著不解之緣：彼得・蘭德的父親就是當年親身來華的一位駐華記者，而保羅法蘭奇則在中國有豐富的學習、生活經歷。

　　結合研究對象特點和實際可利用的研究資源。本研究主要採用文獻分析法，同時結合話語分析和內容分析以及對比研究的方法。密蘇里新聞人留在美國當地和中國的材料十分豐富，僅威廉夫人──薩拉・洛克伍德的檔案就有上千個文檔，老鮑威爾留在密蘇里州立檔案館的材料也是六個文件箱，更遑論這些記者們筆耕不輟所留下的數量龐大的報刊、文集。僅密勒一人留下的現存能夠查閱到的文集就有 8 部。而筆者在前往斯坦福大學胡佛研究中心收集到的海倫斯諾等美國記者的檔案材料也有百餘個文件夾。此外，研究跨度涉及從辛亥革命之前到新中國成立之初將近六十年的歷史。在這段歷史時期，中美的外交政策，相關人物、重大歷史事件等等都需要進行系統的文獻學習。同樣，有關於美國密蘇里的自然人文特色以及民國時期中國的社會文化狀況也需要做堅實的文獻梳理。如此才有可能在更為真實、更為宏闊的歷史視野中還原密蘇里新聞人的思想與實踐，並進一步考察他們在中美不同的文化背景中起作用

的原因和效果（也即影響）。

密蘇里新聞人研究乍看之下似乎提及密蘇里的文獻在數量上已經有很多，特別是有關於密蘇里新聞教育以及斯諾等著名紅色記者的研究已經日臻成熟。然而卻實際上形成了一片「燈下黑」，密蘇里新聞人的群像刻畫只是一個模糊的影像。本研究致力於使用更為充分和豐富的新史料，以前人並未充分開掘的研究角度，綜合運用多種研究方法來努力使密蘇里新聞人相關研究達到一個新的高度。

首先是本研究將加深學界對來華密蘇里新聞人的認識，擴大研究人物的範圍。以往的研究對來華的密蘇里新聞人主要聚焦在三 S 之上，而密勒、大小鮑威爾的研究非常零散，缺乏系統性。卡爾‧克勞、武道等人的研究更是僅停留在個人履歷式的隻言片語介紹，其新聞活動和社會影響都沒有引起足夠的重視。所以第一步是充分補全來華密蘇里重要新聞人的個人經歷和新聞實踐情況。「報刊史的研究需要一個堡壘、一個堡壘地去攻克佔領，需要不斷地擴大陣地，才能取得較大的勝利。」（方漢奇，2007：641）因而在本研究中也會採用個案研究的方式，對此前並未得到充分關注、或由於史料缺乏而沒有被中國學者充分認識的、有代表性和重要影響的密蘇里新聞人逐步進行細緻分析呈現。比如，在大量一手資料的分析整理基礎上，對威廉院長的夫人薩拉、密勒、卡爾‧克勞、武道等人物進行系統的專門研究在國內尚屬首次。而基於美國多地收集的檔案材料，本研究中對威廉、老鮑威爾、海倫等人的現有研究著重補充他們在美國的活動情況。

其次，從研究角度上，本研究試圖「站在巨人肩膀上」做更進一步的昇華分析。在既往研究中已經有比較成熟的歷史資料和結論基礎上，結合本研究補充呈現的個案研究，本研究將從政治認同、身份認同等角度對於這些來華密蘇里新聞人，做進一步的思考和分析。我們已知的相當多的一部分人都具有多種職業經歷，對中國社會的產生的影響也是多方面的。他們有教育家、政客、商人、冒險家等等多重身份，而各種身份之間相互助力。從他們自身的實踐經歷體現著他們自身的思想情況，同時也反映著當時的政治、經濟、文化思潮。

第三，本研究在一手史料上具有絕對的創新性。本研究力圖全方位的立體描繪密蘇里新聞人這一群體，將他們作為社會人進行多維度的考量，還原他們在歷史中的豐富經歷和在中美關係起伏變化、二次世界大戰等重大歷史宏觀背景下個人的命運發展。而筆者親身在美國生活一年的過程中，收集了大量從

未被國內新聞史研究者利用過的檔案及報刊書稿。這些珍貴的資料中不乏研究對象的親筆手稿、演講實錄、未發表的文章、書信、電報、照片等等。這就為充分的展示研究對象——來華密蘇里新聞人的經歷和思想全貌做好了準備。此外新的時期，多元資料的獲取成為可能。大量佔有並分析原始檔案材料、原版報刊的電子化，中英文研究文獻的數字化都給新聞史研究創造了前所未有的便利條件。研究者有了更多的「米」來「下鍋」。

　　第四是研究方法上的創新。本研究的創新之處在於以傳統文獻分析法為根本基礎的同時，綜合運用對比分析法、內容分析法來進行研究。具體來說可以對同一歷史事件的報導立場，視角的選擇以及事件敘述過程的詳略，觀點的表達方式，情感態度乃至具體的業務操作上新聞標題的製作，版面位置等進行對比。而由於有檔案、日記以及回憶錄等多種文本的材料的支持，公私領域表述的不同話語對比分析得以實現。中美密蘇里新聞人在新聞實踐、思想對比分析也能更加深入展開。

　　與此同時，本研究也面臨著一些現實的困難。例如在有限時間內將複雜的歷史事件、人物關係進行抽絲剝繭的分析是本研究的最大難點。由於有許多人物的詳細展開在國內尚屬首次，其中那個涉及到了許多此前未在國內新聞史研究文獻中從未出現過的大量人名和專有名詞。對這些名詞的勘定核查必須十分小心。由於絕大多數的資料都是英文文獻、一手原始檔案。除卻語言上的問題，對於歷史特定時期的一些稱謂如何譯作中文筆者努力通過查閱訂正來盡力還原靠近英語語言本身的含義。

　　而檔案中的一些手稿，比如鮑威爾和斯諾的檔案中有大量的手寫文章底稿等，辨認過程非常緩慢，也給研究增添了難度。但總體上來看，越是困難的部分，越是前人所未能涉及的領域，這也在困頓的同時給了筆者些許的動力。

第二章　密蘇里新聞人來華的歷史背景

第一節　全球交往（communicate）視野下的中國和美國（19 世紀末 20 世紀初）

一、20 世紀到來前的全球化進程

　　加拿大學者麥克盧漢（Marshall Mcluhan）於上世紀 60 年代提出「地球村」的概念使得「全球化」這一理念進入新聞傳播學的研究視野。由於一系列超越當時大多數人認知的預言式論斷，他被人們稱為信息時代的先知。1985 年麥克盧漢在「發表了論文《現代化、全球化和世界體系理論中的文化問題》，文中第一次使用了『globalization』一詞。」（何順果，2012：1）事實上早在麥氏之前，馬克思曾經就世界歷史與全球化之間的關聯有過闡述：他在 1845 年寫作《德意志意識形態》一書過程中就曾指出「各民族的原始封閉狀態由於日益完善的生產方式、交往以及因交往而自然形成的不同民族之間的分工消滅得越是徹底，歷史也就越是成為世界歷史」（馬克思，2012：168），而這也成為全球化理論在歷史學的研究基礎。（吳海江，武擄鵬，2019：38～43）如今，隨著全球化成為社會學、經濟學、哲學等眾多學科共同關注的話題，人們對於全球化觀念和歷史進程梳理也日漸清晰。雖然每個學科對於全球化的概念界定不盡相同，但是其內涵無不包括全球時空範圍內不同內容、形式和技術的相互交往與連結。本研究作為梳理 19 世紀末至 20 世紀初由密蘇里新聞人促成

的跨越中美兩國之間進行人員、技術、文化、思想等多層次交往的研究，同樣需要將這一歷史進程放置於其出現之前的整個全球化背景之下。

在經歷了地理大發現之後，歐美主要資本主義國家先後參與到了探索與財富積累的行列，世界經濟和近代國際關係初露端倪，在航線的串聯之下，各國家和地區的貿易被組織進了海外殖民體系，為資本主義的發展提供支持。自16世紀起，經歷兩百餘年西歐逐漸建立起近代民族國家。而彼時新航路的開闢對於歐洲的影響尤為劇大，西班牙、葡萄牙、荷蘭、英國先後稱霸海疆，建立依靠海上貿易而形成的殖民勢力範圍。商業資本和政治權力出現複雜的博弈（而這種濫觴於此的博弈在資本主義國家久久未消，本研究的研究對象也以新聞傳播的形式直接參與其中，在後文中將做詳細敘述）。在這個階段中國儘管處於封建統治中晚期，施行閉關鎖國政策，但供給歐洲源源不斷的絲、茶、香料等。1793年的英國馬戈爾尼使團訪華，成為國際體系建立中具有代表性的事件──西歐條約體系與華夏朝貢體系正面碰撞，其結果和影響的解讀在學界歷來爭議不斷，但毫無疑問這一事件反映了當時中國在當時國際體系中具有重要的政治和經濟地位。而在此十年之前，美國方才在抵抗殖民貿易剝削和政治壓迫歷史舞臺上姍姍登場。

儘管美國作為一個獨立國家在世界體系中出現很晚，然而早在18世紀中葉北美的土地上就已經在如火如荼的進行工業革命。這場工業革命成為逆轉東、西方在世界經濟和政治主導地位的強大動力。1850年前後，西方主要的資本主義國家幾乎全部完成了一次工業革命的產業升級，進而這些國家開始在世界貿易上佔據主導地位，這使得亞非拉地區進一步滑向了從屬的位置。（何順果，2012：149）1848年革命浪潮使歐洲範圍資本主義制度得到確立和鞏固。而美國建國以來並存的兩種經濟形態：資本主義工商業和建築於奴隸制基礎上的種植園經濟，也在20世紀到來之前分出高下，奴隸制退出為資本主義經濟在美國的發展清除障礙。

世界範圍內，資本主義浪潮席捲了當時最為發達的國家和地區，西歐為中心的殖民體系開始向亞洲侵入。19世紀末英、法勢力已佔據廣大阿拉伯地區，而此的清王朝所維護的朝貢體系開始面臨內憂外患時風雨飄搖，19世紀最後十年之內兩場戰爭（中日甲午戰爭和八國聯軍侵華）戰爭使得清朝再也無力支撐，東亞地區徹底併入全球體系中，中國淪為半殖民地半封建社會。伴隨著生產力的發展，歐洲人口在18世紀中後期出現高速增長期，這些人中的相當一

部分在市場和就業的調解和調動下，隨著殖民過程向世界範圍內擴散，大大改變了殖民地的人口結構。

而第二次工業革命對於資本主義國家生產力的巨大提升，進一步鞏固了歐美國家的世界地位，也誕生了日本這樣的後起工業強國。短短十幾年之後，這些國家憑藉著強大的工業實力在世界範圍內進一步掀起了瓜分資源劃分勢力範圍的狂潮。而第二次工業革命以電力、化學、石油應用為主要標誌，美國充分利用了這一歷史機遇，在科技理論和實踐應用上不斷突破，誕生眾多影響世界的發明創造。「1860～1890 年的 30 年間美國共發出 44 萬項專利，而此前美國總共發出的專利不超過 3.6 萬頃……貝西麥煉鋼法的廣泛採用，鋼鐵冶煉能力迅速提高，是美國鋼產量在 1889 年居世界首位，在美國形成了鋼鐵時代。」（蔣維忠，1998：25）德國緊隨其後，而英國、法國、俄國則在新一次工業革命中失去先機，不僅技術轉型較慢，新舊工業發展也相對失衡。但基本上歐美主要資本主義國家都在一次世界大戰之前完成了工業化，進而鞏固了對世界其他地區的經濟優勢，這種不平衡加速了全球化的進程。一方面，工業落後地區豐富的資源和人口使資本主義國家覬覦已久，進而使其發動戰爭攫取利益。另一方面，主要資本主義國家之間也存在經濟、政治的滲透和資源的流動，從而引發競爭。第二次工業革命在對於新聞傳播的直接推動作用在於交通運輸和電報、電話通訊行業的大發展，這些技術雖然在一次工業革命之後已經出現端倪，但整整大規模的投入民用從而大大加快了信息流動的速度和通信成本則是在 19 世紀下半葉至 20 世紀初。

英國著名歷史學家湯因比的「文明並置論」認為世界是一個整體，而文明本身則是在政治、經濟、文化等諸多因素共同作用之下形成的。文明演進的內在動力機制則在於「挑戰—應戰」之間的運動變化，在湯的觀點中「挑戰」替代了傳統解釋框架中的原因，而結果則被「迎戰」所取代，以突出其多因促成的關係模型。在這其中，「挑戰—應戰」也分別作主觀和客觀兩種類型，比如自然環境和人為環境就都可以形成挑戰。19 世紀以來不同宗教、文化隨著這些移民在各大陸之間頻繁交流、碰撞。信息傳播的訴求在出版印刷技術的賦能之下迅速膨脹，政治、經濟的全球化進程為信息交流提供動機，反過來信息傳播不斷加速世界的聯繫。

傳教士在中國的活動雖然早在明末清初第一次西學東漸時就已十分亮眼，但是直到清中晚期，傳教士才開始廣泛關注利用出版物進行宗教宣傳。因

而，現代意義上的報刊作為一種舶來品在中國以及東南亞地區被傳教士最先引入。通訊技術和歐洲列強的摩擦直接推動西方出現了一大批戰地記者、通訊員的產生。這些人的職業身份出於個人財富動機、國家利益亦或是宗教信仰的緣故常常出現重合。19 世紀後半葉開始，歐美的報紙上越來越多的版面都留給了來自中國的消息。駐華的外國記者形形色色，他們之中有的身兼商人的身份，有的則做著一些別的差使，有些則是被稱為「小小傳教士」因為他們出生在中國，而父輩則從事著傳教工作。一些人例如威廉‧伍德原本做著鴉片生意，卻轉身創辦了報紙則是「天生的冒險家，嚮往更有意義的生活」。（法蘭奇，2011：6）他們通過自身在中國的活動擴展影響，攫取財富的同時向歐洲源源不斷的發回情報。

中國近現代的新聞傳播事業發展與西方體系對東亞的侵入和吞併過程相一致，現代報刊在當時作為一種西方宣傳自身意識形態的工具而被國人廣泛接觸的同時，這種媒介形態本身就是一種新鮮事物是西方文化的一部分。很快的在國人尋求自救和內憂外患所帶來的社會加速變化時期，報紙的功能成為睜眼看世界之後的人們所看重，並迅速抓住意圖使之成為求強求變、啟發民智的利器。國人自辦報業的大發展在很大程度上是資本主義衝擊中國社會所造成的民族危機、社會變革、經濟新形式發展和新舊知識分子交替等多因素綜合作用的結果。同時，這也是中國的新聞事業融入世界現代新聞傳播事業的序幕。而真正使中國與世界新聞業建立關聯的基礎，仍然在於中國國際政治地位或者中國市場對於西方世界的重要性的變化。這種變化在 19 世紀末隨著中國半殖民地屬性的加深以及 20 世紀兩次世界大戰以來一系列的重大變化而逐步加深。外國記者的到來和中國留學生的活動是這段歷史的見證者和書寫者。

二、美國的對華交往

美國 1783 年立國，雖然在政治上美利堅合眾國成為了一個具有獨立主權的資產階級國家。然而經濟上建國初期的美國仍然非常羸弱，處於英國的圍追堵截之下，作為美國的主要市場，美國與西印度群島的貿易遭到了英國的封堵，美國船隻禁止進入。為了尋求機會美國將目光轉向東亞。事實上，近代以來中美之間的關聯，大多始於貿易。在經濟聯繫基礎之上，新聞傳播的交流才獲得了根本動力。

中美之間的貿易開端是 1784 年的「中國皇后號」商船首航廣州，這是一艘木質帆船，當時商船的貨物管理員山茂召（Samuel Shaw）在其日記中記錄了當時的情景，作為首艘到訪中國的美國船，中國人對他們充滿好奇，剛開始的時候中國人分不清楚美國人和英國人有何不同，便將他們稱為新人（New People）。而當中國得知美國有廣袤的土地和眾多人口時，也對美國的市場表現出興趣。（蔣相澤，吳機鵬 1989：3）這次貿易引發了美國首次「中國熱」，「截止到 18 世紀末，共有 118 艘美國船隻與中國進行直接貿易。」（王文靜，2013：3）但是中美政府之間卻並未建立正式外交關係，只是以中美民間的通商貿易為主。而美國向中國出口的商品逐漸從人參、皮毛、檀香木等農產品逐漸向工業產品轉變。中國向美國輸出的主要是茶葉和生絲。作為年輕的資本主義國家，美國無法像西歐老牌資本主義是國家一樣建立自己的殖民體系從而完成原始積累。美國商人急切的想要參與到西方國家的對華貿易中。〔註1〕

然而這一階段的貿易，主要依靠民間自發組織經營。美國政府只是負責向這些商船頒發航海船證。美國駐華的首任領事就是前文中提到的山茂召，而中國在當時也只是把這些外國領事當做商人看待，「與他們進行貿易上的聯繫，談不上建立政治上的關係。」（蔣相澤，吳機鵬 1989：15）商業往來是中美兩國早期交往的主流，19 世紀 20 年代後期美國政府對中國的關注逐漸上升。美國總統安德魯·傑克遜（Andrew Jackson）於 1831 年發表的國情咨文中就著重強調了對華貿易的重要性。（賴德烈，1963：78～79）而在外部，在英國刺激之下美國的外交策略制定者，也逐漸意識到中國的重要性。鴉片戰爭之前英國的外交政策已經使得美國人惴惴不安，一方面在北美英國處心積慮的要繼續破壞美國的外交政策，打破其疆域和戰略防衛。另一方面在遠東，英國擴張的野心已經被在華的美國人看的十分清楚，從菲律賓到中國香港，英國對中國的企圖遠不止於此。

隨著美中貿易的進行，傳教士成為美國國內除商人之外來華的較早的職業群體。這一群體成為美國在華新聞業的先驅。裨治文（Elijah C Bridgman）

〔註 1〕 「從 1791 年～1841 年的 50 年中，美國對華貿易額增長達 6 倍之多。以 1784 年與 1833 年作比較，美國輸華貨物價值從 27290 銀兩增至 1766692 銀兩，從占歐美各國輸華總值的 1.4% 增至 19.3%。這時期美國從中國輸出的貨物價值從 15864 銀兩增至 3321266 銀兩，從占歐美各國從中國輸出總值的 0.3% 增至 24.7%。雖然貿易額遠遠比不上英國，但已超過了其他歐洲各國。」（蔣相澤，吳機鵬 1989：11～12）

1830 年來華，1832 年創辦《中國叢報》（Chinese Repository）。而該報可謂是美首批赴中國傳教的傳教士辦報的典型——鴉片戰爭前，來華的這批傳教士開闢了一種在華從事信息傳播的工作模式，那便是一種被後來的記者和研究者稱為「中國通」的辦事風格和工作模式。比如裨治文就身兼多職，其一重身份是報人，而與此同時還兼任著廣州外僑機構「在華實用知識傳播會」的秘書。另有一些傳教士還收到林則徐的委託編譯西方典籍。在親身創辦從事傳播活動的同時，這些中國通還注意結交中國社會的重要人物，這些人物是最早一批將中國的情況船回國內，又將西方的知識有系統的向中國進行傳播的先驅。鴉片戰爭之後的美國對英法等歐洲帝國也是亦步亦趨，1844 年《望廈條約》成為中美政府之間交往的第一份條約，而這份條約的簽訂也打破了平等互惠交往的貿易關係。借由此項條約，與其他列強美國取得了在華的諸多特權。不過不同於其他歐洲列強的是，美國政府方面並未主張過瓜分中國領土。

在職業記者到來之前，傳教士和職業外交人員承擔起了主要的中美交流工作。美國內戰爆發，美國急於應付國內矛盾而對華采取了「合作政策」，這一政策由當時的國務卿西華德（William H Seward）倡導，在重大問題上繼續保持對英法的追隨，〔註2〕蒲安臣（Anson Burlingame），在 1861～1867 年間擔任美駐北京公使，主要負責政策的具體落實。19 世紀 50 年代之後由於歐洲航段英國實際控制裏的減弱，美國商船在中國、歐洲的貿易更為頻繁。而美式飛剪快船的廣泛應用使得貨船運載能力大幅提升。此外，美國國內大規模的擴張和西進讓美國西海岸的舊金山成為更為活躍的港口，而從這裡出發去往遠東，航路也可以得到大幅縮減。50 年代之後美國在華利益迅速增長，作為距離西海岸更近的口岸，上海成了美國人落腳的熱門選項。在美國人看來，上海是一個新的開始，與廣州相比有著天然的吸引：

> 美國人不是一個愛好傳統的民族，當舊金山港回濺的殘浪餘波將漂泊無依的美國人傾瀉到中國沿海的時候，尤其是這樣的。不過就是在比較奉公守法的僑民當中，廣州也被看成是一個病疫流行的

〔註 2〕根據蒲安臣的概述，這項政策主要指：「在中國，對一切重大問題要協商合作；在維護我們的條約權力必須的範圍內保衛條約口岸；在純粹的行政方面，並在世界性的基礎之上，支持在外國人管理下的那個海關；贊助中國政府在維護秩序方面的努力；在條約口岸內，既不要求，也不佔用租借，不用任何方式干預中國政府對於它自己人民的管轄，也永遠不威脅中華帝國的領土完整。」（馬士，1963：470）

所在，總以邊地而居並轉變一下和中國人的關係為宜。上海呼吸道
比較自由的空氣，在這種環境下，生活各方面都比較安適。對於美
國人來說，這個地方似乎特別稱心如意，因為它畢竟廣州來，所受
香港英國居留區的操縱也要較少一些。（丹涅特，1959：158～159）

　　至 19 世紀 60 年代，美國在上海的地方勢力不斷增強，獲得了僅次於英
國的租界內的各項權力。1868 年蒲安臣促成中美《續增條約》，條約中對於中
美相互開設學校，增進相互留學教育作出約定。相較於其他歐美國家，美國由
於相對置身世外，國內民眾對於信息的需求度較低，所以直到 19 世紀晚期，
美國的對外政策轉變，進入了向北美洲之外的擴張時期，美國的海外記者群體
才得以發展起來。（Volz，Guo，2019）而更大規模的交流也逐漸展開，這背後
的經濟動力不容忽視：美國自 1880 年起工業勢力躍居世界第一，至 20 世紀初
葉大量資本開始流向本土以外的地區。（何順果，2012：149）資本的指引帶來
的不僅是商業交流，也為美式新聞業的發展奠定了基礎。

第二節　密蘇里新聞人初現的歷史原境

一、密蘇里自然地理特色

　　作為美國歷史學中重要的一支，邊疆學派強調美西進運動和邊疆文明對
美國歷史進程的影響。其代表人物弗雷德里克・傑克遜・特納（Frederick
Jackson Turner）1893 年在其代表作《邊疆在美國歷史上的重要性》開篇就指
出：「一部美國史大部分可以說是對大西部的拓殖史。一個自由土地區域的存
在及其不斷收縮，就可以說明美國的發展。」（楊生茂，1984：225）這種思想
也影響了後來的歷史學者，比如魯濱遜就曾指出：「廣義來說，一切關於人類
在世界上出現以來所做的或所想的事業與痕跡，都包括在歷史範圍之內……
歷史是一門研究人類過去事業的極其廣泛的學問」（魯濱遜，1989：3）在這種
研究視野下，我們就有必要分析世界首個新聞學院在密蘇里州誕生的自然和
人文環境來尋找世界首個新聞學院得以誕生於此並且從這裡走出數量眾多傑
出新聞人的原因。

　　1821 年密蘇里成為美國第 24 個州，在莎拉・洛克伍德所寫的一篇名為
《探索密蘇里》的文章中，我們可以從當時人的視角對 20 世紀初的密蘇里風
貌有一大致的瞭解：

這裡誠然不是莎士比亞的故鄉，但這裡卻有馬克吐溫筆下湯姆索亞、哈克貝瑞芬一樣精彩的冒險之旅，這裡有因尤金·菲爾德（Eugene Field）而著名的風景迷人的遊覽線路，並且這條線路還貫穿老布恩郡的利客小道（Lick Trail）。聖路易斯、堪薩斯、聖約瑟芬等等許多城鎮都建有非常漂亮的博物館、藝廊、歷史悠久的教堂、動物園、造型別致的民居以及園林綠化等。這塊土地上的歷史與傳奇，建築和地理發現，都使得密蘇里州擁有多種多樣風格獨特的氣質。你所期望的最美的風景，在這裡都能領略。（Williams，Lockwood，F81）

在這片土地上有著堪稱豐饒的自然資源。美國的母親河之一——密西西比河流經此處並形成了多個水域，佔地 100000 英畝。密蘇里州河湖水系眾多，有 634 條被標注的溪流，總長 15327 英里。而如果算上沒有被標注的河流長度這個能夠達到 20000 英里。「當中的許多水域是以清澈、凜冽泉水為源頭，據科學家調查，僅 73%左右的泉眼就能釋放 2000000000 加侖的優質水。這還不算 3000 多眼小規模的泉水。」（Williams，Lockwood，F81）最大規模的兩處泉水是 Big Spring 和 Greer Spring，其中前者每日的吐水量就能達到 543000000 加侖。

動、植物資源也十分豐富。在長期的人與動物相互進退攻防，形成固定領地的生存之戰中，密蘇里的人們養成了酷愛打獵的習慣，從而也形成了密蘇里人血液中粗獷豪放的基因。在眾多的獵物當中，野雞和鹿是人們的主要目標。雖然在過去這裡曾經是皮草獵人和商賈貿易的天堂，但是幾百年後這裡仍然有充足的狩獵資源供人們享用。從 20 世紀初開始密蘇里州規定每年的 11 月至 1 月，可以進行合法狩獵。州立狩獵和漁業管理局會印發宣傳冊，用來教會人們分辨哪些動物受到保護，而哪些可以合法進行一定數量的捕獵，這本手冊甚至會教人們如何設計使用各種陷阱和捕獵工具。（Williams，Lockwood，F81）

密蘇里州是一個農業為重的州，自然條件優渥。然而這裡也曾經經歷過快速發展、過度採伐所造成的嚴重環境問題。20 世紀 20 年代起，當時的美國對於沙塵暴、乾旱、火災、洪水等關注日益增多，與此同時在密蘇里州人們也開始關注野外的動植物保護工作，在密蘇里州立大學哥倫比亞校區成立了野外生物保護研究室，以阿什蘭（Ashland）旁邊又有 2300 英畝野生動物實驗保護區。同時密蘇里州政府還十分重視土壤流失的治理。在土壤保護服務下的一項

計劃四中每年要在密蘇里州的農場及附近種植數以百萬計的樹木。這些樹木的品種有：黑刺槐、胡桃木、橡樹、山核桃木等。這些樹苗先在密蘇里州的幾個區域進行集中培育，然後再移植到需要的地方。（Williams，Lockwood，F81）

　　綜上所述，是密蘇里新聞學院誕生前夕密蘇里州的自然狀態，當時的自然條件，已經為人類所馴服。然而這卻並非一蹴而就，在從原始而廣袤無垠的森林、平原、荒漠到物產豐饒、人與自然互利共生的過程中密蘇里的人民付出了巨大努力，而這一歷史過程也塑造了密蘇里的文化和民族性格。

二、密蘇里文化特色

　　密蘇里非常恰當的詮釋了美國的新和舊，這塊土地以及連同周邊的一些州，形成了一個在文化上頗具意義的概念——中西部。有學者考證，大約在1902 年之後美國的一批當代作家開始在廣義上使用「中西部」一詞。其地域範圍大約在在堪薩斯州和內布拉斯加州增加了北部平原（北達科他州和南達科他州，明尼蘇達州，愛荷華州，密蘇里州）和俄亥俄州上游谷（威斯康星州，伊利諾伊州，印第安納州，密歇根州，俄亥俄州）。中西部是一個模糊的領土描述，到了1912 年這一新的標籤被更為廣泛的接受，有十二個州被界定為中西部地區。（Shortridge，1989：7）20 世紀 10 年代起，新擴張的中西部地區的人們達到了自信的頂峰。當時的美國人高度重視道德，獨立和平等主義，他們把中西部視為這些理想的象徵。此外，全國各地的人們都認為中西部地區是一個受歡迎的地區，人們將美國的各個部分和地區與人類生命週期的各個階段聯繫起來。雖然西方被視為傲慢和年輕，而東方被視為庸俗和陳舊。但中西部則跳脫出了這兩個極端——她仍然足夠年輕，有理想和能量，但它並不是那麼古老，不是老到被歸為衰退，階級分層和過度擁擠。（Shortridge，1989：7～8）而在第一次世界大戰之後美國的中西部地區仍然以雄厚的農業和工業實力取得長足發展，特別是五大湖區的幾個州，這給與了中西部現代化的積極而強健的形象，這也成為美國這個國家當時形象的縮影。有趣的是儘管出現了像底特律、克利夫蘭這些頗有活力的工業化城市，然而保守主義已經開始取代了進步主義在中西部佔有絕對地位。中西部仍然是美國傳統意義上的鄉村地區，在廣大鄉村地區熱誠友好與落後保守並存。

　　而中西部的美國人民也形成了獨特的民族性格和價值觀。首先就是產生於向西部遷移歷史過程中的冒險和拓荒精神。至 19 世紀末邊疆傳統已經成為

美國民族精神支柱。歷史學家米勒認為：「拓荒過程的最大特點就是整個民族都在遷徙和改變。正因為美國處於這種狀態中，所以拓荒過程中反映的精神就是抉擇、變化、遷徙和進步。」（吳夢月，2016）

西進運動是全方位影響美國政治、經濟、文化的歷史性事件。當時英國在獨立戰爭中受到挫敗，而法國已加速衰落，整個歐洲大陸正亂頻仍無暇西顧。美洲大陸，墨西哥內憂外困，美國內部聯邦政府財政拮据，奴隸主和資本家的挾制擴張需求日益旺盛。因此，美國聯邦政府採取了土地擴張、售賣和贈與等政策，使向西拓殖的過程如火如荼的展開。特別是《宅地法》頒布之後，美國形成了從上到下廣泛參與的高潮。該法案前後經過過了十餘年的醞釀，於1862年由林肯最終簽署。〔註3〕

在大量普通民眾不斷向西開拓的過程中，這些移民摒棄了歐洲大陸形成的等級觀念，平等的觀念被這些開拓的先民們視為理所應當的存在，平等和言論自由融入了他們的生活。

拓荒前，早期西進的人們對於西部可謂一無所知，然而這並不妨礙他們對前路充滿希望，樂觀而堅定的去闖蕩荒原，建設屬於自己的家園。而千載難逢的土地政策極大地鼓舞了普通民眾個人奮鬥和為自己爭取利益的信念，奮起向前拼命趕，幾乎成為了那個時代最重要的精神風貌。（布爾斯廷，1993：117）面對杳無人煙的草原和戈壁，拓殖者們憑藉自己的雙手，在完全陌生的環境中，以勇往直前敢於同險惡生存環境鬥爭的精神。而這些樂觀進取、不畏艱難、務實勤奮推崇個人奮鬥的思想，聯同基督新教的影響，逐漸抽象和內化成為中西部民眾乃至美國總體的一種精神追求。

另一明顯的精神特質就是反叛和反抗，作為對現實的反映反叛精神在西部文學中的表現最為明顯。到20世紀在美國文學中一大批作家開始對於「西部」的身份有了較為明確的認同，本地化特徵加深。大多數人在試圖準確定義現在或嘗試對未來提出建議、解決方案時都會首先反對過去。就如同孩子們試圖擺脫父母的束縛一樣，這一時期的趨勢往往是擺脫過去的傳統和文化。對於中西部作家而言，這轉化為與他們所在地區和小鎮生活的愛恨交織。他們中的

〔註3〕法案規定：凡身為家長者，或年齡已達21歲並為美利堅合眾國公民者，或決定依照合眾國入籍法的規定填寫自願入籍申明書，同時從未持械反抗過合眾國政府，支援或教唆合眾國的敵人，從1863年1月1日起，只要交納十美元的登記費，就可從國有土地中領取160英畝的土地。在這塊土地上耕種五年以上，這塊土地就可以成為他個人的財產（郝勇勇，2014）

許多人希望擁抱過去的舒適和傳統，同時又根據當代的變化或對未來發展的
希望，發現過去充滿壓迫感。當然這種反抗和反叛的精神也是與現代主義一脈
相承的，當時美國中西部的許多作家都受到了現代性的深深影響。他們共同的
特徵是樂於追求新的形式，為了實現這種藝術創作結果，他們甚至在作品中會
有意與傳統保持距離。

　　從密蘇里走出的這些新聞人有著比哈克貝利、湯姆索亞這些人物更為精
彩的發生在東方的新聞冒險。在斯諾記錄的關於密勒的描述中認為透過大多
數密蘇里新聞人都能看到極為相似的特徵，那就是：「反對殖民主義，反對帝
國主義，主張獨立，國家之間的平等，親共和黨主義，支持民族自決，主張美
國利益。」（Snow，1958：31）這些民族性格都是如何在每一個密蘇里新聞人
身上體現，筆者將在後文中詳細分析。

　　密蘇里州在 1830 年於聖路易斯召開了衛理公會教徒大會（The Methodist
Conference），此後在本州西側印第安居留地區建立了四處傳教所。衛理公會在
當時的美國也是主要的基督教派，1826 年該公會的《基督教鼓動雜誌》
（Christian Journal and Advocate）就有大約 25000 訂戶。（埃默里，2001：103）
1837 年將印第安原住民前往西部以後，傳教人員便開始四散開來，進行基督
教傳教活動，這些人中大多數施行公理教會制度。此後隨著印第安人繼續南
遷，州政府傑弗遜城以及周邊的一些地區，西到離堪薩斯城不遠的堪薩斯路流
域基本都遍布了傳教人員。（G.C，1915：102～103）後來出現的密蘇里州立大
學所在的四個校區也都是基督教區，而新聞學院所在的哥倫比亞城則保留著
從 19 世紀上半葉興建的多處基督教教堂。首任院長沃爾特·威廉及其夫人、
武道等等一眾師生都是基督教信徒。時至今日，89%密蘇里居民宣稱自己是基
督徒，其中 17%是天主教派，25%是浸信會，7%是衛理公會。（Ingram，谷歌
圖書）

　　此外，密蘇里州還有一個與新聞業內涵頗具淵源的別名——「Show Me
State」。在美國許多州的行車牌照上都會印上自己州最具代表性的話，而至今
密蘇里州的車牌仍然在沿用這句話，可見其在當地深刻的影響。而美國一些地
理概況的工具書和詞典，〔註4〕也會在介紹該州時提到這句話。2004 年 12 月
2 日「Voice of America」特別向聽眾介紹了這一短語的歷史淵源：

〔註 4〕如 Webster's New GeographicalDictionary 和 Abbreviations Dictionary（Expanded
InternationalSix Edition）。

密蘇里州人說「Show Me」的時候，實際上是說「Show me the proof.」隱含的意思是：「我是不會輕信的。」或「我是不容易上當受騙的。」關於 Show Me State 的語源，「美國之音」講述了兩個小故事。第一個故事的內容是這樣的：1899 年，生於密蘇里州的美國國會議員威拉德·鄧肯·范迪弗（Willard Duncan Vandiver）在賓夕法尼亞州的費城發表了演講。〔註5〕（李應清，2014：80～81）

而這種固執和不輕信的習慣，在美國歷史上有很多佐證，「Show me」幾乎成為了密蘇里人遇事的第一反應，成了他們日常的口頭禪。而通過有學者考證，這種文化現象在 19 世紀 90 年代就已經定型，（李應清，2014：80～81）而這也為密蘇里新聞學院的成立和密蘇里新聞業的發展提供了一定的文化氛圍。

三、20 世紀初新聞職業化發展和密蘇里報業的發展水平

與全球化進程類似，近現代新聞業的中心在 20 世紀以前也一直是以西歐最為發達。約翰·彌爾頓（John Milton）的《論出版自由》成為資產階級爭取政治話語權和個人權利的號角。18 世紀新聞業的光輝時刻一半以上在英國報界。1704 年美國才出現了真正意義上的定期出版物——《波士頓新聞信》（Boston News-Letter），然而由此開啟的美國新聞業卻在後面的一百多年成就了世界新聞事業新的高峰。在美國新聞史上另一重要的事件是 1735 年的曾格案，漢密爾頓對曾格案的無罪抗辯成為一代代美國新聞人乃至世界範圍內新聞工作者心中關於新聞出版自由的集體記憶。

新聞業在此後成為美國獨立革命的有力工具。而報刊自身也跟隨美國政治環境、社會環境的變化在百年之內迅速完成了政黨報刊向廉價商業報刊的轉型。從 1775 年獨立戰爭爆發美國國內各報紙紛紛自覺站隊形成了政黨報刊時期，一直到美國的政黨報刊時期以 1872 年格里歷（H. Greely）發表「獨立報刊宣言」為標誌結束，與歐洲的政黨報刊時期相比美國的政黨報刊在新聞出版自由確立之下展開，從一開始正當利用權力來鉗制報刊言論的路徑就不能走通。這一方面保持了美國報刊的自由基因，另一方面也使得政黨報刊時期美國的報紙在相互攻訐中過於恣肆放縱。這種情況在進入商業報刊時期初期依

〔註 5〕根據李的記錄「美國之音」轉述了該議員說的一段話：He declared that he came from a state that raises corn and cotton and Democrats. He said fancy language "neither convinces nor satisfies me. I am from Missouri. You have got to show me".

然沒能獲得有效地控制。因而在社會範圍內記者職業的合法性和合理性一直為缺乏規範而拖累，飽受爭議。

　　美國大眾報刊誕生於政黨報刊時期，但在 19 世紀工商業大發展之後，特別是印刷成本在技術革命中不斷減低時，廉價的美分報登上歷史舞臺。而這一時期出現的一眾響亮名號的報刊、雜誌例如美國首家大眾化雜誌《紐約客》、《紐約先驅報》、《紐約每日論壇報》、《紐約太陽報》、《巴爾的摩太陽報》、《紐約時報》，此外還有美聯社、合眾新聞社以及國際新聞社〔註 6〕等通訊社幾乎都貫穿了整個 19 世紀到 20 世紀中美交流史並扮演了重要角色。

　　19 世紀以來新聞業的崛起與交通領域的發展和通信技術變革密切關聯。密蘇里新聞業起步遠遠落後於東海岸，然而蒸汽快船運來的除了密蘇里州的繁榮，也有新聞業的發展。在密蘇里州的聖路易斯市，1818 年大型蒸汽船通航，這裡成為密西西比河重要的港口，大宗貨物可直接經新奧爾良運達世界各地，成為為密西西比河沿岸最大城市。1847 年聖路易斯架設了電報線路，隨信息傳播技術帶來的是密蘇里新聞業的巨大發展，聖路易斯成為當時西部重要的新聞出版中心。

　　「新聞業最早跨過密西西比河，是在 1808 年 7 月 12 日——聖路易斯的密蘇里州憲報（Missouri Gazette）成立。」（Williams，1929：3）這份報紙的創辦者兼主編是約瑟夫‧查爾斯（Joseph Charless）這份報紙的名字幾經修改，最終在 1822 年改為《密蘇里共和黨人報》（Missouri Republic）。報紙的內容主要以本地新聞為主，穿插一些詩歌、笑話等內容。從一開始，這家報紙就非常注重刊登廣告，但也時常會遇到廣告不足而導致報紙廣告欄留白的情況。報紙最初採用手工排版操作壓力機完成印刷。雖然 19 世紀初的密蘇里州有所發展，但是在美國還是處於偏遠地區，就連相對繁華的聖路易斯，當時也不過一千餘人。「新聞從華盛頓到聖路易斯要四十天。」該報和《密蘇里民主黨人報》（Missouri Democrat）是當時密蘇里州內發行量和影響力最大的日報。（埃默里，2001：140）

　　人口密度低是美國中西部典型特徵，這樣大型的報紙在這些地區反而存活艱難，一種被稱為社區報（community journalism）的報紙類型成為了密蘇里報業的主要力量。儘管剛開始的訂戶極少，以小型日報或週報為主。但隨著人

〔註 6〕美聯社（The Associated Press）、合眾新聞社（The United Press Association）、國際新聞社（The International News Service）。

口的增加和聚集，這些報紙的生命力極強可以迅速的覆蓋新增人口，在美國的中小城市十分成功。報社的結構通常極為精簡，因此這種報紙的優勢就在於內容少兒精，對於讀者興趣的把握甚至超過了大型日報的水平。並且可以隨時迅速對新聞熱點做出反應，因為記者通常身兼數職，和主編的溝通也極其便利，「很可能就在隔壁」。（Winfield，2008：63）而正是這種小型報紙，卻給絕大多數密蘇里新聞人提供了最初的「練武場」，他們中的大多數人都是從這些小報房中，身兼數職鍛鍊出來出色的新聞敏感和經營能力，從而走向更大的歷史舞臺。

第三節　沃爾特·威廉與密蘇里新聞事業起步

一、世界首個新聞學院誕生

　　美國南北戰爭的第三年，1864 年 7 月 2 日，48 歲的馬可斯威廉（Marcus Williams）和 42 歲的瑪麗珍（Mary Jane）誕下了他們的第八個孩子——馬可斯·沃爾特·威廉（Marcus Walter Williams）。父母對他寄予厚望，讓他繼承父親的名字，家人們也都喜歡叫他馬可斯，而這個孩子自己卻只喜歡被叫做「沃爾特」——一個在戰爭中被傳為英雄的教師的名字。（Farrar，1998：17）戰爭使得這個家庭從條件尚可的中產之家，跌入了窮人的行列。

　　家庭對少年威廉的影響是深遠的。在他懂事之前甚至於更早的時候，沃爾特的母親和姐姐就經常給他朗讀聖經故事，全家人一起閱讀和討論聖經是這個家庭每日清晨的必修課程。而和許多基督徒一樣，餐前嚴格保持禱告和分享的習慣：每個家庭成員以他們覺得有趣的方式，用餐時間是熱鬧的活動，在餐桌周圍開始的討論往往在之後繼續，其中「政治和政府是最突出的話題」。（Farrar，1998：25）對威廉而言，這種方式也不失為對講故事和發表觀點的訓練。在母親和姐姐的影響下，沃爾特從小就對閱讀產生濃厚興趣，甚至在很幼小的時候就會拿積木上的字母去拼家人訂閱的報紙雜誌上印刷的標題。（Farrar，1998：28）

　　對於印刷書報的興趣，一直持續到了他的青年時期，並為他迎來了事業騰飛的機會。1877 年威廉輟學，按照他自己的說法：「我十三歲時，有兩份工作願意要我，一個是書店店員，另一個是報坊。那是一個炎熱的夏日，那所報坊在馬路有陰涼的那一側，所以我就上那兒去了。」（Farrar，1998：34）根據其

妻子薩拉‧洛克伍德‧威廉的回憶，威廉工作的第一家報紙是《布恩維爾話題報》（The Boonville Topic）這是一份週報，分為四欄，7頁紙。在這家報館，每週威廉能賺到75美分。（Williams，Lockwood，F83）

　　15歲那年，沃爾特‧威廉正式成為一名印刷學徒，在排版工具和印刷機之間不停勞作，積累了各種新聞行業所需要的知識。直到20歲，他才正式成了一名可以「跑新聞」的記者，即便供職的只是《布恩維爾廣告人》（The Boonville Advertiser）這樣一個鄉下的報紙。（Weinberg，2008：6）然而，從此他的事業走上了加速發展的時期，他開始快速的在密蘇里州內新聞界嶄露頭角。兩年後也就是22歲時，他加入密蘇里報業協會（Missouri Press Association）。1887年，他作為密蘇里州報界的代表出席了在丹佛舉辦的全國編輯協會（National Editorial Association）大會。

　　威廉在《布恩維爾廣告人》期間的出色表現成就了他的專業聲望。1889年，他成為本州報業協會會長，但隨後不久他卻接受了時任州長David R. Francis的任命，前往傑弗遜城擔任書記員。而這樣選擇的原因也實屬無奈，因為他正在和Hulda Harned（威廉的第一位夫人）熱戀準備結婚，的確需要經濟上更寬裕的職位。此事引發同行的惋惜：「沃爾特‧威廉，一位年輕的有著光明前途的《布恩維爾廣告人》編輯，已接受了1800美元年薪，開始在密蘇里州監獄見習。我們不願看到像威廉這樣非常適合從事報業的人才離開該領域……我們祝願他一切順利，並希望他可能很快重返報業。」（Columbia Herald，1889）事實證明，這樣的工作的確並不能讓威廉滿意，經過了三個月他便辭職，並重回報業。同年11月初，就是這家非常關注他的《哥倫比亞先驅報》（Columbia Herald）向他發出邀請。而且這家報社頗具實力和影響力，其背後的史蒂芬斯家族財力在當地排名靠前，樂於做各種慈善事業。而執掌產業的史蒂芬斯（E.W.Sephens）也是個頗有商業頭腦和新聞敏感性的人物。此人可謂是威廉事業再起步的伯樂，因為從辭掉州政府的工作後有一個階段威廉一直輾轉在不同報館工作卻都不甚順利，甚至一度失業。（Farrar，1998：57～58）在二人共同的努力經營之下，《哥倫比亞先驅報》在全國範圍內獲得極大成功。（Cheng，1963：4）

　　史蒂芬斯的賞識與資助也使得威廉迅速的躋身於哥倫比亞的上層社會，而教會的力量則進一步使他獲得穩固的地位。1894年，他被任命為教會管理機構的長老之一，越來越多的承擔起管理教會事務的責任。他還經常為基督教

會的各種出版物編輯撰稿。1895 年威廉開始為一個查經班授課，儘管剛開始的時候只有 6 名學生聽他講課，但由於他仍十分認真地備課，經常在課上分享自己對於《聖經》深邃而充滿熱情的理解。消息不脛而走在大學生群體中引發不小的興趣，許多人都專程前來聽他講課。他的授課內容還會被印成小報，類似於新聞信在密蘇里大學的學生中流傳。（Farrar，1998：68）到 1902 年，聽他授課的學生人數單次就達到了 384 人。此時，沃爾特·威廉在哥倫比亞乃至整個密蘇里都是明星般的人物。

　　當然在這過程中他的新聞出版事業沒有任何的耽誤，反而在《哥倫比亞先驅報》之外還主持了多個報刊，並且都獲得了極大的成功。巨大的社會影響力再次引起了政界的關注，民主黨領導人敦促他競選國會議員。另一個代表團則揮舞著一份由數百名註冊民主黨人簽名的請願書，懇求他競選州議員。而這時的威廉卻無此打算，因而他在報紙上公開回應了他對從政的觀點：

> 我的職責不在於辦公室某個職位的尋求和佔有。在新聞專業裏，如果是半心半意的服務，就不可能達到最大的效用。新聞業就像是一個正經的女人，不能成為政治的「情婦」。作為一名編輯，為了對公眾盡全責任，就不得從事任何會分散他思想、污染社論或佔用他時間的職業。他必須完全脫離於各種聯盟和政治力量。（Farrar，1998：57～58）

　　隨著新聞事業在美國各地深入開展，新聞人才出現緊缺，新聞職業教育課程已經在多地有所試探。長久以來，新聞教育圍繞的新聞學科合法性和合理性，一直都存在著不同的聲音。在 1908 年世界第一所新聞學院誕生之前有著怎樣結構性歷史原因，也一直都是學術界所關心的話題。相對而言已經形成共識的是，新聞教育的誕生是在現代新聞業發展下應運而生的，而新聞教育的合法化與新聞職業的合法化相互促動。

　　美國的新聞教育從一開始就是以適應記者編輯工作，提供寫作和編輯訓練為明確指向的。密蘇里新聞學院成立之前，新聞教育和學科化已經出現，但仍處於不斷摸索的階段。1868 年華盛頓學院開設印刷技術課程。隨後在美國多地，新聞編輯相關的技術和技巧課程大量在 19 世紀最後 30 年中集中湧現出來：「1873 年，美國堪薩斯大學創辦了印刷實踐課，後來的新聞系就在這個基礎上擴展而成。1875 年，康奈爾大學也開出了一門類似的新課程，名為「印刷藝術」，學生完成了這門課以及其他一些規定的文學和哲學課程，就可以獲

得新聞學畢業證書。」（黃旦，2018）

　　在新聞生產職業化層面其合法地位的確立與新聞教育學科化在專業化方向上形成合力。拉爾森（M.S.Larson）經過對 19 世紀晚期各行業考察而指出新聞業專業體系的內涵：主要從自我評價、規範和知識這三個層面進行考量。評價層面關注於從業者對於自身與其他專業對比的特殊與獨立；規範則訴諸倫理；而知識則是類似於「護城河」般使得他者不可以輕易踏入行業的客觀區隔（王維佳，2014）。

　　此外，美國高等教育界當時正在進行的從古典學院制向現代綜合性大學轉軌也是促成美國新聞專業院校出現的一大原因。因為當時的美國教育界也正在進行著一場大學辦學宗旨和服務目標的變革。原本的大學精神開始讓位於對於職業的服務（Carey，1978：846〜855，載伍靜，2011：24）

　　具體到密蘇里，1839 年密蘇里大學成立，直到 1879 至 1880 年的學期中 David R. McAnally 教授首次在密蘇里大學的政治經濟學專業開設了新聞學（reporting methods）課程，從那時起一直到 1908 年，人們一直在努力嘗試將新聞學引進密蘇里大學的常規課程。與此同時，在 19 世紀 70 年代末新聞學的專業訓練的必要性受到了廣泛關注。密蘇里大學的校友銀行家 L.M.Lawson 和密蘇里大學的奠基人 James S.Rollins 還有在當時最被業界看好的聖路易斯記者 John A.Dillon 三人都認為有必要鼓勵開設新聞學的課程。1895 年密蘇里州參議院否決了在密蘇里大學設立新聞學的議案。一年後，密蘇里報業協會認命了 8 人組成的委員會，專門負責「使校董事會執行委員會重視這一問題」。到了 1898 年新聞學教育等議案得以通過，但資金尚未到位。

　　密蘇里大學新聞學院也在威廉等人的籌備和策劃下開始孕育。1905 年密蘇里大學委託威廉開始策劃新聞學課程。1906 年密蘇里大學董事會批准成立新聞學院。1908 年 4 月，州立法機關批准了用於籌辦新聞學院的資金。沃爾特・威廉被任命為學校的院長，於 1908 年 7 月 1 日履職。5 月威廉在密蘇里報業協會上發表講話：「學院成立的目的不全然是要製造記者……如果不是經過完備的課程設計就達不到這樣的目的。學院要想辦學成功就必須有賴於大量措施來保障，這其中需要同情和善意的批評指正，以及來自報界專業人士的大力支持。」（Kansas City Journal-post，1929）

　　新的學院從 1908 年 9 月 14 日秋季學期開學開始上課。「美國的一些大學或學院也都聲稱，自己創立了美國第一個新聞學院。但是實際上他們都只是有

建院的設想，或者僅僅是開設了一兩門新聞學課程而已，並沒有真正建立一個獨立的院系，並授予新聞學學位」（Missourian Magazine，1929）當地的媒體也支持這種說法，認為密蘇里新聞學院的教育是「超越當前時代的，是第一個辦新聞學學位的學院。如今全美大約有 230 所大學和學院開設了新聞學課程，但只有 55 所學院設有新聞系。在世界範圍內，有許多外國的新聞系都是依照密蘇里新聞學院而創建的。」（Kansas City Journal-post，1929）

密蘇里報業協會在 1908 年秋季會議上一致通過了獨立審查員 William Southern Jr.和摩伯利民主黨的 J. M. Lowell 以及加勒廷北密蘇里州的 C. M. Harrison 所制定的決議，具體如下：

> 密蘇里州新聞協會很高興得知大學的委員會投票贊成在那所大學建立新聞學院。自協會成立以來，該協會一直努力在報業者中發揮教育影響力，我們期望成立這個新聞學院來繼續和完善我們的工作。因此，我們表示支持董事會的這一行動，並承諾支持和鼓勵將要開展的工作。（Brown，1952）

世界上第一所新聞學院誕生了。這在美國教育史上亦具有重要意義，新聞學被當做與當時已存在的教育學、法學、醫藥學、工程學和農學同等地位的學科開設。

二、建院之初的學院發展與學生培養

自新聞教育創辦以來，將實踐和理論結合作為教學的基本導向和業內共識。院長威廉始終堅信，要想在新聞學培訓中獲得最好的效果，學生就應該充分的投身報紙和其他出版物的實踐工作，管理自己製作的印刷品並從實際的寫作和編輯經驗中獲利。

在密蘇里新聞學院，想要拿到新聞學士學位需要上完四年的課程，在此過程中有許多課程是要和文理學院一起上的，但如果想要獲得文學和新聞學雙學位則需要五年。儘管包括威廉院長在內的課程設計者們同有清晰的意識，認為記者必須進行通識教育，但是他們也在權衡各門課想要達到一定水平所需要花費的時間以及實際師資力量的情況。最終他們認為：英文文學、歷史、經濟、行政管理、金融、哲學和心理學應該成為新聞專業本科階段所開設的課程。在新聞專業方向上設置的課程主要由有豐富實踐經驗的出版人給學生教授，初期開設的新聞專業課主要有：新聞史、新聞理論、新聞報導，報紙聯絡

實踐（newspaper correspondence），社論寫作、媒介法律、闡釋學、新聞出版學和報紙發行等課程。但是這些課程並非固定常設的，而是因師資力量等因素而不斷進行調整開設的。事實上初期新聞學院的許多課程都是由密蘇里大學的其他學院教師支持開設的，比如教育學院的赫爾（Hill）教授，農學院院長沃特（H.J.Water）教授，醫學院的考文特（W.C.Calvert）博士，機械工程學院的付勞爾（E.F.Flower）教授，冶礦工程的楊（Young）主任，音樂學院的鮑梅爾（Palmer）教授等等。（English，1988：6～7）

　　在最初招收的學生中有 53 名大一新生是在科學專業下的新聞方向下招生的，8 名學生是不準備拿學位的，另有 3 人是文理學院的學生在新聞學院輔修專業，共計 64 人，其中 6 名是女生。到 1912 年，第一批學生即將畢業時是 1911 年 11 月，學校決定自 1912 年 6 月起頒發新聞學學士學位（Bachelor of Journalism），而不是科學新聞學位（Bachelor of Science in Journalism）。此後在密蘇里大學確立了本科專業完成後獲新聞學學士的規定，1921 年當武道成為密蘇里新聞學院第一位碩士畢業生時，他獲得的是文學碩士的學位。學院最初只有 5、6 名專任教職工，辦公和教學地點設在學術大樓，也就是後來的 Jesse Hall，是密蘇里大學哥倫比亞校區的核心建築。隨後一年搬到了不遠處的 Switezler Hall 並在這棟建築裏繼續辦公了 10 年（之所以用 Switezler 命名也是為了要紀念這位密蘇里記者對新聞學院的貢獻）。

　　隨著學院的建立，1908 年 9 月 14 日哥倫比亞密蘇里大學誕生了第一份自己的報刊——《密大學人》（University Missourian）。但是這本出版物的定位從未僅僅侷限於普通的班級報紙或大學雜誌。這份雜誌「它和美國其他媒體一樣承載著提供信息的服務功能，但是它將更多的版面專欄留給了本地新聞。編輯的方針思想也是要為哥倫比亞的社區進步而服務。」（Lockwood，1929：97）因此，從一開始它就被設計成哥倫比亞市的報紙，承載著整個社區的新聞，並在城鎮居民以及學生和教職員工中廣泛傳播。《密大學人》最初的樣式是每頁 6 欄共四頁。商業辦公室設在 Jesse Hall 的 D 室，印刷車間就在不遠處的城中心，Warren H.R 擔任發行經理，E.R.Evans 為廣告經理，每週發行五天。

　　早年間《密大學人》闢有專欄——「關於新聞學院」（About School of Journalism），主要選登美國國內其他媒體對於新成立的密蘇里新聞學院的評價。「許多都對密蘇里大學的工作給予了讚揚，但也有一些是嚴肅的批評。」

密蘇里大學新聞學院新聞專業學生的工作在早年的學校公告中得到了很好的
描述：

> 學校的所有實踐活動都圍繞密《密大學人》展開，該報是一份
> 每日四頁的晚間報紙，由學校的學生在教師的監管下進行出版工作
> ——這是學校的實驗室產品——用以衡量學校日常在教室裏完成的
> 教學實際表現。它同時兼具商業性質，通過招攬業務訂閱和廣告以
> 支付運轉所需的費用。（Lockwood，1929：97）

最初的運營資本來自於密蘇里新聞學院校友的股權認領，60 名校友認領
了全部 80 分股票。隨著《密大學人》的發行和「教學+實踐」模式大獲成功，
1909 年密大學人聯合會（TheUniversity MissourianAssociation）成立，入會的
資格首先必須是密大新聞學院的學生。會員選舉出 9 名學生組成理事會來主
要負責報紙的運營，按照畢業時限進行新老換屆。1909 年 9 月 18 日，《密大
學人》正式由聯合會接管，最初的印製車間在百老匯大街的 1105 號，車間配
有摩根瑟勒線性排字機等設備，這些資產都歸聯合會所有。

密蘇里來華的著名新聞人約翰·鮑威爾（J. B. Powell）就曾是 1909 年聯
合會首批選舉出的理事會成員，並且參與了早期的報紙經營活動。同時理事會
又需要對學院院長負責，院長有權指派一名經理來代替他們進行監管。薩拉·
洛克伍德曾作為院長委派的經理，帶領學生運營報紙。

如同其他成長中的產業一樣，報紙的經營也受到銷量影響時好時壞，因此
最初報紙發行也會不時的做出調整。比如在學期中每週發行五天，夏季假期改
為週報。但到了 1915 年該報改為全年發行的日報，並從此延續下來。報名也
幾經演變，從 1908 年最初的《密大學人》（University Missourian）到 1916 年
改為《密蘇里人日報》（Missourian Daily），1917 年又變為《密蘇里人晚報》
（Evening Missourian），1920 年再次改名成為《哥倫比亞密蘇里人晚報》
（Columbia Evening Missourian）後又定為《哥倫比亞密蘇里人》（Columbia
Missourian）並沿用至今。同年，校友 Jay R.Neff 捐贈的大樓投入使用，從此
報紙有了固定印刷場地。1926 年聯合會重組，仍沿用 University Missourian
Association 的名稱。與之前理事們只負責報紙基本業務方面的運營不同，該組
織後從股權和職責上 9 名理事也需要對報紙的盈利情況負責。此前股東都是
校友自願購買，盈利不歸個人而繼續投入之後的報紙生產成本中，如今股東可
以參與分紅，所以理事們的責任會更大。

「將報紙作為實踐應用學習和理論、課堂講學和實驗室操練相結合的場所。」（Williams，Sara Lockwood，F86）一直以來被繼承並視為密蘇里新聞學院的獨特辦學模式，後人將這種模式概括為「密蘇里方法」，《哥倫比亞密蘇里人》和密蘇里學人聯合會就是「於做中學」最為集中和典型的代表。

新聞教育在艱難鬥爭中獲得資源支持之後，新聞學學科建設也走上了科學化發展的道路。密蘇里新聞學院的成立，為規模化、正規化的培養新聞人才提供了制度化的保障。威廉院長曾經對媒體說：

> 現在在全國範圍內，所謂的「新聞學院」如雨後春筍般的冒了出來。許多也的確在允許的範圍內，做到了很好的程度。然而這種限制卻實實在在的構成了取得更大成績的阻礙。他們中的大多數在我看來都不是真正的學院，而只是新聞系。這是有區別的，院的規模要更大。而在學術層面考慮，學院是一個獨立的機構，被完全獨立的領導，獨立的教職員工來授課，而最後學生將拿到的是一個獨立的新聞學的學位。……經常有一些小規模的學院在給學生的課程安排上最重要的就是廣告學，甚至大多數時候是動用師生智慧，直接給學院的資助者製作廣告。學院指派授課的老師不是教授真正的新聞學給新聞專業的學生，而是做銷售公關。……學生如果進了這樣的所謂學院那就是上當了。現在全國每年從這樣的學院畢業的新聞專業的學生就有百餘人。這些新聞專業畢業生會源源不斷的做到經理編輯的位子上。也許其中一些人能得到出去跑一兩行字的短新聞的機會，而這是他們能力範圍以內的。但是，他們卻不具真正的新聞採寫能力。其最終的後果是，由於他們這類人在專業能力上的缺乏，全部的新聞學子都會受到影響。（English，1988：53）

總之，從學院建立之初，在院長威廉的帶領下學院就極為重視對於學生的通識教育，培養他們廣博豐富的知識結構。更為重要，也是為人們所熟悉和認可的是密蘇里新聞學院開創了將社區報紙和學生培養相結合的密蘇里模式，使之可以於做中學，不僅鍛鍊基本的採寫編評能力，還使之親自負責報紙的運營。隨著密蘇里畢業生相繼走上新聞實踐崗位，這種新聞的職業化、正規化的教育獲得了正名。不僅在美國，密蘇里畢業生所湧向的廣袤世界新聞事業都因此而發生變化。新聞教育的星星之火在密蘇里點燃，很快便傳及各地。美國境內，報業大王普利策原欲捐贈哈佛建學被拒，1912 年哥倫比亞大學接受創辦

新聞學院。西班牙和加拿大也傚仿美國開始了新聞教育建設。而在遙遠的中國，由於威廉院長的不懈努力，救亡圖存與民主科學的啟蒙碰撞之下新聞教育在中國獲得了密蘇里模式的全盤移植。

在密大新聞學院成立二十多年之後，美國新聞界的著名期刊《編輯與出版者》（Editor & Publisher）的詹姆士·布朗在給威廉夫人薩拉的信中說道：

> 他總是能夠成為他所從事的每一個行業的領導者，這其中包括世界報業大會（the press Congress of the world），全國編輯協會（the National Editorial Association），密蘇里報業協會（the Missouri press Association）等。……威廉所取得的榮譽和成就也是國際性的，通過聖路易斯的世界博覽會，他將報業議會與世界各地建立了聯繫。他組織領導了 1915 年舊金山的泛太平洋報業議會（the Parliament of the Press in connection with the Pan-Pacific in San Francisco），1921 年夏威夷的世界報業大會 the the Press Congress of the world，1926 年在瑞士的世界報業大會（the press Congress of the world）。同時他也是 1926 年在華盛頓舉辦的泛美記者大會（the first pan America Conference of Journalists）的主席。

布朗認為威廉的卓越不僅僅在於他自己本身是一位偉大的領導者，更在於他為新聞教育殫精竭慮奉獻一生。「在美國新聞的歷史上很少有像威廉這樣終身貢獻於新聞事業的人。」而布朗總會「含笑想起 35 年前發生在芝加哥的一場會議」，在那次會議上人們還在討論新聞是否可以成為一個學科是否要成立一個委員會來促進新聞教育的開展。而近 25 年以來，在威廉的推動下新聞教育獲得了巨大的發展。這一巨大成功「狠狠的震撼了那些曾經嘲笑新聞教育的人的腦袋」，這些人曾經說：「為什麼呢？新聞教育是可笑的、是荒唐的，請問是不能通過教育來學的，只能在社會的摸爬滾打中學到。」（Williams，Lockwood，F183）

三、通往遠東的之路與密蘇里新聞人群像

總體上來看，在 20 世紀來華密蘇里新聞人中，除卻早期的密勒等人，緊隨其後到到中國並開展新聞實踐或者新聞教育的密蘇里新聞人幾乎都與新聞學院有關，他們中大多直接在新聞學院就讀，一部分人是密蘇里本州人士到達中國之後因為工作、鄉情、或是私人感情原因而結成密切關係。從美國這一方

面，在這場持續的從密蘇里向中國輸送新聞人才的過程中，首任院長威廉起到了至關重要的作用。

　　密蘇里人出生在美國中部，而這樣的地理位置為他們的文化性格增添了保守而又對外部世界充滿想像的探索欲望。而對威廉來說除卻自身的眼界拓展，在他自身經歷所提供的契機之下，他更加有一種強烈的希望──那就是在全球推行美式新聞。當然這樣做的前提就是作為記者需要具有國際視野，對於自身的知識積累需要不斷拓展。在其逝世二十多年後，美國的媒體仍然在追憶並強調他的觀點：「我們因為被賦予信任，而得以從默默無聞走上世界的中心。作為記者的我們可曾想過，我們何德何能享受這般榮耀和權力？作為一名記者，哪怕只是小鄉村報社的記者都應當具有世界視野、掌握關於這個世界的動態。而新聞工作的領導者更應該有這樣的意識。」（The Publisher Auxiliary，1949）

　　1902 年威廉受聖路易斯世博會執行委員會（executive committee for the Louisiana Purchase Exposition）聘任成為世博會的公關指導。（Farrar，1998：82）隨即他對世界 27 個國家展開了訪問和游說，勸說他們前往參加聖路易斯世博會參展。而此次世博會也成為中國與密蘇里州交往的開端，清政府派使團參加，而中國國內也有媒體爭相對此進行了報導。密蘇里新聞學院成立之後，威廉是以院長身份頻繁的在世界各國訪問考察。根據鄧紹根教授的考證威廉在 1909 年至 1934 年間，威廉共進行了 9 次出國考察，其中到中國的訪問就有 5 次。（鄧紹根，2013：47）

　　在首訪中國的過程中威廉在對北京媒體界的講話中指出美國報刊受到黃色新聞影響具有「重興味輕事實」的缺陷，同時他也鼓勵中國積極開展新聞教育，他認為新聞記者應當接受正規的新聞教育，特別是高等教育。

　　　　新聞記者，須已受高等教育，研究有素，方能勝任愉快。此在無論何國，應以此說為然。其在文明程度幼稚之國，記者既無誠意，而興論復無勢力，故常網絡一輩弄文嚼墨之人才，為組織新聞記者團之要素。文明國不然，號稱大新聞社記者，必係飽受教育之青年也。美國約當五十年前，以記者一席，第一須富於實地經驗，學問修養一層，全然看過，鶴開史格里里氏，非美國新聞史上有數之人物乎，其出大學而充記者時，世人痛詆之不遺餘力，至謂比歐不若，嗣鶴氏肄業大學學生，須出而任記者。漸占新聞界之地步。今居然

雄飛於新聞界矣。要之美國大新聞社記者，概係大學出身，且受人
歡迎之青年記者，亦為大學出身，此中非無例外，然為數絕鮮。如
米子利大學新聞科學生，未畢業以前，已經新聞社聘定，故入新聞
界後，成績較佳，今希望入該校者，絡繹不絕，良有以也。（《世界
新聞史之比較》，1915）

　　在此次環球訪問之後，威廉確認了自己美國式新聞正在積極影響世界的
觀點。（The Missouri Alumnus，1915）1915 年他根據自己的環球觀察與訪問經
歷撰寫了《世界新聞業》（The world's journalism）一書，「成為比較新聞傳播
學的早期代表作，是該學的開山之作」。（鄧紹根，2011：47）在書中，威廉認
為新聞是一門專業，並且在世界範圍內得到了認可。「在現代文明之下，新聞
業獲得了長足的發展，而其也在此過程中展現了人類最好的自由和智慧。」
（Williams，1915：2）

　　在推廣美式新聞的理想和現實機遇的雙重促動之下，威廉彷彿「報界拿破
崙」一般，在世界範圍內開始排兵佈陣，將自己的得意門生紛紛派往各處，使
之在當地開枝散葉。僅從來華的有巨大影響力的美國記者算起，卡爾·克勞、
鮑威爾、帕特森、斯諾等人都是經他推薦提供了在遠東大展拳腳的機會。而他
們中的許多人最初並非主動想要前往中國，而是受到老院長的邀約之後才產
生了來華的打算。需要指出的是，威廉的推廣美式新聞思想並非帝國主義的殖
民策略。而是出自他自身一種世界主義者的理想和對美國新聞業和新聞教育
的熱愛以及自信力。

　　這種新聞理想與積極向外擴張時期的美國外交政策相吻合，威廉以及後
文將要敘述的密勒、卡爾·克勞等人都將自己的職業發展同美國政府的宣傳需
要和國家利益緊密相連。威廉院長第二次訪華就是在威爾遜政府的授意之下
成行的，在促進同行交流的目的之外，他還肩負著代表美國政府出訪俄國、中
國和日本的使命。（French，2006：12～13）此後他的每一次訪華都與自己所建
設的「密蘇里幫」保持密切聯繫。1918 年威廉訪華的另一重要原因是為邀請
中國參與第二次世界報業大會，彼時卡爾·克勞等人已在上海扎下根基，威廉
到滬之後就下榻在克勞府邸，並且克勞陪老師於 2 月 11 日一同北上前往北京。
第三次訪華發生在 1921 年，威廉在上海的行程同樣由密蘇里人接待，而此次
負責陪同的是聖約翰的第一任系主任唐·帕特森（Don. Patterson），並於 12 月
12 日一同到聖約翰大學參觀。（《威廉博士前晚抵滬》，1921）1927 年威廉第四

次訪華，除了與中國新聞業內人士進行交流，鮑威爾帶領的在華密蘇里人團體也與威廉進行了聚會。1928 年威廉最後一次訪華同樣與鮑威爾等人有過密切接觸。

　　而威廉的訪問並非個例，在 20 世紀的 20 至 30 年代，在美國進步主義的情懷感召之下美國有多所新聞院系的負責人或教授前往中國。例如威斯康辛大學佈雷爾（Willard G. Bleyer）教授，密蘇里大學的馬丁（Frank Martin）教授，俄勒岡大學艾倫（E. W. Allen）教授和華盛頓大學麥肯錫（Vernon McKensie）教授。現任密蘇里大學副教授的張詠認為：「美國熱心扶助中國的新聞教育，這是根植於理想主義和現實主義兩種傳統。20 世紀初的『進步運動』具體體現了實用主義精神，以樂觀態度實事求是，積極改良社會，重新肯定美國理想（包括民主、自由與進步）為普世價值。」（張詠，李金銓，2008：290）

　　除了對新聞教育和美式新聞推廣，威廉對中美新聞界極為重要的另一貢獻就在於他提出的《記者信條》。1908 年世界首個新聞學院——密蘇里新聞學院成立，作為院長的威廉「從上任的第一天起就決定將報紙的倫理作為他《新聞的歷史和理論》（History and Principles of Journalism）課程內容的重要構成。」1914 年 5 月，威廉院長起草了《記者信條》（The Journalist's Creed），並編印到學院教師統一的教學參考書《新聞學院工作手冊》（The Deskbook of the School of Journalism）中並一直到 1946 年的多個修訂版中得以保留，所有學生則被要求牢記該信條。（Farrar，1998：202～203）並自此成為該學院的慣例，「凡在密蘇里新聞學院讀書的人，並規定要能背誦信條全文。」（錢震，2003，356）對於《記者信條》以鄧紹根教授為代表的國內學界對此已從翻譯版本考證、對民國新聞界的影響等多角度進行了論述。[註7]

　　這是沃爾特・威廉作為從業多年的記者、新聞教育的創辦者更是新聞職業化的吶喊者所做出的總結和面對外界對於新聞記者是否是一個具有合理合法性而存在的獨立的職業所做出的回應。事實上，僅在密蘇里州內部，即使密蘇里新聞學院歷盡艱辛的籌辦起來之後，社會上和教育界仍然對「新聞學是否可以作為一個專業和學科而有大量質疑和批評的聲音」（English，1998：8）。

〔註 7〕關於這方面，較為權威的論著主要有鄧紹根，《美國密蘇里新聞學院和中國新聞界交流合作史研究》，北京大學博士後出站報告。另見鄧紹根，《百年回望：美國〈新聞記者信條〉在華傳播及其影響研究》，新聞與傳播研究，2015.10，第 11～27 頁。

The Journalist's Creed

I believe in the profession of journalism.

I believe that the public journal is a public trust; that all connected with it are, to the full measure of their responsibility, trustees for the public; that acceptance of lesser service than the public service is betrayal of this trust.

I believe that clear thinking and clear statement, accuracy and fairness, are fundamental to good journalism.

I believe that a journalist should write only what he holds in his heart to be true.

I believe that suppression of the news, for any consideration other than the welfare of society, is indefensible.

I believe that no one should write as a journalist what he would not say as a gentleman; that bribery by one's own pocketbook is as much to be avoided as bribery by the pocketbook of another; that individual responsibility may not be escaped by pleading another's instructions or another's dividends.

I believe that advertising, news and editorial columns should alike serve the best interests of readers; that a single standard of helpful truth and cleanness should prevail for all; that the supreme test of good journalism is the measure of its public service.

I believe that the journalism which succeeds best---and best deserves success---fears God and honors man; is stoutly independent, unmoved by pride of opinion or greed of power, constructive, tolerant but never careless, self-controlled, patient, always respectful of its readers but always unafraid; is quickly indignant at injustice; is unswayed by the appeal of privilege or the clamor of the mob; seeks to give every man a chance and, as far as law and honest wage and recognition of human brotherhood can make it so, an equal chance; is profoundly patriotic while sincerely promoting international good will and cementing world-comradeship; is a journalism of humanity, of and for today's world.

Walter Williams

The School of Journalism
University of Missouri

圖 1-1　圖為密蘇里州歷史學會收藏的一份記者信條印刷件

　　而筆者在查閱大量檔案材料時，發現《記者信條》是威廉對新聞職業化、專業化思考的其中一個環節，他的職業觀念和新聞思想是逐步建立起來的。起初，他的思考和探討主要是從新聞從業角度總結記者和編輯所應具備的素質。

例如：1898年在一篇名為《編輯應該讀什麼，及其原因》（What an editor should
read, and why）的文章中他指出，記者和編輯應當大量閱讀，並且就像人每天
一定要吃飽飯一樣重要，要從中讀取大量的信息、獲取靈感。而結合他自身曾
經為當地教會服務的經歷，他指出《聖經》的精神和文學當成為首要學習的內
容。（Williams，Lockwood，F183）

　　由這樣的思想出發，他在多個場合都強調過新聞的公共性和服務性。1910
年他撰文駁斥了記者非職業的偏見，他指出：「偶然的為報紙撰稿或者和雜誌
有一些聯繫絕不是真正意義上的新聞記者……新聞已經成為一門專業，需要
具備專業的態度、配備專門的設備、具有豐富的經驗以及經受大量的職業訓
練。……而新聞之所以吸引人的一個重要原因之一是人們會為其所具有的權
利（power）、話語優勢（mastery）以及為公眾的服務（service）所吸引」
（Williams，Lockwood，F183）在接受記者採訪時，他也強調：「報紙就是公
眾信任的集合體，我深信新聞的專業性同公眾對其的信任程度息息相關，任何
減弱服務性的舉動都是對於公眾信任的背叛。」（Williams，Lockwood，F279）
從中，我們可以看出威廉對於美國當時專業的認識以及他對於自身職業的深
深認同。而職業報人需要經過系統的訓練才能登上自己的第一個臺階，從小村
小報的實踐到去學校學習系統專業的知識就是自己的新聞事業積極攀升的最
佳階梯。（Williams，1911）1917年、威廉在芝加哥舉辦的商業報刊聯合會的
大會上，發表了題為《所有編輯都應持續接受教育培訓》的講話。威廉再次強
調了新聞不僅是一門職業並且其從業者應當不斷的接受專業的新聞教育和訓
練。（Williams，Lockwood，F609）

　　威廉的遺孀薩拉曾經表示，威廉一生一直把政治和新聞分得很清楚，「他
幾乎嘗試過做任何事情，除了去從政。」（Williams，Lockwood，F190）在威
廉自己看來，新聞需要獨立於政治，這也解釋了他為何在成為新聞學院院長之
前放棄州長的青睞，轉而在一間小城報社實踐自己的新聞理想。儘管威廉一生
與政界人士的往來密切，但他始終把自身的職業定位於與政治和財富相獨立
的地位。在1928年威廉訪華時，他對滬江大學師生的演講中強調做一名好的
新聞記者應當具備的六種素質，其中再次提到了「獨立性」，並將之作為記者
的首要素質。〔註8〕而《申報》的報導則給出了更多的情境和信息，使我們對

〔註8〕《北華捷報》所引用的原文是"Independence, industry, inspiration, imagination,
　　　sympathy and interest——these are six things that are essential to a good and
　　　successful journalist." (North China Herald, 1928)

其思想有更好的領會：

> 彼之遊華，不啻如履故鄉。因來華既已多次，而與中國各界之
> 接觸日深，故愛中國之心，不期油然而生云。此謂米蘇里大學位於
> 鄉鎮之間，而滬江大學，亦遠離紅塵十丈之上海。今日復睹熱心新
> 聞學之莘莘學子，而米蘇里大學新聞學院中亦多中國學生，故此日
> 不啻如置身己校，愉快無涯云。

> 博士對於學生訓話之最重要者，為謂致身新聞事業者有六要點：
> 第一，在具有獨立之精神，不畏彊禦，不倚傍金錢與勢力；第二，
> 在勤懇做事，不計辛苦，而其酬報即其事業之完成；第三，須有興
> 奮力，觸機而動，不藉他人之指揮；第四須有設想之能力，能舉一
> 反三，思想環生；第五，須具有同情，不剛愎自用，而能與世推移
> 胞與為懷；第六，須有興趣，凡事無興趣即不能成功，而興趣即為
> 獻身新聞事業者最高之報酬。（《昨天下午在滬江大學演說》，1928）

在老院長的感召和直接安排下，密蘇里的畢業生在 20 世紀上半葉源源不斷的前往遠東。到 20 年代密蘇里大學前往遠東的校友就已經遍及夏威夷、東京、上海、馬尼拉等亞洲的主要城市，在 1919 年 11 月的一篇刊登在《校友雜誌》的文章中作者 Duck Parry 以輕鬆自豪的口吻介紹了以老虎為吉祥物的校橄欖球隊此前的消息，他還興奮地指出盼望勝利的不僅是哥倫比亞的校友，遠在太平洋的另一端也有許多密蘇里的兒女們熱切守望著勝利。根據他的報導密蘇里新聞學院在中國和日本這兩個相距很近的國家已經建立起了龐大的校友群體。而很快兩名密蘇里的畢業生布萊恩特（Vaughn Bryant）和巴布（Glenn Babb）也將要動身去往日本尋找前輩費利雪（Fleisher），在那裡加上即將到達的密大學生將會有十幾個密大校友聚在一起。唯獨可以在校友會規模上與之相提並論的是中國長沙的耶魯會（Yale Mission）。但是在去往日本和中國的密蘇里新聞人中有很多並非一直留在遠東工作。作者提到「1915 年至今（1919年），在最先到費利雪出版公司工作的密蘇里人中只有兩人留了下來。」去往海外的大多數密蘇里新聞人因為各種原因，或是回國服兵役或是結婚等等沒能長久停留。而留在外海的密蘇里人往往傾向於和自己的同鄉結婚，在日本和中國的密蘇里校友會、同鄉會人數越來越多。1919 年前後密蘇里在日本的同鄉會就有會員 50 餘人。（Parry，1919：31）

而根據鮑威爾的記錄密蘇里在華協會（Missouri Society in China）於 1920

年 1 月 24 日在上海成立。協會共有 122 名會員，而威廉院長和夫人前去演講的滬江大學就是由密蘇里人籌款主建的，而在滬江大學的奠基石上赫然鐫刻著前文提到的哥倫比亞報業大亨史蒂芬斯（E.W.Sephens）的名字，並且滬江大學也開設了新聞學專業。在第一批會員名單中密勒、卡爾·克勞、鮑威爾夫婦、鮑威爾的妹妹瑪格麗特·鮑威爾（Margaret Powell）赫然在列。

　　早期與密勒同時代來過中國的密蘇里記者還有國家地理雜誌（National Geographic）的辛丕奇（Frederick Simpich），他首次來華是在日俄戰爭時期，之後他撰寫了一系列有關於東方的文章。此後還有一些暢銷書作家，他們也參與過新聞報導，但主要的成就在於文學寫作。其中著名的作家項美麗（Emily Hahn）也是密蘇里人士。項美麗出生於聖路易斯，到中國後主要在上海活動，成為《紐約客》雜誌的撰稿人，40 年代起定居於紐約，她的有關於宋氏姐妹傳記文學在美國一度成為炙手可熱的作品備受追捧。毛瑞斯·哈瑞斯（Morris Harris）40 年代美聯社華盛頓分部（Washington bureau of the A.P）派駐中國的首席記者，他於巴布都曾經供職於費利雪在日本的出版公司並在《日本廣告人》做記者。因為在 1923 年在日本最先發布了內容詳實視角獨特的關東大地震報導而一戰成名，被美聯社看中。9 月 1 日地震發生的時候哈瑞斯本人就處於震中區域，四周房屋盡毀、大火連綿不絕，他是靠著將近 24 個小時潛在水中，只把頭伸出水面呼吸而得以幸存。他逃出來時全身都是污泥，緊趕著逃上了一艘開往上海的輪船，並在那裡完成了大地震的報導。白雅各（James D.White）1932 年交換到燕京大學，後美聯社記者，在日軍侵華時和他的妻子遭到日軍逮捕關在馬尼拉戰俘營中。獲救後回到美國定居舊金山。約翰·毛瑞斯（John Morris）因其長期旅居日本中國和印度撰寫文章，而成為遠東問題專家。毛瑞斯出生於密蘇里蘭卡斯特，同樣也是先到日本投奔費利雪，在《日本廣告人》工作，後來轉戰上海成為合眾社駐上海的記者。珍珠港事件之後，他前往印度指導當地運動，後在緬甸感染疾病，1944 年病逝於紐約。亨利·米色維茨（Henry Misselwitz）堪薩斯人，1922 年本科畢業後前往日本，後主要在華活動，為《紐約時報》的上海首席記者。維克多·基恩（Victor Keen）雖然是個地地道道的科羅拉多人，但是在密蘇里新聞學院接受了本科教育。《紐約先驅論壇報》在遠東的首席通訊員（chief correspondent）。1941 年被日軍扣押，關在上海。被人道主義救助遣送回美國稍作休整之後，他再度回到日本成為《紐約每日新聞報》（New York Daily News）的遠東通訊員。（Powell，1946：

48～52）

在威廉之後來華交流的還有第二任院長（此時威廉擔任校長）弗蘭克·馬丁（Frank I. Martin），其他教職員工在 30 年代也在與燕京的交流中多次來華。馬丁 1932 年來到北平，和當時已經在燕京任教的聶士芬（Nash Vernon）交換。聶回到密蘇里教學，馬丁在燕京主要講授廣告學，並且參與籌辦了一份英文日報（English，1988：39～41）《英文平西報》（Yenching Gazette）（葉向陽，2003）的出版工作。《英文平西報》（或直譯《燕大公報》）存在的時間很短，僅從 1932 年 3 月持續到了 1933 年 5 月。而《燕京新聞》（Yenching News）是一份燕京大學的學生刊物，由掛甲屯一號的燕京印刷所（Yenching Press）出版。（Williams，Sara Lockwood，F1074）二者之間是否為前後相繼，在中國馬丁遇到了很多密蘇里的校友，包括鮑威爾、武道、巴布和中國留學生汪英賓、董顯光等人。

威廉近似傳教士般的熱情得到了學院師生的理解和支持的同時，在美國國內也受到了來自媒體界的各種支持。其中捐助力度很大的有《紐約時報》、《紐約太陽報》、《芝加哥論壇報》、《芝加哥每日新聞》等。（Williams，SaraLockwood，F1709）這些資助者大多和威廉一樣有著世界主義情懷，在更大程度上，他們的這種選擇與 20 世紀初美國上下對外關注熱情不無關係。中國對於更多美國人來說意味著市場：「以我之見，如果中國建立好的報紙，便可擺脫困境。（中國）識字率提高，社會狀況變化迅速，美國亟應參與其間。……我常覺得中國人容易接受最好的美國新聞事業在中國發展。我看，再沒有比這更棒的機會拓展有效的教育，代價少，回報可能很大。沒有人說得出中國的未來發展對美國多重要。」（Moy，1929 轉引自張詠，李金銓，2008：290）

沃爾特·威廉所堅持創辦的密蘇里新聞學院是大多數來華密蘇里新聞人新聞事業成長的搖籃。其歷史功績不僅僅在與美國，而在世界範圍內有力的推動了新聞的專業教育。他五次訪華，構建起了史無前例且迄今為止都難以企及的密切深入的新聞院系交流模式。

1935 年 7 月 29 日，沃爾特·威廉於哥倫比亞去世，世界多個國家的新聞界都進行了相關悼念活動。

第三章　早期來華的開拓者與美式新聞的落地生根

第一節　20世紀初中美交流的整體環境

一、美國對華政策的轉變

　　帝國主義在建立自身與殖民地之間的各種聯繫過程中推動了全球化的進程，這種聯繫是以殖民地的犧牲為代價的。整個20世紀上半葉，美國的經濟實力、政治和軍事實力都在不斷增強，在國際上的話語權也不斷增強。美國在積極的參與這種聯繫的進程中，從政治、經濟、文化等全方面的向中國植入自身的力量。密蘇里新聞人來華正是處於這樣一種歷史潮流中，正如羅伯特·帕克在《報刊的自然史》（The natural history of the newspaper）所指出的：報紙發展的歷史又起身自身獨立性，同時報紙的發展也反映著整個社會體系內部各因素的共同演進，是宏觀歷史發展進程的必然性結果。（Park，1923）美國在華報刊的發展與美國對華的外交政策轉變有著直接關係。而整體上美國從19世紀末至20世紀初對中國的重視程度與日俱增，隨著在華利益的擴大，其出於經濟和政治目的的干涉也越來越多。

　　南北戰爭中北方的工業資產階級通過打敗南方種植園主而獲得了資本主義在美國的大發展。到19世紀60年代的時候，美國一國的工業生產總值就能匹敵於英、法、德三國總值之和。高速增長的生產能力使美國較早的建立了各產業的托拉斯壟斷。與此同時，美國的國土不斷向西擴張直抵太平洋之濱。國

力的強大使美國國內開啟了單獨行動的模式在對華問題上不再與歐洲國家一起，而是轉而專心關注對華貿易事宜。

19 世紀晚期，世界已被分割殆盡。中國、波斯和土耳其是僅存的資源豐富、人口眾多的區域。帝國主義爭奪霸權，不僅為掠奪資源，同時也為了能夠削弱競爭對手的勢力，建立自己的霸權。1894 年中日甲午戰爭之後，老牌帝國主義國家紛紛奪去了中國的重要海港，強取中國的築路和開礦特權，劃分自己的勢力範圍。作為一個「遲到者」，帝國主義瓜分中國的狂潮使得美國國內對於美國在華利益的焦慮日益嚴重，積極參與剩餘資源的搶奪，加強對華資本的輸出。這一時期美國對華貿易呈迅速上升的態勢，雖然在總量上只占到美國整體對外貿易的 2%，但是在美國巨商和政治家的心目中，「卻展望著中國這個潛在市場的無限前景。都把中國當作一種『新邊疆』。」（蔣相澤，1989：71）中國對於他們意味著與歐洲國家競爭的籌碼和過剩產品傾銷的市場，然而一旦中國被全盤瓜分完畢，美國就將要面臨由其他勢力所制定的高關稅。1899 年美國駐華各地領事紛紛向國內報告列強爭奪對於美國利益的損害。「惱怒的企業家們，迅速組成美國在華利益委員會，向紐約商會提出有 68 名著名資本家簽署的請願書，要求商會干預政府對華政策。同年二月，紐約商會便急切的敦促總統，『為了迅速而有效的捍衛我國在華公民的已有條約權力，並為了維護他們在那個帝國的重要商業利益，而採取恰當的措施。』」（吳嘉靜，1980）

為應對這一危機，1899 年 9 月 6 日國務卿海約翰（John Hay）向英法等六國發出外交照會，提出在尊重其既得利益的前提下，各國不干涉在華取得的既得利益。（《中美關係資料彙編（第 1 輯）》，1957：449～450）當然美國沒有採用像對亞洲菲律賓一樣的採用軍事手段來爭取利益，也與美國國內正在面臨選舉，而反戰運動又風起雲湧有一定關係。1898 年底美國東部波士頓地區由中下層民眾組成了「反帝國主義同盟」，許多文化界具有影響力的人士也紛紛加入，密蘇里著名作家馬克·吐溫就參與其中。

然而到了 1900 年形勢的發展卻進一步刺激了美國上下對中國的態度。6月中國國內義和團運動進佔北京。美國一方面為了鎮壓義和團又同時為了維護其在華的利益，美國政府於 7 月 3 日發出第二次照會，著重強調保持中國領土和行政的完整性，宣稱：「值此中國局勢危急之際，宜將美國的態度在目前情況允許的範圍內予以闡明⋯⋯美國政府的政策是謀求一項解決辦法，這種辦法能給中國帶來持久的安全與和平，保持中國領土和行政完整，保護由條約

和國際法所保證於各友好國家的一切權利，並維護各國在中國各地平等公平貿易原則。」（蔣相澤，吳機鵬 1989：86）而其真實目的「是要在中國取得與其他大國均等的貿易機會，讓各國的租借地和勢力範圍統統對美國開放」。（陶文釗，2009：19）美國對華的門戶開放政策從根本上是為了其本國的商品銷售尋求市場將中國當做與歐洲各國博弈的籌碼。

　　一方面是美國急切想實現其在華的經濟和政治野心，而另一方面這一時期發生了多起事件致使美國在華形象一落千丈。1898 年美國在中國獲取首條鐵路讓與權，但因經營不善，違約操作將 4000 股份轉讓比利時，激起湖北、湖南、廣東省份的鄉紳紛紛提出要收回粵漢鐵路，並得到張之洞支持，留學日、美的學生也加入了運動當中。1905 年抵制美貨也愈演愈烈，英國趁機支持，矛盾變得越發複雜和激化。收回路權成功而因排華法案而引發的抵制美貨卻在清政府的妥協下以失敗告終。然而這些事件卻使中國民眾對美國帝國主義的印象更為清晰。

　　美國在亞洲的主要競爭對手是俄國，但由於自身軍事實力和對東北亞的實際掌控實力不足，美國採取了縱容日本借力打力的策略。然而美國的姑息縱容雖然抑制了俄國在東北的勢力，卻為日本從太平洋侵入中國大陸打開了缺口。日本趁著光緒駕崩、清朝政局混亂權力交替的時機大舉進佔南滿。而美國當時在華的眾多利益也在東北。面對日本在中國東北地區的擴張和實際軍事佔領行為，美日於 1908 年和 1917 年分別簽訂《羅脫──高平協定》和《蘭辛──石井協定》標誌著美國當時對日本政策總體一直採取的是妥協態度。

　　1907 年西奧多·羅斯福總統提出將部分庚子賠款退還中國：「我國宜實力援助中國屬行教育，使此巨數之國民能以漸融洽於近世之境地。援助之法，宜招導學生來美，入我國大學及其他高等學社，使修業成器，偉然成才，諒我國教育界必能體此美意，同力合德，贊助國家成斯盛舉。」（《新教育》，1919 轉引自蔣相澤，吳機鵬，1989：86）次年，經美國國會核准首批退還了中國 1365 萬美元作為興學經費，並且中美約定清政府將派留學生訪美，並在北京開設留學預科。

　　縱觀美國對華政策變化，在美國自身由孤立主義向門戶開放轉變的過程中，中國作為美國資本家的重要市場而獲得越來越多的重視。美國人對於中國的觀念也逐漸從模糊變得清晰起來。美國在華的新聞業則與其國內的外交政策相呼應，在整個 19 世紀尚處於小規模經營的階段。而義和團運動、辛亥革

命等一系列劇變之後，美國才逐漸來大批的職業記者。美國學者彼特·蘭德（Peter Rand）認為：20 世紀中國面臨無盡的戰亂，而日本的步步緊逼乃至最終侵略無疑使中國的混亂加劇。一大批美國記者和作家決意來到中國，是「承繼著馬可·波羅和吉卜林創立的傳統，把東方的信息傳遞到西方。」（蘭德，李輝、應紅譯 2001，8～9）而密勒毫無疑問的是這批記者的先驅和美國在華新聞事業的開疆拓土之人。

二、開拓者來華時的新聞界背景（19 世紀末至一次世界大戰）

19 世紀末至 20 世紀初，美國新聞界在進步主義和職業化浪潮推動下逐步實現了新聞記者固化成一種職業，新聞商業化產業化發展程度有了新的高度。而密勒等人在來華之前大多在美國新聞界已浸淫多年，並且在來華之後依然長期為美國本土的媒體撰寫稿件。因此有必要分析在密勒等人的職業習慣和職業素養形成的初期，美國新聞界的基本情況。

19 世紀下半葉，美國國內的廉價報刊為迎合社會中下層而繼續走向通俗廉價，至 19 世紀 90 年代，黃色新聞大行其道。新聞業態也呼應托拉斯經濟形勢的變革而產生了大型的報刊集團。大眾英文報紙在 19 世紀最後的 30 年數量激增到到 1967 家。（埃默里，2004：199）與傳統政黨報刊時期的媒體不同，和經營的報刊大多自主經營追求利益最大化，極為重視廣告和發行收入。為此在新聞議題上給選擇充滿刺激的內容，並且輔以聳動的寫作和編輯手法。煽情和揭醜是這一時期新聞最為明顯的特徵，而這種特徵也被保留在了早期來華的密勒等人的文風當中。密勒所供職的《紐約先驅報》經貝內特父子兩代的經營，成為當時美國最大的廉價報刊，與《太陽報》的競爭也是美國新聞史上濃墨重彩的一筆。

然而隨著新聞業的成熟和新聞企業之間的黃色新聞競爭，記者職業化專業化進程遭受危機，此時以社會責任促進新聞專業性和社會公益的思想在大眾傳媒業中萌生。20 世紀初美國進步時代的總體精神的一個副產品——扒糞運動在美國轟轟烈烈的上演。其過程中雖然暴露出政府、媒介權力、公眾監督等眾多方面的制度缺失，但是卻可以看到新聞媒體作為社會力量和輿論工具的強大政治影響力。1906 年西奧多·羅斯福總統發表演說，一方面他對於專門揭發黑幕造成混亂的記者予以批判，但同時他也強調了媒體所肩負的社會責任和政治責任。這種思考不僅是 20 世紀初美國政界的代表性觀點，同時也

是新聞界人士所共同關心的問題。

　　此外，在來華初期大多外國記者都身兼駐外記者的職務，電信通訊行業的發展對於駐外記者以及歐美新聞勢力的消長都至關重要。19 世紀 70 年代以前，歐洲國家在電信業佔有絕對控制權，這在很大程度上阻礙了美國相關產業在海外的擴展。20 世紀初，在無線電通訊技術應用中美國先人一步，替代了海底電纜從而開啟其在全球通信的主導時期。這為來華的美國記者構建溝通中美的信息渠道無疑提供了當時最重要的技術保障。

　　一些美國的學者將 19 世紀 30、40 年代興起於歐洲的一些零散的海外聯絡視為美國駐外記者的開端，而歐洲則有賴於戰亂頻仍和空間距離緊湊，早一個世紀就明確有了駐外記者的活動，但同樣屬於兼職性質。對於絕大多數普通規模的報刊來說，在正式的駐外記者出現之前，國際新聞主要依靠無償的寫信者、旅遊者、達官貴人以及依靠隨船抵達的外國報刊提供消息來寫進自己的報紙。直到外國通訊社以及各種駐外機構的誕生，駐外記者才成為制度化的存在。（Hamilton，2009：459～460）另外還有一些學者將 1867 年《紐約論壇報》（New York Daily Tribune）派遣律師同時也是記者的喬治・斯莫利前往英國視為美國向國外特派記者、通訊員的開端。其理由是該報首次派出的這位記者在歐洲成立專門對紐約負責的新聞機構，並且由這個機構承擔起歐洲樞紐的作用（霍恩伯格，1985：110～111）。

　　這種集行政和業務於一身的管理體系，在此之後被西方的各大報社爭相傚仿。然而對於這種派遣記者或者戰地記者、通訊員的界定和認可則是半個多世紀之後的事。當前來看可以明確的是在 1929 年，一位名叫 Paul Scott 的記者獲得了普利策新聞獎「correspondent（通訊員）」單元的獎項，這也是最早的專業權威領域正式將通訊員作為一個專門的記者門類。這些駐外記者、通訊員在隨後的戰爭報導中形象逐漸突出出來，被描述成「獨狼」、「最具魅力」、「興奮、愛打架、瘋狂、聰明、愚蠢、講義氣」的形象。（Volz，Guo，2019）19 世紀末 20 世紀初由於這些駐外記者的高效和及時，他們幾乎掌握了攪動西方輿論的最大權利，政客、財閥都要忌憚於他們的話語權。

　　而著眼中國的新聞出版界，英國報業在華經營從本土的《廣州記錄報》算起，至路透社遠東分社設立半個多世紀，形成了從日報、週報、雜誌、和通訊社等全線新聞產品覆蓋地區甚至到達了中國內陸。其中上海無疑是英國新聞業布局的重中之重，1864 年創辦的《字林西報》則是「中國近現代影響最大

的英文日報」。（方漢奇，2005：274）而「路透社在華活動可追溯至 1870 年之時」，1872 年路透社於上海設立遠東分社，自此發揮信息輸出的強大作用，直到 20 世紀上半葉其在華信息通訊的壟斷地位才逐漸被打破。德國媒體就曾發出「路透社的勢力比世界任何海陸軍勢力更大更危險」的感歎。（趙敏恒，2018：31～35）

　　19 世紀末伴隨著日本在華殖民擴張的腳步，日資新聞媒體開始迅速發展。僅在辛亥革命前 15 年左右，日資在華創辦的報刊就達 55 種，遠超同期的其他外資報刊發展速度。日俄戰爭之後，僅從 1905 年到 1910 年的五年間，中國大陸地區新增的日本報刊就有 23 種。（方漢奇，1996：799～805）

　　外國傳媒業在華發展的動力主要來源於以下幾方面。首先最根本的是政治、經濟在全球化進程之下，帝國主義國家向世界滲透控制的結果。無論是外國新聞媒體設立派駐機構還是殖民地、半殖民地最早期的移民自發創辦的新聞出版物，亦或是為了傳教等帶著預先設立目的進行的宣傳工作。這些都是全球化發展到帝國主義擴張階段由頂層的政治人物或者西方國內商業托拉斯的直接利益而牽動的信息需求。然而在這種由社會高層引發的社會結構性的流動和信息需求原因之外。還有一層原因是建築於此之上的，那便是西方社會無論高層還是普通民眾關於中國形象認識的變遷。這種對於中國形象的集體想像也是從十九世紀起，西方具有冒險精神的記者不遠萬里從歐洲或者大洋洲等地不遠萬里來到中國的原因。

　　中國在西方的形象，從中世紀開始是被理想化描述成一個依法治理的有著先進文明的國度，此後馬可·波羅的描述更是直接開啟了西歐對於東方奇幻富裕世界的集團想像，並間接推動了大航海時代的到來。在文藝復興時期，法國的文豪們，爭相引用中國聖賢們的論述，十八世紀西歐的漢學家們幾乎把中國視為社會建構的理想模型。然而隨著信息的流動，大量有關於當時中國的情況隨著外交使團、商人、水手被帶回到正在經歷變革的歐洲。歐洲對中國的印象急轉直下，黑格爾尖銳的指出中國的問題在於客觀存在於主管運動件的適應，這使得中國缺少變化的動力。（黑格爾，1956：160～161；轉引自李勇，2010：210）英國對華進行的鴉片貿易更是對中國產生巨大影響，使得西方對普通中國人大多有著病弱的癮君子的印象，而中國則是野蠻荒蕪人口稠密的落後印象。這種認識過程在美國人身上也被縮短重演，其最初視中國為「富裕、智慧的異域烏托邦。」（姜智芹，2010：3）此後中國也被美國視為「黃

禍」，但是根據美國學者的研究，在對 20 世紀初出生的一百多位受訪者進行直接的調查訪談之後，他指出恰好自本世紀初，「新的光線開始照耀在美國人對中國人的印象上；美國人對中國人的看法開始有了改變，並形成了新的、更友好的情感。」這種變化表現為美國人開始對原本覺得不可理解的中國現象賦予「某種同情」和「喜愛」。而這種變化很大一部分原因可以歸功於跨過工作的美國人，由於他們的親身經歷參與到了兩國之間的文化傳播中。（伊薩克斯，1999：192）

我們不禁思考是什麼力量促使了「新的光線」出現，又是怎樣的傳播過程使得這道「光」照到了「美國聽眾」。解讀這一歷史過程需要從多個方面進行研究。然而毫無疑問的是，20 世紀大量湧入的美國記者，特別是密蘇里新聞人在這一過程中起到了重要的作用。

事實上，密蘇里新聞人來華之前，已經有幾位駐外記者在中國已經名聲大噪，典型的人物非澳大利亞的莫里循莫屬。他於 1897 年來華擔任英國《泰晤士報》駐華記者。憑藉義和團圍困北京使團人員時發出的急促呼救而在西方新聞界打響名號，然而在他這個時期報導中中國的形象是模糊的客體形象，而西方列強才是莫里循報導重點敘述的對象。尤其從他在戊戌變法等事件的報導來看，其判斷和視角都是站在西方立場俯視的。（陳冰，2007：42）這種報導方式和視角並非是莫里循一人所有，而幾乎是所有在 20 世紀初期來華記者的歷史侷限。他們大多數並非專業新聞院校出身，對新聞報導的方式有著強烈的個人風格，憑著自己的想像和理解作為一個旁觀者去觀察中國，這個在他們眼中陌生、神奇又落後的國家。而這種情況在大量密蘇里人來華之後所帶來的風格形成了碰撞和融合，一方面從扒糞運動和黃色新聞潮中走出的美國記者大多帶有這平民英雄對落後的中國的同情；另一方面，作為半殖民地半封建社會中的西方人，他們的優越感和刻板印象會藏在新聞客觀性的原則後面，而不像早期的這些駐華記者，特別是英國記者那般不加掩飾的傲慢。

世界範圍內，第一次世界大戰爆發於 1914 年 7 月，這場世界大戰被看做人類歷史上第一次「總體戰」。其含義不僅僅是傳統戰爭在調動人員、財力上的總體投入，而是「直接涉及到參戰每個人的生活和精神。」（魯登道夫，2014：5）

對新聞傳播領域來說，此次戰爭中各種傳播媒介也被作為一項重要的戰爭資源直接參與到了戰爭進程之中。英國路透通訊社、法國哈瓦斯通訊社、德

國沃爾夫通訊社，都全面配合本國政府進行了宣傳戰。此外，第一次世界大戰還催生了許多專門的宣傳機構。其中最為著名的比如 1914 年 9 月成立的最初用於「對抗德國散發在許多中立國家中的宣傳材料」（信靜，2016）的文學局，該組織由馬斯特曼（Charles Masterman）在惠靈頓館建立。

　　1917 年 2 月，德國潛艇攻擊美國商船致使美國與德國斷絕外交關係。4 月 6 日，美國宣布加入協約國、正式對德宣戰。雖然英、法、美共處戰爭的同一方，但在遠離歐洲戰場的遠東地區這些國家對於中國卻各懷鬼胎，處在競爭的關係中，其在華媒體通常會集中對美國在一戰中的表現進行抹黑，或者有意忽略美國在協約國戰鬥中所做的貢獻。同時，美國作為一個移民國家其國內對戰爭的態度本身就難以達到統一。為了對內加強各族裔之間的聯繫以及對於美國國家的認同，對外改變在世界範圍內宣傳被動的局面，1917 年 4 月 13 日，美國成立了公共信息委員會。威爾遜總統在成立該機構的 2954 號總統令中說：「我特此建立了公共信息委員會，該機構由國務卿、陸軍部、海軍部以及該委員會的負責人共同組成。我任命喬治・克里爾先生為該委員會的主席，以上各部門選派職員到公共信息委員會進行工作。」（Executive order 2954；轉引自王震，2017）而這一機構在後來也與對華宣傳和來華的密蘇里新聞人有著千絲萬縷的聯繫。

第二節　美國在華新聞業之父——密勒

一、密勒早期經歷

　　托馬斯・菲兒法克斯・富蘭克林・密勒（Thomas Franklin Fairfax Millard），1868 年 7 月 8 日，出生於密蘇里州的羅拉市（Rolla）。年僅十歲密勒就進入州冶礦學院學習，[註1] 1884 年密勒進入密蘇里大學學習冶礦，為期四年。1895 年他在《聖路易斯共和黨人》（St. Louis Republic）報找到了一份工作，從此踏入新聞行業。1897 年密勒接到了《紐約先驅報》（New York Herald）工作邀請，開始為其撰寫戲劇評論。入職該報的同年希臘—土耳其戰爭爆發，次年又適逢美西戰爭和第二次布爾戰爭（Boer War）。密勒對這一系列戰爭進行了深入精彩的報導。自此戰爭成了他職業發展初期最為集中的報導對象，同時戰爭背後

〔註 1〕筆者注：Missouri schoolof Mines and Metallurgy，今為密蘇里科技大學。

的大國政治和國家利益也促使密勒不斷進行思考。

　　1899 年密勒在作為《紐約先驅報》通訊員前往南非的經歷中面部受傷，留下終身的疤痕。「同時，英國的新聞檢查制度和對媒體的控制給密勒留下了惡劣的印象。也就是從布爾戰爭開始，密勒越來越覺得英國對國際新聞進行壟斷和控制，並以此來促進英國的外交政策實施和利益獲取，同時也損害了別國的利益。」（鄭保國，2013）密勒撰寫的報導白人游擊隊的文章能夠精準的抓住南非荷蘭人的性格特點，熱情贊許其抗英行動。致使英軍司令官金欽內爵士（Lord Kitchener）把他最終逐出南非，而此舉也更加激發了密勒對於英國的憎惡。

　　在亞洲另一場戰爭也在醞釀。19 世紀 40 年代以後，美國真正成為太平洋沿岸國家極大地刺激了美國在亞太地區擴大商業貿易的野心。隨著美國國力的增強，19 世紀末強大的工業生產能力和堅實的資本基礎進一步刺激了美國對外擴張的欲望。此時的西班牙則處於傳統殖民帝國崩解的下行通道中。1898 年 4 月 25 日，美國對西班牙宣戰，隨即在 5 月 1 日喬治‧杜威率領美軍進攻西班牙駐菲律賓的軍隊，並攻入馬尼拉灣。1900 年密勒作為《紐約先驅報》的戰地記者前往菲律賓。據密勒後來回憶，在這段工作經歷中，自己逐漸明確了自己要當一個有大國視野宣傳人的目標。（鄭保國，2013）同年，密勒受貝內特二世（J.G.Bennett. Jr.，下簡稱貝內特）指派踏上中國的土地報導義和團運動，由此開啟了影響他一生的中國之旅，並迅速成長為一名有影響力的中國通記者。

　　創刊於 1835 年的《紐約先驅報》是一份有著有著豐富國際傳播經歷的報紙，其創辦者貝內特一世（James Gordon Bennett Sr.）早在 1846 年該報就向歐洲專門發行海外版。1838 年《紐約先驅報》刊登了美國新聞史上的第一條戰地報導。（李凡，1997）19 世紀 60 年代，該報的發行量超過 60 萬份，超越了《紐約太陽報》成為美國第一大報紙。（陳力丹，2016：179）

　　貝內特作為其在《紐約先驅報》時期的雇主是一個對密勒影響頗深的人物。他出生於 1841 年 5 月 10 日，於美國南北戰爭之後接管了《紐約先驅報》，在當時的新聞界流傳著各種有關於貝內特古怪個性的傳聞。約翰‧霍恩伯格曾有一段描述：「他（筆者注：貝內特）請人擬定一份《紐約先驅報》的骨幹分子名單，而在收到這個名單後就把他們全部解雇了。在巴黎，他會在飯店裏來回踱步，一鬧情緒，就會把臺布（連同碟子、葡萄酒和食物）拉下桌子。」

（霍恩伯格，1985：131）這樣一個暴君形象的人，密勒卻將之視為榜樣，從華麗浮誇的外表到自負虛榮的性格特徵密勒都深受其影響。

　　密勒自有一套固定的生活方式且從沒結婚。他的另一個使所有與他打過交道的人都印象深刻的特徵是他對外表嚴謹到可笑的程度。他常常將頭髮梳的一絲不苟，穿著極為整潔毫無瑕疵，他在旅行中也總是要攜帶者好幾大箱華麗的衣服，幾乎把整個衣櫃都搬了來，其中不少都是最正式的西裝。（Rozanski，1974）

　　這樣的個性，使得二人在工作中一拍即合，貝內特和密勒都有志於打破英國路透社和美聯社在遠東地區的新聞壟斷。而密勒則成了美國新聞界有志於留在中國開拓美國報刊疆土的先鋒，並且因為批判帝國主義侵略和殖民勢力而聞名中美。

　　1904 年在中國領土上爆發了帝國主義之間的一場戰爭——日俄戰爭。密勒再次深入戰區，隨軍進行了深入報導。在日俄戰爭期間，密勒因為採訪報導工作之便而於當時中國的權利中心建立了頗為親密的私人聯繫。其中不乏袁世凱、唐紹儀、伍廷芳等政界高層的人物。（鮑威爾著，劉志俊譯，2015：9）

二、《大陸報》及《密勒氏評論報》的創辦

　　在密勒形成堅定反英立場之後，持同樣立場的芝加哥巨富查爾斯·R·克雷恩成為支持他事業的第二位貴人。查爾斯·理查德·克雷恩（Charles Crane，生於 1858 年 8 月 7 日，卒於 1939 年 2 月 14 日）是一位富有的美國商人、阿拉伯文化的鑒賞家，美國當時著名的阿拉伯主義者。他廣泛的商業興趣和強大的財力使他得以涉足美國國內和國際政治事務。他享有與許多政府高層的有影響力的權力人物接觸的特權，成為伍德羅·威爾遜（Woodrow Wilson）1912年的競選活動的重要推手，因而也對美國當時的國際決策產生影響。1909 年他曾有過被任命為美國駐中國公使的經歷，但他當時並未就任，而是從 1920年 3 月 22 日至 1921 年 7 月 2 日，克雷恩才短暫接受威爾遜總統的任命來華履職。（鮑威爾著，劉志俊譯，2015：10）

　　1911 年密勒在上海籌辦《大陸報》（China Press），最初有許多中國方面資本家想要參與其中，比如唐紹儀等人都表示想要購買《大陸報》的股票。然而當密勒真正著手落實開辦的時候，這部分人卻都打了「退堂鼓」。（鮑威爾著，劉志俊譯，2015：10）克雷恩的資助成了《大陸報》創立初期採辦經費的主要

來源，因而他也成為《大陸報》的最大股東。此外參與出資的還有伍廷芳以及滬寧鐵路的鍾文耀。8月24日試刊行，8月29日，由密勒和卡爾‧克勞以及另一位深耕於日本新聞業的密蘇里新聞人費利雪（B.W. Fleisher）一同創辦的《大陸報》正式出版，密勒出任主筆。為了躲避中國政府方面的新聞檢查，《大陸報》的公司註冊地選擇了美國的特拉華州。（French，2006：28）

《大陸報》對報導議題的選擇非常重視打破英國媒體設立的議程，在9月長江大澇之時，密勒派首席記者克勞獲取大量一手材料進行報導，而其他媒體卻並沒有留意這樣的重大事件。緊接著1911年10月10日影響中國歷史走向的武昌起義爆發，《大陸報》隨即進行了大量跟蹤報導，並隨之在發行上大獲成功。10月12日該報在頭版刊發起義消息，自此到10月31日從武漢、北京、全國範圍等多個角度每期連續跟進。其中大量消息由一位名為丁格樂的記者提供，而丁格樂原為一名軍官對黎元洪的報導充滿興致，並以美式價值觀所能接受的領袖姿態去包裝他。

《大陸報》在銷量上很快超過老牌英國報紙《字林西報》。相比於頭版充滿了廣告的英式報刊，《大陸報》的頭版設計則是將更大的新聞報導放到最前面，將大多數篇幅用於報導發生在中國的新聞事件，而不是千篇一律的報導大英帝國。此舉招致《字林西報》的強烈反撲。「作為舊有外國報社的中堅力量，翻版的英國報業街之流公然嘲諷密勒的雄心大志。」（法蘭奇，2011：117）

《字林西報》通過經濟手段，阻止中方人員購買股票，並且發動英國方面的企業抵制《大陸報》拒絕刊登廣告。由於開辦以來《大陸報》的營業收入不足以支撐這場爭鬥，而股份又嚴重縮水，1915年8月密勒最終將該報賣掉。此後《大陸報》幾易其主，到1930年全部股份由中國報人張竹平接手，由董顯光短暫擔任過主筆。此後該報也隨時局沉浮，也曾一度聘用過密蘇里大學畢業生吳嘉棠擔任執行主編，但終究還是幾經波折，最終於1949年在被上海市軍事管制委員會接管並就此終刊。（陳鵬軍，2012：78～80）

隨後密勒又開始著手創辦一份新的報紙，也即後來的《密勒氏評論報》。此時密勒向密大新聞學院的威廉求援，申請密蘇里新聞學院能夠派遣新聞畢業生前來幫助其籌辦新的報紙，此次威廉派出的是約翰‧本傑明‧鮑威爾（J.B.Powell）。而對於這份新週報的辦報方針，鮑威爾曾回憶道他一度向密勒獻言認為《密報》必須制定一些有益於報紙銷路並且能夠帶來廣告收益的辦報策略。不過密勒對於他的建議總是「一笑了之」繼續堅持其「自由出版」的觀

念。在鮑威爾看來，密勒對於這一理念從未動搖，哪怕這樣意味著要讓渡一些利益也在所不惜。（鮑威爾著，劉志俊譯，2015：11）

《密勒氏評論報》於 1917 年 6 月 9 日正式出版發行，創辦之初密勒就仍然將對日本野心的堤防作為報紙社論關注的重點。6 月 16 日，社論引用著名作家薩繆‧布萊斯（Samuel G. Blythe）的話：

> 日本政府目前暫時還沒有和美國對抗的計劃，但是我認為如果日本一直從中國獲得資本、人力和其他資源，那麼和美國之間的戰爭將不可避免。日本在其長期的宣傳攻勢下，一直在成功的愚弄美國。日本唯一的力量在於其軍隊，特別是海軍。

1922 年密勒將《密勒氏評論報》的家當全盤賣給了鮑威爾，而自己則接受了國民黨中央政府的邀請，成為駐華盛頓的顧問。（法蘭奇，2011：113）

密勒在華的三十年中除了自己創辦的報紙，他還為美國多家頂級的媒體如《紐約時報》（New York Times）、《斯凱利普》（Scriber）雜誌、《世紀》（Century）和《國家》（Nation）雜誌等提供稿件。早在 1900 年至 1908 年間，密勒就曾經在《紐約時報》上發文，前後共計 30 多篇。《紐約時報》由亨利‧雷蒙德（Henry Raymond）創辦於 1851 年（最初報名為《紐約每日時報》，1857 年去掉「每日」字樣）。風格莊重，擅長國際報導。1896 年奧克斯主持筆政，在反對黃色新聞潮中大放異彩，成為嚴肅新聞的旗幟。「公平公正地報導新聞，不畏懼或不偏私，不捲入任何政黨、派別和利益之中（To give the news impartially, without fear or favor, regardless of any party, sector interest involved）」成為奧克斯留給《紐約時報》的精神遺產流傳至今。（陳力丹，2016：183～184）

1925 年密勒重拾舊業，受雇於《紐約時報》成為其專職通訊記者，僅 1925 年就發表稿件 61 篇。在該報上，議題依舊集中在關於中國政局的報導，呼籲西方國家出手終止在中國的戰亂。（Millard，1925）同時也有大量文章持續向西方讀者介紹中國的各方情況，比如他還介紹了當時一些影響中國人身體素質的因素等等。（Millard，1925）他的著作還在美國國內的一些學校被用作教科書。（The China Weekly Review，1929）1927 年轉投《紐約世界報》（New York World）。《紐約世界報》創刊於 1860 年，是世界著名報業大亨普利策手中一份旗艦報。主要面向的讀者對象是 19 世紀下半葉紐約新湧入的勞動人口，為贏得讀者信任擴大銷量，該報紙的言論大多支持窮人反對富有階級和貪腐問題；善於策劃和製造社會熱點，組織了一系列「有利於一般大眾的社會活動」；與

此同時，該報還要求記者必須深入底層，運用煽情手段來調動讀者感情。到 1896 年銷量超過 40 萬份著名的黃孩子漫畫就是《紐約世界報》的特色板塊，後遭赫斯特「挖牆腳」而引發黃色新聞大戰。1929 年密勒獲得密蘇里大學授予的榮譽學位，並於同年回到《紐約時報》供職。在密勒離開中國之前，還曾經找到埃德加・斯諾希望他可以繼承自己。彼時密勒希望可以暫時抽身到歐洲旅行。然而王正廷卻建議他到外交部去擔任顧問。（武際良，1992：36）

三、密勒的政治活動和政治理念

作為第一代來華專門從事新聞工作的職業記者，驅使密勒來華的動機不僅僅是戰爭報導的職業發展機會。從南非到遠東，他的新聞實踐活動與自身的政治訴求緊密聯繫，而隨著報導遠東事務和堅定的反英反日立場使之聲名鵲起，他的政治捲入程度愈來愈深，在成為戰地記者和辦報實踐之外，政治活動一度成為其精力投入的主要方向。新聞成為了其實現自身政治理想和展開外交攻勢的主要手段。

在《走進中國》中，作者彼特・蘭德〔註 2〕基於父輩的描述，將密勒的政治企圖解讀為：密勒的政見充分表明其具有典型的「密蘇里人」特點，並且還是一個「盲目的愛國者」。密勒與他同時代的許多政治家一樣，信奉的是資本主義的自由擴張思想。比如海約翰和羅斯福等人同樣相信美國應當將軍事力量向太平洋區域集中部署，進而防止其他歐洲強國把中國分割殆盡而錯失利益。（蘭德，李輝、應紅譯 2001：15）在斯諾的回憶中也提到密勒和他自己同樣有著密蘇里人的強烈風格。（Snow，1958：31）而美國新聞史學專家西北大學的漢密爾頓教授則指出：「和其他中西部地區的民粹主義者（populists）一樣，密勒有著強烈的反帝國主義特別是反英思想。」（Hamilton，1986：31）

在這樣的思想主導之下，密勒成為美國門戶開放政策的積極鼓吹者，並且與美國權力的最高者有著一致的思想且保持書信聯繫。20 世紀初美國工業生產能力躍居世界第一位，亟需擴大市場。密勒自己認為美國的擴張與英、日的擴張有著本質的不同，他的解釋是：「美國方面，僅僅侷限與商業、金融和工業領域，而沒有獲取更多領土的企圖。」他認為美國執行門戶開放政策只是追求美國的商業利益，而不會損害別國的利益，甚至他認為美國有能力和責任與和其他國家一同建立繁榮的世界。（Millard，1909）而密勒對於中國市場的強

〔註 2〕彼特・蘭德（Peter Rand），美國作家，哈佛大學費正清研究中心研究員。

調和對美國戰略中心轉向遠東的呼籲使他的報導成功的吸引了同樣持此觀點的時任總統的注意力。西奧多·羅斯福〔註3〕當過美國的海軍部副部長，並且參與了美西戰爭。在任內，他對外奉行門羅主義，1906 年由於參與日俄戰爭的調停而獲得了諾貝爾和平獎。在擴張美國利益的趨勢下，密勒也是最早一批在媒體上提醒美國政府和國際輿論要樹立對日本的警覺的觀察者。在報導日俄戰爭的過程中，密勒對於遠東的局勢和日本擴張野心產生警覺。並且在戰爭即將結束時前往日本，此行更加堅定了他對於日本會不斷進行殖民擴張的基本判斷。並且他富有預見性的指出，作為與美國同樣的主權國家，中國將會成為帝國主義爭奪的中心。而美國國內對這一問題的認識和警惕還遠遠不夠。（Millard，1901）

　　這與參加日俄調停並產生同樣對日觀點的羅斯福總統一拍即合。密勒和羅斯福總統都有著擴張美國在遠東勢力的強烈野心，二人在珍珠港有過一次會面。羅斯福鼓勵密勒撰寫更多的文章來喚起美國公眾對於遠東事務的關注，特別是加大宣揚美國在中國市場的巨大機遇，以及提高民眾對日本構成潛在威脅的認識。（蘭德，李輝，應紅譯，2001：16）這些經歷無疑對密勒形成巨大鼓舞，他密集穿行在太平洋上，深入戰爭前線，遊弋於中美政要之間。密勒與羅斯福的繼任者威廉·霍華德·塔夫脫聯繫更是密切。塔夫脫（William Howard Taft）是代表壟斷資本家的共和黨人，在羅斯福總統支持下競選成功當選總統。在當選總統之前，塔夫脫以陸軍部長身份於 1907 年訪華，其在中國的演講大都由密勒撰稿或擬定大綱。（Hawkins，1910：538）

　　為了詳盡解釋和回應遠東問題和西方文明與其之間的聯繫，並闡述美國在遠東的利益，密勒作為諸多遠東歷史事件的親身經歷和參與者，1906 年他將自己的判斷和思考寫成了《新遠東：日本新地位及其對遠東問題解決的影響考察》〔註4〕，書中詳盡介紹了日本的工業實力、財政基礎等情況，以極為精準的筆觸分析了日本在朝鮮半島、中國滿洲的勢力拓展，警覺地剖析了日本所謂的中立立場。對於中國問題，他也詳盡的向讀者解釋了各國列強在中國的所執行的政策，並指出以英國為首的帝國主義國家對於日本的姑息縱容。在密勒筆下，滿清帝國充滿新與舊的矛盾，卻實實在在是一個建設中的潛在的巨大市

〔註 3〕Theodore Roosevelt，美國第二十六任總統，任期從 1901 年 9 月 14 日至 1909 年 3 月 4 日。

〔註 4〕英文書名為：The New Far East: An Examination into the New Position of Japan and Her Influence upon the Solution of the Far Eastern Question.

場。他介紹了中國的鐵路發展，民間運動和政府的鎮壓情況，他也敏銳的觀察到了在中國國內各方勢力的崛起，其中他還特別介紹了中國留日回國的留學生群體。可以說，這部著作可以對遠東問題和中國 20 世紀初的歷史鏡像有著全面和較為深入的描繪。以密勒的立場他提出無論是否願意，美國都有必要介入並阻止日本在中國的野心，以防止其成為美國的心腹大患。(Millard，1906)

在整個來華的經歷中，密勒始終像趴在戰爭前線的觀察哨兵，冷靜敏銳的注視日本的舉動。然而他的警覺逐步變為擔心，到最終成為激烈的反日分子。1917 年在第一期《密勒氏評論報》中密勒寫道：

> 考慮到日本在此局勢中的角色，以及其極有可能捲入中國內戰，
> 我認為如果這場危機早到幾個月或一年，我們便都不必感到不安。
> 世界局勢發展也在倒逼日本的政策做出改變，至少應當使其暫停對
> 於中國的某些政策，特別是《二十一條》第五組的政策。(Millard's
> Review，1917)

密勒對遠東問題的常年關注以及和政界人士的往來常常使其被後者奉為座上賓。1918 年至 1923 年密勒正式成為北洋政府顧問，「期間，他參與了巴黎和會、國聯的三次會議，洛桑會議和華盛頓會議，同時他也擔任其他一些問題的顧問。」(The China Weekly Review，1929) 1929 年任中國國民黨外交顧問，並參與國民政府治外法權條約的制定和修改工作。密勒對於日本的憎惡與日俱增，甚至連他的朋友美國國務院遠東事務處處長斯坦利‧霍恩貝克 (Stanley Kuhl Hornbeck) 都認為他太過於偏激。(Rozanski，1974) 1935 年因其激烈的反日態度和當時國民政府奉行的綏靖政策相左，密勒自此結束了為中國政府工作的活動。

在當前新聞史學界有關於密勒的研究有一個焦點議題是有關於密勒與中國革命派人士的聯絡，以及《大陸報》是否為孫中山授意籌辦等問題。以往研究者的主要觀點是孫中山對其積極幫助募集資金，並且委託密勒為中國革命爭取輿論支持。根據張功臣的說法是：「《大陸報》對革命軍的立場遠為鮮明，這份由孫中山在國外募集部分經費，委託美國報人密勒、克勞等籌辦的日報，這是記載爭取國際輿論對中國革命的知識方面不遺餘力……」(張功臣，1999：83) 但是張並沒有給出「委託辦報」這種說法的史料來源。沈雲龍認為：總體上來看孫中山的革命活動受到了許多友邦以及外籍友好人士的支持和幫助。進而沈雲龍指出，《大陸報》的淵源係孫中山聯繫外籍友人所辦來宣傳革命的

英文報刊。只不過後來隨著革命形勢變化以及孫忙於其他工作，而「未有暇」利用。（沈雲龍，1977）然而就當前筆者實際看到的資料並不能明確的有史料能夠證實這些的論斷，相反大量的史料都指向了《大陸報》的創辦是由於密勒等密蘇里新聞人個人事業發展和美國一些有在華利益者的推動而形成的歷史結果。

　　近年來出現了另一方觀點，與前面所述觀點截然相反。比如學者胡寶芳通過梳理該報這一階段的全部評論內容指出這些評論「根本就不帶有同情革命的色彩。相反，短評對革命和革命軍極盡詆毀之能事，並極力督促清政府重用袁世凱，鎮壓革命運動，敦促清政府與革命黨妥協，建立以袁世凱為內閣總理的君主立憲政體。」甚至於該報還一度大力推崇所謂的「武裝中立」政策。（胡寶芳，2002）學者沈薈則同樣通過考察《大陸報》的報導內容指出《大陸報》在報導中體現出相當程度的搖擺態度，一方面是對革命黨示好，但隨後又開始對清政府表現出同情。（沈薈，2014）

　　而筆者從卡爾‧克勞檔案材料中看到了克勞對孫中山的採訪手稿，從當時《大陸報》記者克勞成為首個獲得中華民國政府簽發的護照，並獲得孫中山親自接見並允許其採訪的情況來看，當時的孫對於《大陸報》及其記者的態度還是非常重視的。因此，革命黨人對《大陸報》的態度比較容易確定。但是對於密勒和孫中山的私人聯繫，筆者謹慎認為還有待史學界進一步挖掘史料從而得出分析。武昌起義《大陸報》拿到採訪孫中山的獨家採訪權也極有可能出自該報董事會成員同時也是臨時政府外長伍廷芳的一手安排。

　　它山之石可以攻玉，當國內研究陷入困頓時，海外相關研究者的論調則可以用來相互參照。美國斯諾問題著名研究者漢密爾頓教授在其文章中提到：「密勒運用《大陸報》合法化了中國的新領導人，並為其在美國塑造了頗受喜愛的形象」。（Hamilton，1986）在之後的研究中，他寫道密勒的辦報想法是使「這份以上海為基地的報紙能夠著實支持和同情中國人。」在其行文中多次強調密勒進步主義時期所具有的理想和民粹主義思想面貌，以及密勒作為門戶開放政策擁躉的對美國利益的堅持考量。（Hamilton，2009：112）而在研究歐美駐華記者的專家保羅‧法蘭奇的著作中也有提到「密勒創辦《大陸報》的初衷是促進外國僑民社區同中國人之間的聯繫。」（French，2006：22）

　　綜上所述，筆者認為歷史的發展總是由多重因素共同建構形成的，密勒與中美政要有密切往來是不爭的史實。但是密勒創辦《大陸報》恐非傳統的「革

命黨人授意說」，而是密勒自身職業發展、政治思想、社會交往以及美國國家政策共同作用的產物。密勒的新聞報導和辦報實踐在很大程度上體現著門戶開放時期美國對華政策的轉變，而與此同時，密勒又是這一歷史進程的參與者和推動著。作為早期來華的職業新聞人，密勒雖然沒有經受過密蘇里新聞學院的專業新聞教育，但是其在中國開拓出了一片美式新聞實踐的園地。

四、密勒的開拓意義

　　密勒作為開拓者的意義主要體現在兩個方面：一是，其創辦的《大陸報》成打破了英國和日本在上海的新聞壟斷。而後來的《密勒氏評論報》更是成長為對中國國內和國際都具有相當影響力的政治財經刊物。這種突破不僅僅是有了美國專業記者的新聞陣地，更在於以此為支點，後續通過與密蘇里新聞學院的聯絡使上海的這個美式新聞業基地得以不斷擴大。新的人員源源湧入，帶來的是新聞報導理念，經營方式、策略等等的重大轉向，而密勒是這一歷史潮流的開闖之人。密勒在中國活動時期遭遇的是已經甚為壯大的英國新聞界，以及其背後的政治力量。他在美國新聞人來華的過程中所起到的作用就像是在對方強大而密實的網絡中隔開一道縫隙，並立住了位置。儘管客觀上來看，在最初密勒僅僅作為一名戰地駐外記者來到遠東，但是他強烈地政治嗅覺和美國學者稱為「天定命運」（滕凱煒，2017）的擴張熱情使他決定在上海開闖出自己的一片天地。從某種意義來看，密勒是美國擴張主義時期成長起來的帶著美國新聞業擴張野心來華的冒險者，他最初的目的是拓殖，密蘇里新聞學院在後期與其的交往，申請派駐記者並非完全是出於新聞專業的考量。

　　二是，密勒開闢了美國記者來華從事「新聞外交」的一種模式，這種模式與此前的傳教士報刊不同之處在於，雖然表面上這些記者都有意於結交中國政要，但其目的卻有很大差別。早期的傳教士報刊，大多規模較小甚至依靠辦報者個人力量支撐，且在發行和內容策略上主要面向中國受眾或者在華當地僑民社區。不論走高層路線介入中國政局還是走底層路線擴大發行，基本宗旨仍在於將美國的宗教精神和價值觀念傳播給中國受眾。密勒身處於美國對華政策轉變時期，其中西部人性格中的開拓和理想主義推動他把自身的職業和美國對華宣傳的綜旨結合在一起。更為重要的變化是，他遊走於中美權力核心之間，而一次幾乎形成了一個制度化的顧問工作方式。而在密勒來到中國之後，「報酬就幾乎成為在中國的美國新聞界引以為榮的傳統的一部分了。」（蘭德，李輝、應紅譯 2001：11）

　　第三個傳統雖然並非為密勒所有意為之，但事實上由於他的奔走呼喊，在他身邊逐漸聚集了和他一樣的一批反對帝國主義、反對英國，情緒激烈且深切同情中國的記者。他們之中不全是密蘇里記者，但是卻因為相同的政治傾向而在上海聚集在了一起，使《大陸報》和《密勒氏評論報》都成為鮮明反對帝國主義的報紙。

　　密勒理想化的希望通過新聞的力量能夠增進中美兩國之間的溝通和瞭解。因此在實踐中他不僅僅要面向中國受眾擴大美國在華影響，更花費巨大精力在中國的對外傳播中。從他長期保持為美國發行量最高的一系列媒體供稿來看，美國民眾對於中國的態度是關心和好奇的。而他發行了多部專門介紹遠東的圖書也成為暢銷書，並在美國擁有可與總統對話的地位，也能在一定程度上側面說明美國的上層社會對中國的問題也是極為重視的。因此，他希望通過自己的吶喊來吸引更多人對於中國和日本的關注（到後期是對中國的同情和對日本的提防）的目標是達到了的。儘管其出發點在於服務美國的國家利益，為美國資本擴大市場，但是客觀上他的新聞傳播的確起到了聯結中美、促進瞭解的作用。而這種模式也一再的在後來的密蘇里新聞人身上重演。

　　在 1935 年離開政界重投新聞業之後，密勒長期蟄伏於上海。1941 年密勒回到美國並於次年病逝於美國西雅圖。

第三節　多面開花的卡爾‧克勞

一、卡爾‧克勞來華前的新聞實踐

　　卡爾‧克勞全名 Herbert Carl Crow，1883 年 9 月 26 日出生於密蘇里州派瑞（Perry）郡的一個小的社區名為「高地」（highland）。克勞一家是美國典型的移民家族後裔，其父親名為 George Washington Crow 是愛爾蘭裔一名知識分子，常被邀請到大學做講座，收入頗豐，母親 Elvira Jane Sharrock 是英國血統生小克勞的時候還非常年輕只有 19 歲，克勞是家中的長子還有小自己 3 歲的弟弟和小自己 6 歲的妹妹。

　　儘管生活在落後的小地方，但克勞從小就從生活的觀察中產生了非常有趣的商業想法。在他眼裏，有組織的宗教傳播在很大程度上是愚蠢的，因為他們售賣的是思想和信念而不是產品。而小商販帶著他們的商品、八卦和外界消息走到哪裏都非常受歡迎，傳教士卻只能在本教派的信眾家裏受到歡迎。

（French，2006：11）小克勞在一所非常注重道德和宗教信仰的學校接受了基礎的教育。

　　1889 年老克勞去世之後，卡爾‧克勞成了一名印刷學徒從而開啟了他的新聞職業生涯。此後他先後於 1902 年做過《鋅礦帶新聞》（Lead Belt News）的排字工人。19 歲那年他自己借錢開辦了他的第一份週刊，並獲得收益。1906 年他賣掉了這份報紙，前往父親曾經任教過的明尼蘇達特卡洛頓（Carleton College）藝術學院學習。之後他轉學到離家更近的密蘇里大學。在讀大學期間克勞在多家當地媒體兼職。其中就有威廉院長工作的《哥倫比亞先驅報》（Columbia-Missouri Herald）。不久，克勞憑藉自己出色的專業才能在大學尚未畢業的情況下就成為威廉在該報的合夥人。當然忙於工作的克勞在新聞學院上課的時間極少，根據學校的記錄，他只「出勤過 12 個課時，沒有成績且被標記為『離校』」。1909 年克勞前往美國南部的《沃斯堡星報》（Fort Worth Star-telegram）工作，主要負責跟警報導刑偵過程和案件進展。在此期間克勞有過一次到墨西哥的經歷並由此打開了他對於異國的渴望和熱情。

　　1910 年密勒致電克勞並附上威廉院長的推薦信，邀請他前往中國一同籌辦《大陸報》，而他當時只是稍做考慮就應下了這份工作。而根據他自己後來的回憶，他當時對於中國的印象是模糊的甚至會想起「割喉」等可怕傳聞，他自己甚至都不確定自己想坐船到中國是該走太平洋還是大西洋。1911 年 6 月克勞乘船從舊金山前往上海，老東家《沃斯堡星報》對此還進行了報導，該報將克勞稱讚為「美國西南部最聰慧且受歡迎的著名報人」。（Fort Worth Star-Telegram，1911）

　　從幼時的印刷學徒算起到 1911 年離開美國時，年僅 27 歲的卡爾克勞已經在報業浸淫二十多年。在美國的新聞訓練期間，扒糞運動在美國新聞界如火如荼的開展，他也形成了支持力量弱小一方勇於向權威挑戰的「經典美式立場」（classic American position）。具體來講，這種立場就是敢於做向大土地擁有者或在城市中一手遮天的資本家挑戰的先鋒。（French，2006：22）

二、克勞在《大陸報》的苦心經營

　　來華之後，克勞的職務表面上是風光的《大陸報》創辦人之一，城市和外交新聞記者。實則在最初他必須親自從夜班編輯幹起。早期《大陸報》的人手有限，儘管他盡力忙碌，但他還是時常處在頭版由於新聞不足而可能開天窗的

焦慮和因此而有可能招致那些英國報紙對美式報紙在上海無法生存的嘲笑。
（French，2006：17）克勞的辦公室在四川路 126 弄 11 號一間破舊不堪沒有
空調的房間內，他和自己的前同事，同樣來自《沃斯堡星報》的查爾斯·赫伯
特·韋伯（Charles Herbert Webb）在深夜依靠著酒精、茶葉、開著窗子和數不
盡的香煙提神來想辦法把報紙填滿。由於消息源不足，儘管克勞很努力地想從
上海當地獲取一些花邊新聞，但依舊不足以支撐整個報紙。他不得不依靠德國
的一些消息社甚至從中國記者手中買消息再請人翻譯過來用在《大陸報》上。

　　雖然卡爾·克勞在來華之前對於中國的知識和概念極為模糊，但是他在來
到中國之後很快地就從主編密勒身上學習到了如何適應並投入中國的社會環
境。在進步主義思潮的影響下，卡爾·克勞保持了他在美國就形成的同情弱者
的態度，對於中國的新聞事件保持著關注和同情的姿態。在報社工作中，克勞
毫不介意和中國工人一起挽起袖子做起他從小就十分熟稔的排版工作。儘管
這些工人並不認得英文，他還是十分讚歎中國工人們排字的準確和效率。

　　1911 年後《大陸報》的經營稍有轉機，克勞接連發表的長江洪水系列報
導對此功不可沒。長江洪災從 1909 年起就已造成巨大人員財產損失，然而情
況並未好轉反而愈演愈烈。1910 年長江中下游再次爆發洪災，殃及湖北、江
西、浙江、安徽幾十餘州縣。至 1911 年情況更為嚴峻。〔註5〕

　　對於如此巨大的災難。《字林西報》的報導僅僅幾行帶過，而克勞卻憑著
自己的新聞敏感性認為有必要對此事著重報導，特別是需要自己親身前往報
導自己的親眼所見。克勞溯江而上，採訪了沿途的官員、災民、當地上層的外
國傳教士。這樣的報導在當時產生了一定轟動。使得《大陸報》在銷量上有所
突破日銷量達到 4500 份。

　　武昌起義爆發之後，卡爾·克勞對孫中山進行了採訪，這成為當時《大陸
報》的獨家新聞。1912 年 1 月《大陸報》於兩期相繼刊登了臨時大總統公告，
又一次領先英國報紙。

　　從密蘇里保持下來的對於印刷器械的興趣加之銷量帶來的些許盈利，使

〔註 5〕當時的情況大致為：湖北、湖南、江西一帶 6、7 月間洪水暴漲，淫雨連連，
　　　　田禾淹沒，房屋倒塌，人畜漂流，損失慘重。安徽因上年已是大災之年，所以
　　　　春荒極其嚴重，僅宿州一地就有災民 27 萬餘口。抵夏後，又大雨時行，江潮
　　　　暴發，濱江沿河各屬，村鎮傾圮，廬舍漂蕩。特別是長江之濱的無為州，整個
　　　　一片汪洋，水面高及樹巔，村落廬舍全在水中，無數災民露餓待斃。皖北渦、
　　　　蒙、靈、宿等縣遭災嚴重，數十里炊煙斷絕。（夏明方，康沛竹，2007）

克勞滿心歡喜的替換掉了平板印刷機而引進了新的大型滾筒印刷機。並且他還對印刷機的動力裝置進行了改造，使得印刷機在更換捲筒紙之間能夠盡可能的縮短時間，他本人對此也是頗為得意，曾邀請一眾友人專門前往他的印刷車間參觀。（French，2006：23）

克勞還曾經嘗試運用在美國時培訓過的各種黃色新聞技巧，用奇聞軼事來引起讀者的興趣，但是這些報導在英國讀者那裡卻收效甚微。對於他們的競爭對手，所謂的英式新聞（English-style newspapers）他曾經說道：「其理念是倫敦乃是世界的中心，之後是大英帝國的其他地區新聞。之後才是中國的英國人的要聞，最後才能輪的上發生在中國的政要們的新聞，而這些新聞還必須是和英國人利益相關的才有機會登報。」（Crow，1944：7）彼時的英國在華報刊依然主要服務於在華商行和僑民，以刊登各公司要聞、港口船舶信息、以及當地社區新聞為主。英文報刊市場中，《字林西報》和《上海泰晤士報》（Shanghai Times）居於壟斷地位。（Goodman，2004）

在來華初期，克勞的寫作長於記述而非對中國的重大事務做出評論。而對於《大陸報》來說，能夠使用的消息來源終究還是太少，加之英國方面不遺餘力的阻撓持續辦報的困難仍然無法得到妥善解決。英國在長期與滿清政府以及當地勢力的交往中建立了許多關係網絡，並且獲得法庭支持，在許多方面都能夠給對美國報紙予以打壓。

三、籌辦公共信息委員會

1912 年卡爾・克勞與加拿大女孩米爾德里德・鮑爾斯（Mildred Powers）結婚，同年他創辦了美國合眾社上海分社。並於次年離開上海前往東京出任《日本廣告人》（Japan Advertiser）經理。之後他身兼數職，並遊歷歐洲，直至 1915 年 7 月回到美國。回到美國之後的克勞有過一段短暫的田園生活，那時他的妻子剛剛懷孕，於是他在加利福尼亞買下了一片果園。1916 年 12 月 4 日克勞的女兒降生，克勞享受了短暫的採摘自家果實的農民生活，但緊接著這種靜謐安逸的生活便緊接著隨著 1917 年美國選擇參加一次世界大戰而被打破。得知消息之後的克勞激動的前往舊金山應徵入伍：「我在舊金山媒體俱樂部（San Francisco Press Club）的大多數朋友都去參軍了，他們中的許多人還已經參加了一段時間的訓練。那個時候人們張口閉口談論的都是這場戰爭。而我唯一想做的事就是參軍，我甚至為自己的拖延了已經錯過了一期訓練的機會而感到羞愧。」（Crow，F48）

由於他 34 歲參軍的「高齡」並且有過在遠東的辦報經歷，他被格外重視。然而這種重視隨後被潑了冷水，因為軍方得到消息稱克勞在華期間曾經作為德國間諜。後來證實，這次的「禍水」還真是來自克勞此前在上海時期認識的一位「紅顏」，克勞並無責任。參軍不成，克勞卻接到了另一項工作。那便是籌建美國公共信息委員會。

如果說密勒來華開拓，是受到美國新聞業的擴張與他自身職業理想的雙重驅使。那麼在卡爾·克勞身上，個人抱負與在美國國家意志在新聞宣傳領域的戰略在他籌建公共信息委員會過程中達到了最大程度的契合。

正如本章的背景一節所述，世界範圍內由於一次世界大戰而使得各國紛紛成立宣傳機構。而美國成立公共信息委員會的直接動因是美國國內的各族裔之間就美國是否參戰問題不能達成共識。因此，成立之初該委員會的首要任務是對美國的戰爭動機和目的進行解釋和宣傳，同時還有一部分工作內容則是審查戰時的電影和新聞等媒體傳播內容。從而實現團結動員民眾支持戰爭，嚴防同盟國滲透的功能。（任一，2016）可見維護美國所謂的「第二戰線」才是當時公共信息委員會的當務之急。

在戰爭初期，美國對中國的宣傳工作同樣沒有引起足夠的重視，遠東的宣傳迫切程度相比歐洲戰場遠低一些。而促使美國最終在華設立宣傳分支機構的原因有三：其一是，為了宣傳威爾遜的「世界和平」思想，推廣美國價值觀；其二是，應對英國、日本在華新聞機構對美國戰鬥表現的隱瞞，扭轉自身宣傳不力的被動局面；其三，也是更為直接的原因是 1917 年美日之間《蘭辛——石井協定》簽訂之後，美國在華形象從積極正面為主的新型資本主義國家直接轉變為對帝國主義妥協、縱容的形象，亟待改善。

美國通信委員會在華分部得以建成，三位密蘇里新聞人即密勒、卡爾·克勞和約翰·鮑威爾功不可沒。密勒起初先是向美國駐華公使芮恩施（Paul S. Reinsch，1913 年至 1919 年擔任美國駐華公使）提議加大力度建設美中之間的無線電通訊，增進中美之間信息傳輸的便捷程度從而促進交流。而剛剛來華接手《密勒氏評論報》的鮑威爾則被芮恩施要求對中國媒體刊登美國新聞的情況進行摸查。結果果然並不令這位公使滿意，於是 1918 年 6 月，芮恩施返回美國提出希望設立公共信息委員會中國分部，這項提議得到了美國國務院批准，並任命卡爾·克勞為中國分部的領導者。

對於如何展開工作，卡爾·克勞在《中國一側的一戰前線》一文中，曾經

用十分戲謔的口吻說道：「我的工作任務就是要讓中國更瞭解這場戰爭，當然這可真是一筆大訂單。英國人在戰爭初期就在上海建立了宣傳局，這給我提供了極有價值的參考。這價值在於，他們怎麼做，我就必須反其道而行之。」他認為英國的失敗在於那些宣傳員大多是剛派到中國來的，不懂得那些老牌報紙早就在中國讀者中失寵了。

克勞自己則兵分幾路，挑選的都是自己早在 1911 年間就熟識的，在上海閱歷豐富的報人。法國政府允許這些人使用法國的線路接受美國海軍的廣播來獲取戰況消息，編輯成稿件翻譯成中文。緊接著再將這些稿件，盡可能廣泛的分發到中國媒體手中，並盡力使其刊登出來。他的人手裏有許多都跟中國報館有著深厚的關係。為了避免太過於明顯的宣傳引起麻煩，克勞想辦法使用些小技巧包裝自己的機構，比如以極低的價格向中國的媒體供稿，並且從不急於向其收取費用。即使這樣，收入竟然也能實現了中國分部的「自給自足」。這樣一段時間後，同盟國的一些外國人大都知道卡爾·克勞是公共信息委員會的長官（Commissioner for the Committee on Pacific Information），而中國的報人只認得他是一家名為中美新聞社（Chinese-American News Agency）的公司經理。這個「空殼公司」還有另外一個名字，也時常被中國媒體引用叫「東方新聞社」（Oriental News Agency）。

在宣傳的內容上，除了報導美國及其他同盟國的軍事行動，中國分部還花大力氣宣傳中美友誼、突出美國對華的重要性。比如在《民國日報》上刊登的推銷公債的廣告就說：「歐戰開幕後中華之平和扔得為以獨立國者，蓋皆恃美國及協約國之戰鬥優勝耳。」（《民國日報》，1918）此外，使美國的外交政策更多的被中國瞭解，也是中國分部的重點宣傳目標，《晨報》、《民國日報》等都大幅刊載過相關文章。他們還將分別嘗試不同的傳播渠道，比如威爾遜總統的演講稿克勞就聯繫了中國最好的翻譯，譯成的稿件一面賣給中國報館，一面印製成書籍贈送給當時中國各地方的社會名流。（Crow，F48）這一新手段取得了超乎克勞預料的良好效果，「那些受到演講集和信件的中國精英們紛紛回信，希望能通過克羅與威爾遜總統進行交流。由於工作量巨大，克羅很快就放棄了翻譯信件的努力。他最終收到的信件數量超過 5000 封。……在收到克羅寄送的威爾遜演講集後，回信給他的人都深信克羅能夠起到溝通中國人和美國總統威爾遜的作用。到巴黎和會召開時，許多中國人以及一些組織的代表找到克羅，希望通過他把中國的意見告訴威爾遜總統。」（任一，2016）

1919 年 5 月，公共信息委員會中國分部撤銷。

四、卡克・克勞和他的「四萬萬客」

通過卡爾・克勞的辦報經營和戰時公共信息委員會中國分部的管理情況我們已經對其經營管理的才能有了一定認識。而他在中國開創的廣告事業，則更是將自身的這一優勢發揮到了極致。「克勞在其去往中國之後便學會了一件事那就是自我推銷的藝術。」（French，2006：72）而一戰之後，公共信息委員會的工作退居幕後，克勞在戰時宣傳所積累的各種關係為其施展長袖善舞的外交藝術並進而拉攏廣告商提供了最好的資源。另外，卡爾・克勞還不時地為中國的一些媒體出面擔任些許名譽上的職務，作為其出版時面對新聞檢查的保護傘。正如他所說的「只有得到外國國旗保護的報紙，才能維持執行獨立政策的外表」。（卡爾・克勞著，夏伯銘譯，2011：108）

上海自古以來人口聚集、商業氛圍濃厚，在成為首個開放商埠之後資本主義經濟更是獲得了飛速的發展從而將上海人生活的方方面面捲入其中，逐漸成為一個成熟的商業社會，有「東方巴黎「之稱。而此時中國國內的經濟形勢也因為世界大戰期間帝國主義無暇東顧，而為我國的民族資本發展迎來了短暫的春天。另一方面，到戰爭後期，各國資本相繼開始在中國加大了商品傾銷和資本的輸出。多方資本實力匯聚到了上海這一口岸，使得上海的經濟呈現空前繁榮。《消費文化與後現代主義》的作者邁克・費瑟斯通曾指出由於資本逐利特性，商品生產不斷加以擴張，物質的大量積累最終引發了文化層面對於消費的有利環境。（邁克・費瑟斯通，劉精明譯：2000：165）華洋雜處、重商主義流行的上海給了廣告業良好的發展空間。

佔有天時地利，1918 年克勞在上海成立了以自己名字命名的廣告公司（Carl Crow INC.）主要業務是利用報紙和路牌上的廣告來推銷商品和品牌。對於這家廣告公司，克勞自認為還是取得了比較大的成功，其代理的客戶經營範圍和客戶來源都十分廣泛。這從克勞在《四萬萬顧客》一書的序中的描述中可見一斑：

> 我的工作自然而然地使我的觀點變成把中國人看做潛在的顧客，考慮他們可能購買什麼用品，應該如何包裝這些用品，什麼樣的廣告宣傳方法在推動銷售方面將是最有效的。我的廣告客戶銷售從紡織品機械到香水的一切東西。他們由許多不同國籍的國民組成，

有英國人、美國人、德國人、法國人、荷蘭人、比利時人、澳大利亞人、加拿大人、日本人、西班牙人，還有一個廣告客戶來自盧森堡大公國。（卡爾・克勞著，夏伯銘譯，2011：2）

而他的確有這樣的實力——經過十餘載的經營，卡爾・克勞廣告公司「與美菱登、華商、聯合併成為 30 年代上海四大廣告公司。」（羅志超，2019）

廣告行業需要極大的創新能力，正如前文提到的《沃斯堡星報》對卡爾・克勞的評價一樣，他是極具有靈氣和智慧的人。這不僅體現在《大陸報》創業過程中克勞自己學習改造印刷機，還有體現在他創辦的廣告公司在當時的上海做的風生水起。其在中國廣告史上的創舉，也是最為人津津樂道的創意便是 1922 年 4 月 12 日的《申報》「旁氏白玉霜」的廣告。在此之前中國的廣告極少出現女郎形象，更不會有梳著精緻西式短髮姿態妖嬈的「性感女郎」出現。

除了外部環境適宜廣告業務的開展，卡爾克勞還充分的展示了自己的管理才能，調用各方人才使其各盡其用提高公司廣告的質量。他專門成立了藝術工作室，招募當時最為著名的一大批畫家為其供稿，除了上文「旁氏白玉霜」的作者謝之光還有葉淺予、謝幕連等人。他還專門成立了戶外廣告部，由沃爾夫牽頭。1923 年，克勞再次進行制度創新，率先引進廣告市場調查制度。（Crow，1923）

在上海的廣告生意一度遭受了重創，但同時憑著克勞的經驗和意志，他的廣告生意也得以存活。在一篇名為《當廣告遭遇戰爭並存活下來》的文章中他提到：

在對上海的攻擊中，價值數百萬美元的財產被摧毀，成千上萬的平民被殺害，成千上萬的人被驅逐回內地，還有成千上萬的人因為工廠被毀而失業。曾經在揚子江上提供了如此高效服務的兩家英國公司的船都不得不扎堆的泊在一起，閒置的原因是日本人不允許他們運作。商業不僅遭受了巨大損失，而且還受到了不必要的懲罰。暫時得勝的日本人試圖摧毀一切除他們之外的一切所有貿易。

然而商業活動仍在繼續——就數量而言自然不像以往那樣正常，但購買商品的門類、檔次和銷售方法卻和以往一樣。廣告繼續扮演著和之前同樣的角色。我一直在看上海的報紙。上海主要的英文日報《字林西報》曾出版過 18 版……現在的日報有 12 版，週日有 18 頁，滿滿當當全是廣告……（Crow，F29）

　　克勞一生對中國從不認識到逐漸認識再到最終熱愛，這個過程是漫長的也是深刻的。在一次世界大戰中國參戰的問題上，他的角度還是片面的甚至有一些傲慢。他認為中國政府在一戰中的角色就如同打橋牌的一類玩家，「手裏沒有牌可出也對局面沒有助益」。他甚至傲慢地說「至於中國為什麼參戰，官方是有一套說辭，但是太長了我難以記住。但我認為的理由是，中國人每天都看到報紙上充斥著歐洲戰爭的消息，但是卻找不到中國與之有何聯繫，所以才向政府施壓。而當政府真的參戰了，卻也沒有幾個中國人會在意輸贏。因為他們近乎本能地認為，只要是中國參加的戰爭就一定會輸。」（Crow，F48）

　　然而到後期，隨著他在中國生活閱歷累積，他轉變為對中國始終充滿同情和興趣，用他自己的話說：

　　　　這是一個幅員如此遼闊、情況如此複雜的國家，因此，她絕不可能變得平凡無奇——人們對它的瞭解是如此之少，以致雖然同一條路已有成千上萬人走過，但由於他們的眼睛不那麼善於觀察，一個人仍有可能興奮地頻頻發現某個違背他們注意到的新的事實，從而享受探險家的激動。這就是我的辯解和我的理由。我希望讀者將發現，我的辯解和理由時刻接受的，而且，我的這種新觀點將使他與我一樣，對令人關注、令人惱怒、令人困惑以及幾乎總是令人喜愛的中國人民產生新的認識。（卡爾・克勞著，夏伯銘譯，2011：2）

1938 年 3 月卡爾・克勞在重慶通過廣播向倫敦的聽眾進行了一場別開生面的「中國宣講會」。演講中對於中國的歷史文化充滿稱讚甚至誇張的褒獎，面對「日不落帝國」的傲慢聽眾，他說道：「在中國的陽光照射範圍內，幾乎沒有什麼事物是中國人沒見過沒聽過的，即使有一些新花樣，那也只是在古代中國發明的基礎上進行的改良」。他繪聲繪色的介紹了他聽說的關於中國象形文字的起源和演進，並指出中國的文字出現早在毛筆、墨、紙出現之前就已發展成熟。他及時介紹了中國象形文字研究的進展，以及甲骨文大量被發掘的考古進展。在演講稿中他介紹了中國歷史中曾經出現的「焚書」現象，認為對於個人藏書界這是一個毀滅性的打擊。但很快「在那個朝代過去之後，大多數書籍被恢復出版。」對這一歷史現象陳述完之後，克勞還不忘記留下一段值得玩味的結論「順便說一句，公元三世紀前的中國正在經歷類似今天歐洲和遠東非常相似的集權時期。所有的個人自由被摧毀，一切的獨立思想都受到打壓。然而，中國卻成為了當今世界最有民主精神的國家之一。」（Crow，F217）

除了宣揚中國的文化特色，卡爾・克勞還特別注重利用一切機會揭露日本法西斯的罪惡行徑。在另一篇廣播演講稿裏（時間不詳），卡爾・克勞指出日本企圖用一種說辭去給歐美的民眾洗腦：到處宣揚中國處於紅色恐怖之下，而日本的軍事行動則像一雙張開的翅膀來保護中國……而這些都是欺騙。在他的真實經歷中，他則希望借助廣播讓日裔聽眾知道，他們的飛行員每天投放的炸彈像雨點一樣密集，摧毀著中國的城市奪取著無辜平民的生命。

> 戰爭總是帶來恐懼，但是日本的恐怖施壓政策（terrorism）卻成為了戰爭的工具……日本企圖通過製造恐懼來摧毀中國人的意志使之無論任何條件都能同意停戰。
>
> 日本人真的以為成千上萬的中國老百姓會跪求蔣介石停手來換取日方停止向他們的上空狂轟濫炸。
>
> 但是中國人並沒有如日本預期的那樣。
>
> 我看到的是防空警報拉響之後人們匆忙得向防空洞趕去，但卻沒有任何恐懼驚慌甚至一點點懼怕的證據。
>
> 每次轟炸過後，我看到他們清理搬運著死者和傷者。
>
> 然而在次日的清晨，這座城市又恢復了往日的常態，彷彿一切都不曾發生過一樣。
>
> 但其實，許多事情確實發生了。
>
> 這裡的笑容越來越少，而在這樣的現象之下是中國人驅逐入侵者的意志被不斷的更新。
>
> 我非常確信，中國人會成功的實現這一目標，並且在不久之後他們會在日本人製造的滿目瘡痍的廢墟上重新建立一個新的中國。
>
> （Crow，F217）

1943 年克勞回到美國，1945 年 6 月 8 日因罹患癌症在紐約去世。

學者保羅・法蘭奇將中國近代以來的這些外國記者在中國的心態分做三種類型：

> 有些記者陶醉於中國的文化、語言或其他元素而流連忘返；有些人思鄉心切，無心逗留，無論是從中國的碼頭登船返航還是在中國終老，他們始終當自己是異鄉客；第三種人就是典型的中國沿海報業記者。記者亞瑟・蘭塞姆在報導過 1917 年的十月革命之後來到了中國，他提出的「上海心態」這一概念得到了這類外國人的認同，

　　亞瑟‧蘭塞姆指出他們是生活在「密封的玻璃箱」裏，即在受外國
勢力控制的中國通商口岸內享受特權生活。（法蘭奇，2011：9）

　　早期來華的密蘇里新聞人卻並不容易清晰的劃分進這其中的任何一類，
他們身上閃動著的更多是一種進步主義時期昂揚的開拓精神，還有密蘇里人
那份獨有的樸質、堅毅和實幹。他們沒有沉溺於上海飛地裏的花紅酒綠，沒有
在商界、政界之間不斷翩躚起舞，而是踏實的憑藉著新聞敏感去追逐新聞線
索，無論辛苦還是艱險。

　　當然早期最有代表性的兩位密蘇里新聞人亦是各有特色。如果說密勒的
理想和主要精力用於寫作著作讓更多的西方讀者特別是美國人能夠對中國的
政治現狀有更為全面深刻的認識。卡爾克勞的筆觸則向西方讀者呈現了更接
地氣的中國社會生活圖景，在他的筆下的中國是有趣的、鮮活的也是真實的。
兩人作為先期來華的職業記者，在其進步主義情懷支撐下，他們迫切的想把自
己對中國的認識過程同樣介紹給西方世界。

　　正因如此，在辦報方針和議程選擇方面密勒和卡爾‧克勞遠遠不同於英式
的《字林西報》和早期美國傳教士所辦的報刊。而這也造成了早期辦報的失利，
因為《大陸報》這樣一份全英文報刊，其主要的受眾群體依然是在華的英語僑
民群體。但是在《大陸報》發行時期，這個僑民群體中的相當一部分人已經對
上海的一些老牌英文報紙建立了用戶黏性；更為重要原因是英國僑民的依然
占比很大，其所關心的內容是發生在英國本土、歐洲乃至印度所發生的大事要
聞，而不是中國國內發生的事件。對於這個群體，中國的政權更迭只要繼續承
認並保障他們在華的既得利益，那麼中國國內的災難和八卦消息對於他們的
新聞價值是微乎其微的。儘管如此，「歷史最終選擇了《大陸報》和他的創辦
人員，將其帶入了公眾視野。把有關中國的新聞登載在世界性報紙的頭版無疑
是一次真正的革命。」（法蘭奇，2011：117）

　　而拋開《字林西報》等英國媒體的外部攻擊。密勒、卡爾‧克勞的新聞風
格在一些國外研究者看來會將其稱為「美式新聞」，其特徵基本上與他們來華
之前的新聞經歷相符合，並且呼應了進步時期美國本土上演的扒糞運動。這樣
的報紙風格在上海這個特殊的環境產生水土不服也就非常正常了。

　　密勒和卡爾‧克勞很快成為了密蘇里新聞學院在華的主要聯絡人，隨著這
個群體後來逐漸的壯大，其競爭對手，英國報人將他們蔑稱為「玉米老兒」和
「牛仔記者」。密勒的歷史貢獻更多的在於其大量著述直接影響到了當時關注

中國事務的人們對中國問題的看法，同時他給了卡爾克勞、鮑威爾等人在中國開展事業的機會。隨著後來密蘇里新聞人的人數越來越多，密勒不無自豪地說：「上海發出所有重要新聞電報的一端都有一個密蘇里新聞學院的人。」（Lockwood，1929：146）

第四章　新聞學院的「正規軍」

　　新聞史學者保羅‧法蘭奇曾說:「1911 年爆發的辛亥革命使得全球的目光再一次聚焦在中國,中國沿海的報社也越來越多,成群的外國記者蜂擁而至。1919 年的五四運動開始,外國記者隊伍中又出現了一種顯著的趨勢,他們開始將自身與中國的事業聯繫在一起並表現出對時局的不滿。」(法蘭奇,2011:17)正是由於這種聯繫,使得 20 世紀 20 年代之後來華的外國記者大多按照他們所認定的中國未來將要勝利的一方而劃分了政治態度上的陣營。這種情況占到了大多數,也是最為研究者感興趣的群體。然而還有一批新聞人,他們處在傳統的「親蔣」或者「紅色」記者之外,努力在新聞工作中克制自身的傾向而向著他們所信仰的新聞客觀性靠近。密蘇里新聞人中就有這樣的一群人,他們接受了當時世界上最為先進的新聞教育,從採編技能到職業倫理「全副武裝」的來到中國,一些人甚至在來華之前已經在美國大學裏擔任新聞學的教師或是在傳媒行業小有名氣。他們來華之後的新聞事業並沒有那些「名記者」一樣轟轟烈烈,但卻實實在在將美國的新聞觀念、操作標準一步步的植入到了中國的語境中,是中美交流歷史中重要的一環。

第一節　「領軍人物」鮑威爾

一、早年報業經歷和廣告學教師生涯

　　鮑威爾,1886 年 4 月 18 日出生於密蘇里州馬瑞恩郡(Marion county)的漢尼堡(Hannibal),其全名為約翰‧本傑明‧鮑威爾(John Benjamin Powell),

在中外新聞史研究中常將其簡寫作 J.B 或 J.B.Powell。在就讀密蘇里新聞學院之前，他先在伊利諾伊州的昆西（Quincy）讀了高中了和寶石城商學院（Gem City Business College），隨後在《昆西自由報》（Quiney Whig）工作，並在這裡賺足了大學的學費。（鮑威爾著，劉俊華譯，2015：2）

　　家鄉密蘇里成立新聞學院的消息傳來，鮑威爾立即報名並被錄取，成為了1908 年入學的第一批學生，在校期間他非常積極活躍的參加學校的各種工作，除了擔任了學生助理的職務，還於 1909 年 11 月成為《密大學人》（University Missourian）城市版編輯。並於 1910 年獲得學士學位。同年 6 月，在國家移民委員會的資助下，由院長威廉帶隊密蘇里新聞學院的多名師生，參加了前往該州東北部和南部的考察活動，在此過程中學生們所撰寫的稿件被刊登在國內100 家媒體上。隨行人員中的教師有馬丁教授（F.L.Martin）、羅斯教授（C.G.Ross），費雪兒講師（Gordon Fisher）等人，鮑威爾作為剛畢業留校的年輕教師也在其列。（Lockwood，1929：79）行程結束後，他回到了自己的家鄉，在那裡的《郵差報》（Courier-Post）幹了兩年，由於報紙較小，所以報紙銷售、廣告經歷和城市版編輯等崗位他都得擔著。（French，2006：21）

　　1912 年至 1917 年間他回到母校任教，主要教授廣告學。（Lockwood，1929：99）而事實上這門課新聞學院已經打磨很久了，最初設立為「廣告文案」和「競選廣告」、「商業文學」和「公務通訊」等課程，都只是嘗試性的小規模選修課。學院決定 1912 年起，廣告寫作課正式納入廣告學方向學生的必修課課程。鮑威爾還把由 Joseph E. Chasnoff 創辦的「廣告技巧指導」課程名稱修改成為「廣告徵訂」（Soliciting Advertising）課，後 1920 年這門課又改為「廣告銷售」課。

　　1913 年鮑威爾前往愛荷華州的達文波特市做了題為《大學廣告和經營訓練》的演講（The Missouri Alumnus，1913）。1918 至 1919 年，鮑威爾還負責教授「鄉村報紙管理」的課程。早在 1913 年至 1914 學年，鮑威爾就建議設立這門課，其目的在於幫助指導美國新聞業中相對薄弱的鄉村報紙，特別是其廣告發行部門。在此後，這門課程時而停開，時而復課，直到 1920 至 1921 學年院長威廉親自重新開設了這門課程。在鮑威爾的主持下，到 1916 年密蘇里大學新聞學院獲得了美國廣告學教師俱樂部的高度認可，認為其已經具備了完善的廣告學課程體系。（The Missouri Alumnus，1916）

　　鮑威爾在忙於教學工作的同時，也筆耕不輟。1914 年 2 月 20 日，他出版了

報紙營銷的專著《擴大發行：給小鎮報紙的方法和理念》（Building a Circulation: Methods and Ideals for Small Town Newspapers），他在書中指出：「報紙的銷售與其他任何商品的銷售本質上是相同的。商人通過一系列手段來吸引潛在或者固定的客戶來經常光顧他的商店，同樣報紙的出版人也需要使用相似的策略，來最大程度的吸引讀者。」書中他認為，要想使報紙有一個長期大規模的發行量，最為重要的「第一是扎根於自己的社區，第二經營管理得當。」（The University Of Missouri Bulletin Journalism Series，1914）而從他列舉的小城鎮報紙所必須包含的內容和比重我們可以看到當時美國型城鎮報紙的內容板塊設置情況，從大到小內容占比居於前 5 位的是：本地新聞 17.8%、政治新聞 15.8%、經濟新聞 11.3%、國際新聞 9.5%、報紙評論專欄 7.2%。（The University Of MissouriBulletin Journalism Series，1914）鮑威爾認為不同地區的報紙在此基礎上可以適當進行調適，但總體應以此為主進行內容設置。1915 年鮑威爾先後在業界權威期刊《美國出版者》（The American Printer）發表了三篇文章，同年 4 月，他出版了自己的第二本著作《小城報紙的效率》（Newspaper Efficiency in the Small Town）他指出，報紙管理者必須充分重視運營的效率和管理的系統性，而報紙的定價則要基於科學系統的成本監控來決定。此外他還細緻的講解了報紙製作體系、發行等諸多具體的辦報細節問題如何處理。

　　在初出茅廬的青年時期，鮑威爾就已經在新聞界和廣告行業樹立了聲望。他在密蘇里大學創辦了新聞界廣告行會組織——Alpha Delta Sigma，並擔任首屆主席。同時，他還是密蘇里大學新聞協會（Journalism Association of the University）的副主席，也是國家報業俱樂部（National Press Club）的副主席（Missouri University Bulletin，1944）。

　　隨著鮑威爾的名望越來越高，美國有多家報館向其投出了橄欖枝，紛紛邀請他前往工作。1916 年鮑威爾應邀到芝加哥《明智廣告》（Judicious Advertising）工作，他親自為其撰稿，每篇 3000 字左右（The Missouri Alumnus，1916）。在接受密勒的邀請前往中國之前，鮑威爾回憶道還有兩家報社的發行人邀請他去工作。一個是位於愛荷華州府的《經濟日報》另一份邀約同樣也是來自一份日報，地點則在大西洋城。（鮑威爾著，劉俊華譯，2015）

二、來華後鮑威爾的新聞實踐

　　鮑威爾最終接受了密勒的邀請，決定來中國工作。他是一名堅定又充滿信

仰的民主信徒，對於中國正在如火如荼進行中的革命事業，鮑威爾保持著熱切的關注。據他回憶，他即將前往中國的消息在哥倫比亞這個小城市轟動一時，從年初開始《密蘇里大學校友雜誌》就對他的行程發出預告。（The Missouri Alumnus，1917）而他自己也對工作充滿了期待和不安的設想。和密勒、卡爾克勞一樣，鮑威爾也在行前對中國的瞭解不算特別多，其主要的消息渠道是與在密大的中國留學生交流以及去圖書館借閱與中國相關的圖書。

1917 年 1 月鮑威爾從舊金山乘坐「日本丸」先到日本長崎，再輾轉搭乘貨船到了上海。2 月鮑威爾踏上了中國的土地，並從此開啟了他的崢嶸歲月。直到 1941 年被日軍逮捕迫害，最後刊物停辦並於 1942 年被迫回到美國。鮑威爾在華共計生活工作了 25 年，他是一位精力豐富的記者，在主持《密勒氏評論報》工作期間也曾為《大陸報》（China Press）、《芝加哥論壇報》（Chicago Tribune）、《曼徹斯特衛報》（Manchester Guardian）、《每日先驅報》（Daily Herald）等西方媒體供稿。（Powell，C3442）

從鮑威爾 1917 年來華之後密勒就任命其成為報社的執行主編（managing editor）。《密勒氏評論報》雖一直保持著密勒的名字，但真正主持筆政、把握風向的是鮑威爾，從第 2 期開始鮑威爾就要負責來撰寫社論。而密勒則在 1917 年 9 月赴俄羅斯展開考察，之後回到美國，來上海的時日越來越少。1919 年 1 月鮑威爾升任《密勒氏評論報》的總編輯。同年，校友卡爾·克勞聘請他為公共信息委員會的顧問。（The Missouri Alumni，1918）

鮑威爾的辦報方針和思想也沿襲了密勒新聞自由的主張，在 1922 年鮑威爾就在上海中文《新聞報》創刊 30 週年之際發表文章《中國之新聞事業與輿論》，他認為中國輿論獲得的進步，報紙的作用功不可沒。他指出報紙的輿論引導功能，而報紙主筆要務則在於把握輿論方向，責任重大：

> 而吾業所當感謝者，則報紙常發動正道之輿論當所謂言論自由之報館，其意無他，即抑非而揚是而已。是非既明，而報紙又為眾人所共覽，故大有造成輿論之功也。……中國輿論今以新教育之發達，報紙銷路之浩大，而成為一種大勢力。良報紙之主筆，其人物之偉大，尤甚於國中之總統，因其足以指導國人之心思，向優良高貴之處而前進也。（包威爾，1923：245）

此外，鮑威爾認為美國的新聞業之所以能夠發展迅速，從根本上是得益於其法律對言論自由的保障。而在中國報紙的發展一方面需要法律制度的根本

性保障；另一方面也需通過教育提高民眾的識字率，並且完善報紙銷售所需要依靠的硬件基礎設施的鋪設，例如修建鐵路路網等等。與此同時，鮑威爾非常有遠見的指出中國的報業發展還需要在行業內部提高廣告地位、加強不同報紙之間的聯繫互動：「若報紙與報紙能互相聯絡，為通力之互利，一方引起國民之同情，則無論法律教育交通廣告等等，均有益處。」（黃天鵬，1930：140～141）

　　1923 年發生了鮑威爾採訪生涯中最為傳奇的一幕，即——震驚中外的「臨城大劫案」。5 月 6 日 3 點 30 分左右，一輛從上海開往北京的列車在經過數山臨城和沙溝之間道路段時遭到土匪攔截。車上兩百多名乘客被全部扣押，其中有 20 多名外國人。5 月 8 日鮑威爾等一行人被帶到臨城地界，在卡爾・克勞寫給美國紅十字會的阿瑟・巴塞特（Arthur Bassett）少校信中說道：「起初我以為這些人在山東也就會被扣押大約幾天時間。」令所有人沒有想到的是，這個時間卻被延長到了 7 月 12 日全部外國俘虜被釋放。其間，紅十字會一直想辦法給受困的俘虜送一些補給。（Powell，F1）

　　鮑威爾在被扣押的過程中被土匪逼迫，多次被安排為他們與中國官方談判時的調解人，體現了他作為一名記者非凡的膽識。他多次利用偶而活動的機會，他將稿件寫在廢紙上，通過過路的村民向外傳遞或是悄悄把情報信息交給來送慰問品的美國紅十字會人員手中，竟然連續撰寫的這些稿件都能夠得以刊登在《密勒氏評論報》上。這些稿件中最為著名的當屬 5 月 26 日的《匪窩生涯》因揭露了山東抱犢崗土匪據點中扣押著大量來自中國富裕家庭的兒童而引起了社會強烈關注。另外，在檔案材料中，筆者還發現了在受困期間，鮑威爾寫給卡爾・克勞的信件，時間是 1923 年 6 月 19 日，信中對克勞主動向紅十字會請纓給他們提供幫助表示感謝：「在被匪徒扣押期間，我們最大的困難就是沒有食物、藥品和衣服。曾經有很多天我們連續得不到吃的。如若不是您的積極工作，我們當中的某些人將極可能面臨生病甚至死亡。」（Powell，F1）值得注意的是信的落款是「約翰・鮑威爾在抱犢崗謹代表全體中國和外籍人質」（John Powell On behalf of the foreign and Chinese captives at paotzaku）因此，我們可以推測至少一部分中國人質也得到過紅十字會的幫助。而在被土匪釋放之前，鮑威爾已經獲得了土匪的信任，在調解官匪的交涉中，記錄了大量土匪頭目對其講述的中國地方的信息。鮑威爾把這些信息都記錄在了一個記事本上，並保存了下來。（陳依群，1990：46～48）

　　鮑威爾在廣告界的影響力一直持續，他來到中國工作工作之後，被選為世界廣告俱樂部東方協會（Orient Association Advertising Clubs of the World）的副主席，和上海美國商會（American Chamber of Commerce in Shanghai）主席。但是鮑威爾與上海美國商會的關係實則更為複雜。一方面如同密勒一樣，鮑威爾憑藉著深邃而敏銳地的觀察在上海建立了自己在媒體界地位，進而在僑民社區中擁有重要的話語權。但是另一方面，密勒、鮑威爾的意見又因其個人的政治敏感度和傾向性，往往在一些問題上的觀點和美國政府更為接近，並不像有些外文報刊那樣成為在華僑民群體的喉舌。因此當美國政府與一些僑民當中的既得利益者意見相左時，鮑威爾的處境就變得十分微妙。最為典型的一次發生在 1927 年。彼時北伐軍隊勝利突進，1 月 3 日國民政府收回英租界震動整個世界，直接威脅到了美國在華僑民的生存。3 月 24 日以保護僑民為藉口的英美軍艦對南京進行了轟炸，史稱南京慘案。上海商會也通過一些媒體向華盛頓施壓，要求得到政府的保護和武力介入。但 4 月 25 日美國柯立芝總統在對合眾社的講話中辯白了美國政府立場，其聲稱美國只是為了幫助中國的統一，並無意於冒犯中國人民。在這件事上，鮑威爾的立場則是與當地媒體和僑民社區的輿論背道而馳，他反對美國政府的干涉，並沒有顧念於自身的經濟效益而向上海當地的勢力低頭，為此上海美國商會取消了鮑威爾的會員資格。此事在鮑威爾的家鄉密蘇里卻得到了一致的稱讚，認為他真正地體現了新聞客觀性和一個觀察家的遠見卓識。《聖路易斯郵報》甚至認為要不是鮑威爾身處遠東，否則應該因此事而獲得普利策新聞獎。（陳依群，1991）

三、充當聯結的樞紐

　　鮑威爾在來華之前和來華的二十五年中憑藉自己在業務中的實力和《密勒氏評論報》的影響力，成就了在中美聯繫交往中重要的地位，諸多不同方向的連結交流和工作都以他為中心展開，而他也成為了在華美國僑民、美國在華校友組織等團體的核心人物。

　　鮑威爾一直以來一直致力於幫助促進東方與西方之間的關係，1918 年 5 月，鮑威爾給母校密蘇里新聞學院的學生設置了一項新的獎勵制度。（The Missouri Alumni，1918）該獎項的設立主要用於獎勵關於太平洋問題及其對美國影響相關話題的最佳社論文章，這種形式主要為了鼓勵美國新聞人對中國和太平洋問題給與特別關注，《密勒氏評論報》每年通過鮑威爾發放 50 美元和 25 美元不等的獎金。（Missouri University Bulletin，1944）

　　而鮑威爾與母校的聯繫不止於此。《密勒氏評論報》成為了密蘇里新聞學院來華學生們大多選擇的第一站落腳之處。包括其胞妹，同是新聞學院的瑪格麗特・鮑威爾（Margaret Powell）、董顯光、Eva Chang 等等。其中董顯光是鮑威爾在美國任教時的學生，1918 年起董顯光的文章開始頻繁出現在於《密勒氏評論報》上，隨後不久董開始出任《密報》在京辦事處代表。鮑威爾對記者隊伍的選擇不僅僅是照顧到對母校的感情更是對密蘇里新聞學院教育質量和新聞專業程度的認同。

　　1923 年為促進密蘇里新聞學院的利益以及增進校友之間的交流與合作，在第十五個新聞周活動期間，密蘇里大學新聞學院校友會（The MissouriSchool of Journalism Alumni Association）成立。（The Missouri Alumnus，1923）鮑威爾當選為密蘇里校友會副會長。此處需要說明的是：在一些研究中認為鮑威爾是上海分會的副會長，依據大多出自薩拉的研究〔註1〕，然而其原文譯作：「1923～24 年度主要幹事職務分別為：會長：J. Harrison Brown，1914 屆畢業生；現為廣告和銷售部經理；副會長 Catherine Ware，1923 屆畢業生，現居地哥倫比亞；秘書及財務：薩拉・洛克伍德 1913 屆畢業生，密蘇里大學副教授；副會長：（Vice-president at large）鮑威爾 1910 屆，現居中國上海。」這裡列出的一系列副會長其實是類似於總機構的名譽副會長（Lockwood，1929：310），而並非是各地的副會長的意思。且直到 1926 年上海的密蘇里新聞學院校友會才成立，鮑威爾從一開始就擔任上海分會的會長正職（The Missouri Alumnus，1926）。（The Missouri Alumnus，1926）

　　一時間鮑威爾幾乎將密大新聞學院來華的畢業生盡數收入麾下。但同時他也在廣泛招賢納士，使《密勒氏評論報》的記者編輯人員結構豐富而合理。對於所謂的「異類」，作為主編的他也能恰當的運用發揮這類人的優勢，不同立場不同背景的人物觀點都能夠在《密勒氏評論報》中得到體現，這既是編輯的手法，也是鮑威爾自身對於新聞公正性的親身實踐。其中不乏被一些報館視為「燙手山芋」的左派人士，除了最著名的斯諾和史沫特萊，還有弗蘭克・格拉斯（Frank Glass）。他是一名來自南非的英國籍記者，曾在《大美晚報》、《大陸報》以及 XMHA 廣播電臺等多家上海媒體工作，鮑威爾任命他為自己的助理編輯。格拉斯同伊羅生都是宋慶齡的堅定支持者和好友，並且結交了魯迅、

〔註 1〕主要是 Twenty Years of Education for Journalism: A History of the School of Journalism.

茅盾、蔡元培等進步人士。格拉斯於 1932 年至 1934 年參與了《中國論壇》（China Forum）週刊的創辦和經營，使該刊成為地下的中國共產黨的對外進行英語宣傳的重要窗口。（Song，2009：147）「雖然鮑威爾似乎對與那些喜歡攪和是非的人似乎有著格外的偏好，但他自己卻絕不是一個社會主義革命者。鮑威爾雖然知道格拉斯與中國托派共產主義聯盟走的很近，並且用梁約翰（John Liang）、麥拉·魏斯（Myra Weiss）和李福仁（Li Fu Ren）的筆名在世界各革命報紙上發表文章，但他仍然尊重、喜歡格拉斯並繼續雇用他，刊登他的文章。」（French，2009：134）

　　不僅在新聞領域和密蘇里新聞學院的校友聯繫上鮑威爾擔當重任，他同時還是美國僑民在上海社區的核心人物之一。1930 年，埃德加·斯諾在《上海的美國人》（The Americans in Shanghai）中描寫了上海飛地當中形色各異又醜態百出的美國僑民形象。而馬克·威爾金森則認為「與其他的文章一樣，斯諾的諷刺性的確反映了一定的歷史真實性，但是，實際的情況並沒有如此駭人聽聞，而且還複雜得多。」旅居上海的美國人有著不同的背景，20 年代的上海形成不同的美國人社團。

> 　　商會代表了商業利益，而美國協會（American Association）關心的是民事、愛國主義的節日和慈善救助。商人和傳教士都把子女送到上海美國學校念書。在學校裏，雖然他們與其他國家的學生交融在一起，但是，學校明顯洋溢著獨特的美國氛圍。有一個超宗派的社區教堂供人祈禱，同時也是美國新教徒的重要社交中心。天主教徒則去百老匯大廈附近的聖心堂或法租界內的君王堂。美國總會（American Club）和美國鄉下總會（American Columbia Country Club）是主要的社交場所，但是，退役軍人也常去當地的外國戰爭退伍軍人協會又稱美國軍團華爾退伍軍人協會（Verterans of Foreign Wars or the Frederick Townshed Ward Post）。蘭德爾·高爾德（Randall Gould）的《大美晚報》和約翰·鮑惠爾（John B. Powell）與自己的祖國連接起來。這樣，美國人相互之間便有了眾多機會去維繫私人的、社交的、宗教的以及功能性關係的紐帶。（馬克·威爾金森，轉引自熊月之等，2003：88～89）

　　1920 年時鮑威爾在上海美國商會看來便具有很大影響力，因此當鮑威爾為擴大《密勒氏評論報》在美國尋找一些廣告客戶而返美時，上海商會主席委

託他前去華盛頓游說以通過有利於在華美商的《中國貿易法案》。雖然經歷了一些小的波折，但此行不僅成功的說服國會並且還使他見到了下一任的美國總統哈定（Warren G. Harding）。法案通過之後「《中國貿易法案》以其權威性和強制性制約著在亞洲運營的較重要的美國公司。」（鮑威爾著，劉俊華譯，2015：57～64）此事在《校友雜誌》上也有被報導，該雜誌評論道：「隨著中美貿易的發展，鮑威爾已經成為東方重要的政治和經濟事務領袖」。（The Missouri Alumnus，1920）此後華盛頓會議召開，鮑威爾對此進行了報導，他指出當時美國在戰後的外交主要工作有三項，一項是限制軍備；第二是盡快收迴向歐洲各國的貸款；第三就是關注中國的命運。（Powell，F179）直至1922年返回上海。

鮑威爾還參加了美國大學俱樂部（American University Club），這個組織的活動起源於19世紀末20世紀初目前最早記錄是在1902年，1908年1月25日正式成立組織機構並明確成員身份不僅限於外國僑民，發展到1936年時已經有四百多名美國大學畢業生參與其中。這個組織不僅包含有美國在華僑民還有一些成員是美國留學的中國學生。俱樂部認為中國留學生在美國的學習接受了世界先進的教育，並且與美國人一樣都將所獲得的培養應用在了自己國家的發展之中。該俱樂部「是中美友誼與合作的象徵」，擁有自己的會刊《在華美國大學生》（American University Men in China）俱樂部的財政開銷、相關活動情況彙報等都會在上面反映。由於會員人數逐漸增多，俱樂部分工逐漸明確，分作日常事務委員會、年度聚會籌辦委員會、會員管理委員會、公共關係事務委員會等等。俱樂部主席每年進行一次換屆，鮑威爾在1922年擔任過主席，在 1936～1937 年間擔任項目組（program commit）成員。（American University Men in China，1936）

四、美國人眼中的抗日英雄

正如前文所述，《密勒氏評論報》的奠基人密勒本人是一位對日本的野心保持著深刻洞悉和觀察的記者，該報在創辦之初的一系列社論中就發表過許多預言美日在太平洋將會有利益衝突的言論。鮑威爾繼承了密勒的反帝熱血，在他主持下的《密勒氏評論報》因為既反共又反帝，同時又聲援過中國人『廢除不平等條約和收同外圍租界以及廢除治外法權』，所以在上海的英國人眼裏簡直成了「白人的叛徒」。（丁曉平，2013：2）

　　而鮑威爾來華之後，日本在亞太地區的動作愈發明目張膽，鮑威爾對此一直保持著批評態度。1931 年鮑威爾前往東北報導日本侵華，並且運用了從瀋陽照相館收集的當時的照片，使得日軍侵華的真相在國際媒體中被揭露出來。此舉激怒了日本方面，鮑威爾被永久限制前往東北採訪。

　　《大陸報》記者 Mark J. Gayn 在 1930 年回到美國後，在 St. Louis Post-Dispatch 發表文章，將鮑威爾比作以筆代劍的抗日英雄（原文題為：Pen Duels Japanese Sword, J.B. Powell of Missouri Conduct Private War in Shanghai.）。文中提到鮑威爾在東京外務省有一本對日「不友好」人士的名冊，在這本已經「快翻爛」（well-thumbed）的名單上，J. B. Powell 名列榜首，被日本政府視為「頭號公敵」，從外務省到陸軍特勤局，都齊心協力的試圖將鮑威爾從東方的舞臺上抹去。

> 　　他的出版物被剝奪了郵寄特權，他的電報被日本審查機構無情的刪減，他和他的助手們不斷收到鋪天蓋地的恐嚇信。以至於上海當地的政府都給他施加強大的壓力，旨在關閉他在上海的辦公室。
>
> 　　……
>
> 　　但每一項打擊都反倒是證明了鮑威爾的有備而來，哪怕是需要他重建自己的郵政系統這樣艱難的壯舉。儘管有日方的重重阻礙，但是鮑威爾的出版物如今仍然在日本控制的領土中心投遞給讀者們，且發行量飆升。

　　針對日本的跟蹤和監視，鮑威爾甚至學會了苦中作樂，一次他從長春發電報到奉天，因為知道電報會被特務獲取，他便直接在電文中寫清自己的到達時間和地點，讓特務人員直接到車站接他。

　　太平洋戰爭爆發之前，他在給家人的信中寫道：「這裡的局勢正在急劇惡化，我們都有預感要麼被趕走，要麼關進集中營……而對於我來說，可怕的事情遲早都要來的。」（Powell，F1）情況的確在惡化：1936 年大約有 3600 名美國人居住在上海，而隨著 1937 年戰火燃燒到了上海，先是 8 月 14 日，由於中國轟炸機的一顆炸彈誤投，致使公共租界的一名普林斯頓大學的日本問題研究者羅伯特‧賴肖爾（Robert Reischauer）在爆炸中喪生。間接的也拉開了美國人離開上海，躲避戰爭或者是在上海主動或被動的保衛租界的序幕，曾經的輕鬆不復存在。儘管這些僑民希望能夠得到美國政府的保護和幫助，但當時的羅斯福政府主要目的仍在於保守的外交，避免直接衝突，反而敦促這些美國人

盡快避險遠離衝突。僅在羅伯特被炸死的一個月之內，就有 1400 名美國人離開上海，最終只留下了大約 2000 人左右。（馬克・威爾金森，轉引自熊月之等，2003：88～89）

　　1941 年 12 月美日之間正式開戰之後，日軍迅速攻進了上海的美國社區，12 月 7 日，日軍對英美在上海的新聞媒體展開打擊，《中美日報》、《申報》、《大美晚報》、《大陸報》等均被查封，《密勒氏評論報》同樣未能幸免。20 日清晨，早就上過日軍「黑名單」的主編鮑威爾，最終被日本憲兵關進了蘇州河北岸的監獄。對於關押他的牢房，在後來鮑威爾的回憶錄中有著特別細緻的描述，「關押我們的這監牢門，長約 18 英尺、寬約 12 英尺，如果被抓進來的人並排坐在地板上的話，那麼這監牢門可以容納 20 到 25 個人。可是，這間牢房可能關押了四十多人。很多人連坐的地方都沒有、好幾天夜裏只得站在那裡，等會兒坐在地上睡覺的人起來輪換。」（鮑威爾著，劉俊華譯，2015：382～383）鮑威爾被關進監獄的消息日本方面是緊密封鎖的，但由於美國政府的不懈努力，鮑威爾最終被解救了出來。

　　1942 年夏，美日之間第一批戰俘交換，鮑威爾作為其中之一回到美國。而這一過程美國國務院（Department of State）、密蘇里大學以及鮑威爾的家人之間一直保持著密切聯繫，鮑威爾的身體情況也一直為美國政府所關注。1942 年 6 月 8 日在美國國務院負責特殊部門（Special Division）特別助理約瑟夫・C・格林（Josefh C. Gren）給美國國會眾議院的克林頓 P. 安德森（Clinton P.Anderson）和時任密蘇里大學校長弗萊德瑞克・米德布什（Frederick A. Middlebush）同事去信，信中對他們介紹了戰俘交換的計劃，美國國務院全權代理鮑威爾的案件，「已經與日本政府商定，通過官方渠道將其納入了第一批戰俘交換人員中。他們將被帶往葡屬東非的馬普托（Lourenco Marques, Portuguese East Africa）。而這些承載了含鮑威爾先生在內的交換戰俘的船隊，也有望最快 6 月中下旬從馬普托離港駛向美國，大約 60 天後到達紐約港。」（Powell，F2）6 月 11 日，克林頓 P.安德森又親自致信給鮑威爾的女婿漢斯里（Dulcie S. Hensley），表示鮑威爾的事項正在跟進處理中，請他們放心。緊接著 6 月 16 日密蘇里大學也就給此事身在老家漢尼堡的鮑威爾夫人去信，通知了她這一好消息，並給她附上了相關政府傳過來的文書。

　　鮑威爾抵達紐約港後引起美國報界的轟動，他成為了美國的民主鬥士、抗擊日本的愛國者和維護新聞真實、客觀性的英雄人物。洛杉磯時報（Los

Angeles Times）刊登了一則其老友李·西皮（Lee Shippey）回憶他的短文。西皮描述鮑威爾當時已經是嚴重的殘疾，並且回憶道「1917 年時威廉院長曾經託鮑威爾轉告我，自己也可以前往東京或者馬尼拉任職，但當時我有了一個去法國的機會所以和遠東失之交臂。……現在我發現這不失為一個好主意，否則現在的自己也可能會因為『失掉的機會』成為一個瘸子。」（Los Angeles Times，1942）

　　1942 年 9 月 4 日，位於首都華盛頓的美國國家媒體俱樂部（National Press Club）發起了對鮑威爾的募捐行動。俱樂部主席克利福德·普福斯特（Clifford A.Prevost）致俱樂部全體會員的信中，他說道：

　　　　鮑威爾為了自己的民主理想而付出了沉重的代價。在珍珠港事件之後，鮑威爾同其他美國的幾位新聞界人士都遭到了日軍逮捕，鮑威爾被投進了毫無取暖設置的牢房，遭受了一系列殘酷的對待。這使得他的體重迅速從 150 磅掉至 75 磅，他的腳上生了壞疽，但直到瀕死絕境日本人才肯給他一點點治療救治。這時的他腳踝以下的部分都沒能保住。

　　　　鮑威爾現今在紐約的長老會醫院（Presbyterian Hospital），他仍然需要接受幾個月的醫療救治。

　　　　日本人將他的財產徹底洗劫一空。

　　　　為了回應大家提出的想要鮑威爾熱烈的請求，國家媒體俱樂部決定發起對鮑威爾提供幫助的收款募捐。此次募捐的費用用途不僅適用於他接下來要接受的一些醫療救治，並且也是向日本以及全世界表明我們對鮑威爾的品德和勇氣的讚揚態度。他讓我們為之驕傲。

　　　　本次募捐本著完全自願的原則，點滴支持都將會被我們感激和銘記。如您願意參與，請在支票收款人處注明，國家媒體俱樂部收「致約翰·鮑威爾的資金」。（Powell，F2）

　　而在大洋彼岸的中國，1942 年 9 月 12 日國民黨《中央日報》也刊登了為鮑威爾進行募捐的號召。（《中央日報》，1942）次年 3 月，共籌得善款 11000 美元，盧棋新代表中國媒體界人士向鮑威爾遞交了善款支票。

　　斯諾在《復始之旅》中將鮑威爾描述成一位豁達大度、堅定地反帝主義者。並且斯諾認為「他熱愛中國，甚至超過了許多中國人。……事實上，他命中注定要為中國而死。」而海倫·福斯特則記錄了一個細節，當他們回到上海時局

勢已經變得十分危急。留在上海將面臨著與日軍直接遭遇的可能。1940 年開始美國僑民中的婦女和兒童開始紛紛撤回美國。而當丈夫斯諾和老同事、前輩鮑威爾前往碼頭送別時，海倫回憶道：「鮑威爾穿著防彈衣，卻不願離開那座注定失敗的城市」。（畢紹福，2015：166）。1941 年斯諾也離開了中國與妻子在好萊塢相聚。

1946 年，鮑威爾出席遠東國際軍事法庭作證，以自己在上海的親身經歷控訴侵華日軍的罪行。

在 1946 年的《密勒氏評論報》中鮑威爾父子繼續時刻關注著中國內部的政治局勢，並且批評杜魯門政府「不誠實……一方面叫囂著民主」，但是，「另一方面卻拿出武器支持內戰」。同時，對於當時上海已經蔚然成風的反美主義，一直保持著克制的態度，並對中國底層的勞苦群眾表現出同情。（馬克‧威爾金森，轉引自熊月之等，2003：98～99）

1947 年 2 月 28 日，約翰‧本傑明‧鮑威爾在華盛頓去世。

第二節　跨界強者武道

一、武道的記者生涯

武道（Maurice Eldred Votaw）這個名字在中國新聞史的研究者中並不陌生，人們從不同的回憶文章中拼湊出了其大致的生平經歷，但卻總是未盡其詳止步於隻言片語的簡介，甚至可以說是在重要的密蘇里新聞人研究中幾乎處於完全空白的狀態。但武道一生的經歷非常豐富，一生與新聞實踐和新聞教育結緣。其在中國生活工作的時間從 1922 年起至 1949 年回到母校密蘇里新聞學院任教為止長達 27 年。1981 年 2 月 18 日，死於哥倫比亞享年 81 歲。（Mizzou Alumni Mag，1982）

武道於 1899 年出生於密蘇里州的尤里卡（Eureka）。武道一生主要有兩個階段的報刊實踐工作。第一階段主要是參與所在大學的校刊採寫編輯。在密蘇里新聞學院讀書期間，他就成為了《密蘇里人晚報》（the Evening Missourian）的編輯。根據《密蘇里校友》雜誌中的記載，武道於 1918 年就結束了在密蘇里新聞學院的學業獲得學士學位〔註 2〕。1919 年不滿二十歲的武道便成為了

〔註 2〕此處 Sara Lockwood Williams 在 1925 年的《新聞教育 20 年》（20 years of education in journalism）一書中（150 頁）中認為是武道是 1919 年取得新聞學

阿肯薩斯大學（University of Arkansas）的一名新聞專業的教師並且親自參與了許多報刊的編輯和出版工作（The Missouri Alumnus，1919）。並在同年的密蘇里大學返校日活動中被推選為班級主席。（Mizzou Alumni Mag，1950）1921年武道成為密蘇里新聞學院培養出的第一位碩士。（Mizzou Alumni Mag Fall，2007）同年他還入選了級別很高的校友團體組織 Kappa Tau Alpha，這個組織的成員大多來自新聞學院和文理學院，成立於1910年春。（The Mizzou Alumnus，1921）其入會的標準很高，基本上只有在新聞領域公認已有所建樹的人才有資格成為會員。曾經給新聞學院捐資修建了學院主體建築之一——奈夫大樓（Neff Hall）的 Ward A Neff，新聞學院廣告學教授 J.E.Chasnoff，以及當時已經人在中國的身兼世界廣告界聯合會副主席和《密勒氏評論報》主編的鮑威爾都是這個團體的會員，足以見得武道在當時是非常被這些前輩認可的青年新聞從業者。

第二階段的記者生涯開始自30年代末。1939年至1946年武道擔任國民黨中央宣傳部國際宣傳處顧問（根據在檔案中發現的武道「重慶市市民居住證」上顯示，他對外的職務是國際宣傳處英文編輯）（Votaw，F36），此後到1948年任蔣介石的新聞顧問。武道還曾經專門遊歷蘇聯，並撰寫了一系列介紹共產主義的文章。這些文章主要刊登在《巴爾的摩太陽報》（The Sun）和《多倫多星報》（Toronto Star）上，在這過程中武道也在為美聯社和路透社供稿。

1943年《巴爾的摩太陽報》編輯 Neil H.Swanson 給當時在重慶美聯社工作的武道寫信，邀請他成為太陽報的特約撰稿人。《巴爾的摩太陽報》創辦於1837年馬里蘭州的巴爾的摩市，創辦者威廉·斯溫（William M. Swing）受到《紐約太陽報》的啟發，《巴爾的摩太陽報》同樣走便士報薄利多銷的經營路線。20世紀三四十年代的《巴爾的摩太陽報》分晨晚兩報，在美國以外有著廣泛的通訊網絡，是擁有41名海外通訊記者的大報。政治上傾向民主黨，「被認為是對外政策的問題方面消息靈通的一份報紙……在外交政策方面該報是採取反法西斯立場。對於歐洲的民主運動取同情態度。」（Mott，王揆生、王

學士學位，此後老鮑威爾在1944年的《東方的密蘇里作家和記者》（Missouri authors and journalists in the Orient）一文中沿用了這一說法。但是按照出現時間較早的資料——1919年密蘇里大學官方的《密蘇里校友》雜誌（The Missouri Alumnus）和密蘇里州社會歷史學會的檔案材料中都是指出武道於1918年就獲得了學士學位（原文是：Mr. Votaw completed his work in the School of Journalism here in 1918）。故本研究採取1918年的說法。

季深譯，1947：217）

在這封信中編輯指出了對其海外通訊員的要求，由此我們也可以窺見當時美國成熟的通訊員制度和專業要求情況：

第一項也是最為重要的任務，是通訊員必須提供他們稱為「背景新聞」的一種報導。作為《巴爾的摩太陽報》的通訊記者並不需要對每一起突發事件都進行報導，「因為這是美聯社已經成熟的業務」，而《巴爾的摩太陽報》所期待的是：「除了美聯社所提供的基本信息之外，能夠有一些解釋事件發生原因的背景解讀材料，或者分析事件走向的預測」。具體來說比如關於新聞人物的更多背景情況、重要經歷等等。《巴爾的摩太陽報》對這一項內容非常看重，其原因之一就如同這位編輯所說的「因為有時背景信息甚至比已經發生的事件本身更為重要」。

其次，這位編輯在信中還強調，所有特約通訊員所提供的報導必須以事實為依據保證新聞的真實性：「我們不想要任何的猜測和希望，我們拒絕刊登不透露信源的私下見解，除非這個見解可以被公開表達或者可以公開發言者的名字。如果實在不能公開其人姓名，至少要提供此人的背景經歷以及他是如何得出以上確定的見解的。」

另外，還要求發送的報導儘量簡短，大約三四百字，如果有特寫報導或者是情況描述性的文章可以通過空中郵運，他們則會按照電報費用等值的報酬發給武道。（Votaw，F10）

武道非常看重真實客觀的新聞倫理。他評價埃德加‧斯諾（Edgar Snow）的《西行漫記》是一部寫實的作品，埃德加‧斯諾是一位非常追求新聞真實的記者。在他眼裏，斯諾並不像美國戰後所認為的是一位激進主義者，他只是做了記者應該堅持的事——報導真象。（Votaw，F6）

而他自己則極為注重信息真實性的求證，武道回憶過一個事例：是關於一則共產黨軍隊與國民黨軍隊交戰的消息，消息來源是當時在重慶的中國共產黨新聞發言人龔澎（Kung Peng）長期專門對接美國記者工作，曾任《新華日報》記者，中共駐重慶代表團秘書。即使是這樣的「官方渠道」但由於並未在公開場合宣布，他在得到這則消息之後並沒有馬上交給美國報紙的通訊員，而是借由在上海時期的老交情吳鐵城傳話給孫科，再由孫科側面向蔣介石求證並巧妙地獲得可以刊出這則消息的許可。另一面，他又向一位聖約翰大學的共產黨員學生詢問這件事的真偽，他認為這名學生可以自由的穿梭於延安和上

海，較為可靠。這種情況下，他才確證了這條新聞。（Votaw，F6）

而保持公正客觀的新聞倫理以及符合事業道德的操作標準，也是武道所推崇和堅守的。在那封《巴爾的摩太陽報》想要聘請武道為特約通訊員的信中，編輯曾用十分曖昧的口吻提議：「如果手上掌握有美聯社未經採用的消息，可自行判斷是否有新聞價值，並酌情發給美國的報社……我想你一定是那種知道何時最適合打破規則的記者。」然而在 1943 年 4 月 14 日，武道和編輯的回信中，他說他無法像編輯要求的那樣動用南京和重慶美聯社的特權來收集信息，更加穩妥的辦法是由他出面來代表紐約這邊的報紙去進行採訪。在信中，他特別提到了戰時獲取信息並將其傳回的困難。比如對於戰爭的很多情況當下都無法立即得到中國軍隊的具體行動信息，一方面是由於通訊受到日本方面監控，一旦被日方截獲日軍有可能會扭曲其中的重要信息，來達到那日方戰爭宣傳的目的。另一方面，儘管他自己享有很高的採訪自由權，但是仍然要接受國民黨方面的監控。（Votaw，F10）

除了自身堅守職業倫理，他還勇於揭露一些在上海和重慶見過的報界同行的醜聞。比如上海的一些體育新聞記者通常會收到賽事舉辦方的多張門票，這些記者會把這些門票賣出去當作自己的收入。廣告行業更是亂象叢生，當時如果直接到報社的廣告部門去買廣告位，需要給每一個職員「好處」，如果直接到外面的廣告公司則可以免費獲得一系列服務並以合適的價格在報紙上刊登廣告。武道對這些亂象也是深惡痛絕的，他特別提到令他印象深刻的一種流傳甚廣的觀念，即一些報人相信「無風不起浪」進而捕風捉影，在沒有事實依據和核實查證的情況下就予以登報報導。比如在重慶時一名記者刊登了中國農民銀行將要任命新行長的新聞，他問這名記者你是從哪裏知道的，那位記者回答道：「到處都在流傳這樣的新消息，所以我就把它刊登出來了。如果這件事真的發生那麼我就是第一刊登這個消息人。」而最終，行長並沒有換，大家也默認這只是眾多謠言新聞中的一則罷了（Votaw，F6）。

做為有密蘇里和聖約翰兩所高校背景加持的權威，武道在當時中國新聞業界也有著崇高的聲望。1941 年《大公報》獲得「密蘇里榮譽獎章」，密蘇里在華校友會在重慶舉辦了大型的慶祝活動，宴席可謂「高朋滿座」，除大公報方面的高層；還有中宣部潘公展、國宣處曾虛白等人；媒體界更是幾乎及其當時的風雲人物，白修德、菲斯等系數在列。而武道則在宴會上發表了重要演講，他指出密蘇里新聞學院和中國二者皆有古老歷史，他欣慰於《大公報》的

「爭取獨立」，並稱讚《大公報》「謹守新聞事業之最高原則」，並且「該報不但言論公正，且能遵守正確公平負責與適當之原則，其銷路雖非最高，但其特質之多，非他報所及」。而這些正是密蘇里新聞學院決定授予《大公報》榮譽的重要原因。（《大公報》，1941）

　　武道作為記者的職業生涯中，極為重要的經歷是參與了 1944 年 6 月的「中外記者西北觀察團」。在這次行程中，武道作為《巴爾的摩太陽報》記者採訪了中國共產黨當時的多位主要領導人，並獲得了來自共產黨方面的大量有關陝甘寧地區和中國共產黨軍隊抗日情況的珍貴資料。

　　這次抗戰時期外國記者對延安根據地的大規模採訪活動，來之頗為不易。根據時任國民黨中央宣傳部國際宣傳處處長曾虛白的《工作日記》，1943 年 11 月福爾曼（當時為合眾社和《泰晤士報》記者）向該處致函，申請赴延安旅行採訪，請求該處配合辦理申請證明書等手續。然而曾認為這項申請顯然需要得到總裁蔣介石的核准。11 月 20 日，蔣介石批覆道：「應從緩議。」（張克明、劉景修，1988）到了次年春，要求前往延安採訪的記者越來越多，形勢急迫。1944 年 2 月 23 日在每週例行的新聞發布會上國民黨中央宣傳部部長梁寒操宣布蔣已批覆，這些外國記者可以申請前往延安（劉景修，1989）。國民黨對於外國記者名單經過了反覆的考量，最終確定了六名外國記者可以前往延安。他們分別是上文提到的在英國媒體供職的福爾曼，美國媒體的代表武道、愛潑斯坦、斯坦因、夏南汗神甫和塔斯社的普金科。為了方便控制，國民黨中宣處還在原本的外國記者觀察團成員中安插了九名中國記者，分別是張文伯、徐兆鏞、楊嘉勇、謝爽秋、孔昭愷、趙炳烺、周本淵、趙超構、金東平。以及國民黨中宣部的魏景蒙、陶啟湘、張湖生、楊西崑。總計將此次的考察人員擴充至 21 人。由時任國民黨中央國際宣傳委員會委員、中宣部外事局副局長謝葆樵和國民黨中宣部新聞檢查局副局長鄧友德分別擔任正副團長。而事實上，團內一切具體安排都由鄧友德和另一位團員商量處理。這個人就是中央社記者楊嘉勇，其真實身份是中統局副局長徐恩安插在團裏的專員（萬東，2012）。5 月 17 日中外記者團終於成行，他們從重慶出發飛至陝西寶雞，次日再轉火車抵達西安在那裡停留了四天。後在國民黨安排下繞道山西參觀閻錫山「新政」，逗留五日。

　　1944 年 5 月 31 日中外記者團最終得以進入陝甘寧邊區，6 月 1 日清晨，在 359 旅旅長王震陪同下開始了對該旅軍事訓練和生產建設情況的參觀，為

期近一周。6月9日，記者團抵達延安。7月4日美國國慶日，記者團同毛澤東帶領的各界人士參加在王家坪禮堂舉辦的慶祝晚會（中共陝西省委黨史研究室，1995：538）。在7月15日和7月18日武道分別採訪了朱德和毛澤東。毛澤東向武道表達了中國共產黨歷來對於中國長期的傳統是採取揚棄的態度，而對世界範圍內先進的科學和思想也是樂於接受的（埃謝里克，1989：209）。

這些記者根據親眼所見和親身所感，撰寫了大量支持共產黨的報導。這令本就如坐針氈的國民黨方面徹底惱怒，在距離原定計劃還有一個多月時間急令這些中外記者返渝。然而，除中國記者和親蔣的夏南汗之外，其餘5名外國記者皆是「將在外軍令有所不受」，其中就包括武道。自願留在西北繼續採訪的這5名記者，於8月接著又到晉綏抗日根據地進行採訪。8月22日在袁任遠、楊和亭的主持下，記者團與綏德當地的士紳代表進行座談。8月30日記者團成員與美軍觀察組（美軍觀察組分兩批成員，分別於7月和8月抵達延安）到晉西北軍區觀察訪問，直至10月9日才返回延安。其間斯坦因單獨於10月5日返回重慶，而武道和其他3位外國記者（愛潑斯坦、福爾曼、普金科）是最後於10月23日離開延安。

1944年夏的這次中外記者團西北行，在當時的輿論界產生極大轟動，是自1939後外國媒體首次突破國民黨新聞封鎖大規模對中國共產黨的抗日情況和根據地的發展進行對外傳播。在國民黨精心制定的這份記者團名單中，當時身為宣傳處顧問的武道被國民黨方面想當然的認為是和夏南漢一樣親蔣的記者（張克明、劉景修，1988）。然而事實卻並非如此，武道的新聞報導依然恪守了他一貫所堅持的客觀真實原則，將其在西北的所見所感在多家有影響力的報刊上予以真實呈現。

國內研究引用較多的是他在《大美晚報》上發表的文章《我從陝北歸來》，該文從民眾進步、土地革命、醫藥設備、選舉權、根據地的教育、人們的抗戰意志、言論出版自由和與日軍的戰鬥這八個方面（武道，1946：26），清晰準確地描述了中國共產黨抗日根據地的基本情況，直擊要害，明確回應了外界對陝甘寧根據地以及共產黨軍隊抗日的諸多猜測，震撼了重慶輿論界。

而在國際輿論場中，武道在1944年夏季的西北行過程中也持續給《巴爾的摩太陽報》供稿，詳細真實的記述在邊區的所見所聞。在發給美國的文稿中，他詳細介紹了根據地所在的地理位置和各區域下設的行政區劃和人口數量等

基本的地理數據。同時還陳述了日軍「掃蕩」開始後，在中國共產黨的帶領下人民如何配合八路軍抗日，並且形成了數量巨大的民兵隊伍。在政治民主建設方面他也引用邊區政府的材料做了客觀詳細的介紹。

　　彼時，針對外國記者參觀西北之行，國民黨大量散佈有關中國共產黨的軍隊在抗日戰爭中對日軍不予抵抗、作用微弱等謠言。然而在武道發給《巴爾的摩太陽報》的文章中，使用大量數據真實有力的向國際社會呈現了真實的敵後抗日圖景。他援引葉劍英參謀長提供的數據：至 1944 年 7 月底，八路軍與日軍交火戰鬥已經達到 23327 次，被八路軍擊斃和重傷的日軍達到 35113 人，傷員估計達到 239952 人。隨著戰爭的推進，日軍頹敗，被俘獲的人數越來越多，還有許多日本士兵主動投誠來到中國共產黨的軍隊。另一方面，八路軍和新四軍也在中國人民抗日戰爭的偉大事業中付出了巨大的犧牲。截至當時的 7 年抗戰中有 103185 名八路軍戰士犧牲，186593 名戰士受到重傷。（Votaw，F19）

　　經過實地考察，他在發回美國的文稿中將三五九旅在南泥灣的事蹟稱為「奇蹟」（miracle）：「這裡曾經沒有窯洞、沒有房舍、沒有任何可以用來耕種的農具，王旅長和他的士兵們只能砍倒樹木做成簡易的窩棚」；由於士兵們鑄造工具所需的鐵原料短缺，甚至只好「將當地寺廟的鐘重新融化後打造成農具」。然而，這些自力更生的人們卻在這樣艱苦的條件中創造出了荒原上的奇蹟。「僅首年，產出的蔬菜和肉類就可供給全旅。每人每月可獲得兩斤肉也就是 48 盎司，到了今年他們每人每月可以分配到 3 至 5 斤肉了。」（Votaw，F19）

　　他還介紹了西北敵後抗日根據地的報刊發行情況，他特別指出「雖然有一些報紙雜誌發行量僅在 4000 餘份但是實際的讀者超過 4000000」。這些報紙主要有《新華日報》、《大眾日報》、《晉察冀日報》以及陝西綏遠地區的《抵抗日報》，信息收集方式則主要依靠空郵信件和廣播。（Votaw，F19）

　　對於延安的日本戰俘，武道也在給美國的供稿中有專文介紹。當時有 70 餘名在接受教育後認識到他們曾經的行為是對別國的侵略行為，而不是所謂的「聖戰」。這些接受過培訓的日本人轉而又可以投入到對日本軍隊的政治工作中去。在接受政治教育的同時，這些日本「學員」的生活待遇也有著很好的保障：「這些學員在學校內享有充分的生存、行動和自我管理的自由。他們穿著八路軍的制服、住在乾爽明亮的窯洞裏，並且吃的伙食都比一般的共產黨士兵要好。」他引用日本工農學校校長野阪參三（Tetsu Nosaka，或稱 Susumu Okano）的話說：「這樣一來，他們就能夠放下心中被俘虜的感覺，轉而真心地

理解八路軍，盡快的適應學校這裡的紀律。」一些上進的學生還會撰寫一些針對日本士兵的宣傳冊，參與報紙編輯。所有的人還都參與到當地的生產當中，有的種菜有的紡線，製作工具等等。在該篇文章的最後，野阪參三對記者武道表示，他們這些日本人的心聲是反對軍國主義的，他們希望通過自己的宣傳讓大家不再將天皇視為天上的神，（在日本）建立一個民主共和的人民的政府。

二、作為嚴格的教師

　　隨著西方帝國主義在華勢力的擴張，中國社會半殖民地屬性日漸強烈。外國向中國的文化輸入也愈發頻繁，這種輸入從原來依靠個人的零散的擴散逐漸向有組織的、規模化的輸入轉變。基督教大學在 19 世紀末 20 世紀初的世俗化，使一大批西方傳教士來華之後大興教育，內容也更貼近綜合性大學的教學範圍。聖約翰大學由美國聖公會在 1879 年創立，以「光和真理」為校訓，享有「外交人才養成所」的美譽，至 1952 年被停辦共存在了 73 年。1920 年由卜舫濟（F.L.Hawks Pott）在教務會議中提議設立報學系，附屬於普通文科（戈公振，1985：210）。1921 年聖約翰大學報學系創立。（鄧紹根，2010）1919 年在北方長老會傳教士司徒雷登提議在燕京大學開設新聞系，五年後密蘇里人聶士芬（Vernon Nash）於 1924 年創辦了燕京大學新聞系。（Williams，Lockwood，F1079）聶士芬，1914 年畢業於密大新聞學院，1917 至 1918 年間他曾跟隨英軍在英格蘭、印度以及東非等地進行報導。1919 年成為堪薩斯宣傳員。1924 年到燕京後不久就獲得了教授職稱。三年後聶士芬返回密大深造，攻讀碩士學位之後再度回到燕京大學。燕京大學與密蘇里大學此後在威廉院長的直接幫助下展開了長期合作。（Lockwood，1929：290～293）

　　1920 年武道來到科羅拉多大學（University of Colorado）擔任新聞報導課（reporting）的講師，1922 年開始在聖約翰報學系擔任教授（根據武道自述，1922～1939 年他在聖約翰大學的職稱就是教授），（Votaw，F12），其在聖約翰的經歷大致分為兩段：第一階段是 1922～1939；第二階段是 1948～1949 他恢復了在聖約翰大學的教職，1948 年 12 月 6 日被任命為文學院（School of Arts）的院長。1925 年 9 月回美國進行了新聞周活動，1938 年至 1947 年間在中央政治學校新聞系擔任英文教員。

　　幼年時期的武道在偶然參觀過聖路易斯的世界博覽會之後，中國人的友善謙遜以及精湛的藝術就給他留下了些許印象，武道回憶說（Votaw，F6）。然

而他的「中國夢」，或者直接的說任教聖約翰的心願能夠最終得以實現，卻有著些許幸運和波折。同是密蘇里新聞人的帕特森擔任報學系的第一任系主任，由於帕特森同時兼任密勒氏評論報的金融編輯，所以報學系的課程大都安排在晚上。課程一開便受到學生熱烈歡迎，選修者達到四五十人，為增添師資力量，報學系曾致電美國董事部要求增添大學教授一人。

此處簡要介紹一下在中國停留較短的首任聖約翰新聞系主任的帕特森。他於 1897 年出生於密蘇里州的梅肯（Macon），1914 年入密蘇里新聞學院學習，三年後從密蘇里大學畢業獲學士學位。1919 年來到上海僅在三年後就又返回美國繼續在密蘇里新聞學院任教主講廣告學。1948 年 5 月 7 日，在第 37 屆新聞周活動上帕特森還獲得了「新聞傑出貢獻獎」（Distinguish Service in Journalism）。對於唐・帕特森的授獎評語是：「唐・帕特森，頒獎理由：他在新聞學全科的傑出成就，特別是他以自身的理解和優勢充分的提升了廣告學的學術標準。他中心服務母校，不偏不倚的為教育和提升學生而不懈努力。」（The University of Missouri Bulletin，1948）而帕特森在中美新聞教育交流的主要貢獻在於回到美國後出版了英文的專門介紹中國新聞史的著作——《中國新聞史》（The Journalism of China）。該書在比較新聞學的視野下簡要介紹了古代至他所處的 20 世紀 20 年代中國新聞業的發展歷程。（Patterson，1922）作為西方學者對中國新聞事業的考述，該書被當時的學術界廣為重視紛紛轉載，成為西方研究中國新聞業的重要參考的同時也為中國新聞史學者所吸納。戈公振就曾經把該書的第七章部分翻譯過來發表於《東方雜誌》上。而留美的汪英賓也在自己所著《中國本土報刊的興起》當中引用了帕特森的材料和部分觀點。而燕大新聞系的教授白瑞華則進一步把上述三者的研究進行了進一步的考證。（王海等，2017）

武道能夠接替帕特森在聖約翰的教職，有著些許幸運。「1921 年 7 月 5 日，他寫信給威廉院長，希望院長將自己介紹到海外大學去教書。」（鄭保國，2018：85）1922 年 1 月 10 日威廉收到了紐約新教聖公會總部外務部長助理的來信。來信主要調查武道是否具備成為該教會其中一所海外大學新聞學教師的資格。威廉院長已經猜到信中所指的學校應當是一個月之前他曾經訪問上海時所到過的聖約翰大學。在回信中院長說道：「該校的新聞系課程是由同樣畢業於密蘇里新聞學院的唐・帕特森所開創的」，武道毫無疑問有接任的能力。威廉對武道的評價是「他有著傳教士一般的熱情和精神，是一名真正的老

師我可以毫不猶豫地推薦他。他個頭矮小，外形普通，但這絕不影響到他工作上所取得的成就。」（Weinberg，2008：120）然而武道真正能夠到聖約翰的原因和過程恐非出自威廉院長的牽線，甚至武道自己後來回憶說，自己前往聖約翰任教一事，似乎令老師頗為不悅，因為當時密蘇里新聞學院師生前往遠東大多出自威廉院長的撮合聯絡，而他自己卻在最開始並沒有得到老師的舉薦，以至於「（威廉）他屢次提醒我，你去那邊並沒有獲得我的許可。」（Weinberg，2008：121）

　　武道回憶自己對聖約翰的第一印象是其在很多方面與美國的大學很像（Votaw，F6），這其中一個重要原因是在學制和課程內容上，聖約翰大學經過不斷改革已經與西方高水平大學的教學設置十分相似。聖約翰大學於 1911 年實行學分制和學銜制，兩年後增設大學院，由此預科、本科、大學院的三級教學模式初步形成。20 世紀 20 年代起學校加強院系改革逐漸設立並完善了分科教學的體系，從分齋制改為院系制，進而完全向西方現代大學的辦學模式靠近。與此同時聖約翰大學還在基礎課程和高級課程方面進行了改革，使人才培養的縱向發展更為合理。人才知識體系的橫向設計上，聖約翰大學採取了「主系輔修制度」，也即某專業的學生在完成主要學科領域內的課程學習時，還必須選修其他學科的一些課程。比如英文學的學生要輔修國文、史學以及新聞學、哲學、教育學、法語、德語。其中新聞學專業的學生要學習英文一或英文二的課程，甚至更高級的歐洲古典文學課程，所以學生的英文水平都非常高（熊月之、周武，2007：164）。

　　而英文的語言環境也是使武道對聖約翰大學感到熟悉的又一重要因素。這一點，在武道的回憶中得到印證，在 70 年代武道的回憶訪談中他提到如果聖約翰大學的學生在入學前已經取得了公認高水平學校的學歷那麼該學生可以免試入學，否則就要參加英文、中文、數學以及科學的考試，「換句話說入學者應當具備六年左右的英語學習功底才可以進入聖約翰學習」。除了中文寫作和中國歷史的課程，其餘大多數課程都有法語德語和英語來教授。他自己也曾經在剛剛到達上海之後考慮過是否要在業餘時間學習中文，然而他身邊的工作人員卻告訴他，由於一直使用英文上課所以除非他自己想要做一些私人的遊歷活動，否則英文就完全夠用了。因此他也只學習了一點點上海本地話，以此來方便和聖約翰的同事們交流（Votaw，F6）。

　　而報學系的課程全部屬於高級課程，因此只有完成了基礎課程並且對人

文社會科學知識有了相當掌握之後的高年級的學生才能夠開始學習。報學系在 30 年代開設的課程主要有：新聞學、校對與時評、廣告原理、廣告之撰寫與徵求、推銷術以及新聞學之歷史與原理（熊月之、周武，2007：154）。內容之完善基本上已經涵蓋近代新聞學的完整知識體系。

　　1923 年 3 月 1 日武道致信自己的老師、朋友威廉院長告知其對自己在中國的教學工作「總體非常滿意」，更令他感到很有成就感的是時常能夠「親耳聽到美國之外的記者們對自己恩師（作者注：指威廉）的讚譽」（Weinberg，2008：121）。

　　聖約翰大學的學生構成非常多元，有在上海本地的神職人員的子女，還有一些獲得獎學金的來自世界各地的華人子女，而為數更多的是當時中國上流階層家庭的孩子。當時一些家境富裕的學生還會常常邀請老師們到家中作客，武道也曾參加過這種和學生的私下交往活動（Votaw，F6）。至於新聞系學生的具體人數，參照《聖約翰歷屆畢業生、肄業生名錄》，新聞系本專業的學生在整個 30 年代通常只有個位數（熊月之、周武，2007：454～578），然而另據1922～1936 年的《新聞系報告》卻發現選課人次多的時候能夠達到百餘人（周婷婷，2017）。武道到來之後進行了一系列課程改革，選修新聞學的學生人數逐漸增多，平均每個學期有大約五六十人。但是相比學生的增加，教師隊伍卻不曾壯大，因此當時還沒有設立專科，發給畢業生的學位是文學的學位。（胡道靜，1935：73）所以，雖然新聞專業的學生少，但實際在聖約翰聽過武道授課的學生卻要多得多。

　　在教學方面，武道稱自己所教授的是用中式新聞包裝的西方新聞內容（Votaw，F6）。他認為中國也有許多好的報紙，特別是在上海的《申報》、《新聞報》、《時報》等都是有良好聲望，可以和優質英文報刊比肩的中國報刊（Votaw，F6）。特別是《申報》中有多人畢業於聖約翰大學和密蘇里新聞學院，在武道看來，《申報》的水平是中國新報刊的佼佼者。但是聖約翰的學生家長們，他們大都接受過西方教育，對於報紙的品質和聲望非常看重，他們更希望自己的子女能夠進入英文的報社和雜誌社工作。

　　所以在他教授新聞寫作和編輯指導（editorial page direction）這兩門課程的時候他注重區別中美報導的不同寫法，分別予以闡釋。他認為美國報紙通常注重在開頭交代人物、事件、地點、時間以及原因。如果仍然有空間的話，才會去介紹相關背景。而中國的表述方式是同樣也會交代上述新聞要素，但通過

這些鋪墊只是要引出一個核心的新聞事件或者表達一個思想主旨，而越是在靠後的位置才越是重點所在。

同時，他也注意到了中國報紙的文化特色，比如在一次課上他就拿上海電話公司的廣告讓學生分析，學生注意到了圖片中大量蝙蝠元素的運用，因為蝙蝠在西方是恐怖和不祥的含義，然而在中國卻是吉祥多福的含義。這樣體現文化特色的設計構思在廣告設計中應當被格外注意。（Votaw，F6）

此外，在他的課上，還會專門邀請中國的記者或教師來向學生們講授中國報刊雜誌編輯實務。不過這些兼職教師雖然既能帶來新的知識和視角，又能暫時緩解師資短缺的壓力，但作為系主任的武道頗為苦惱的一點是在實際執行的過程中，很難解決兼職教師的時間和學生上課時間的矛盾。原因是當地工作的報人常需要在晚上工作，早晨出報。正是因為這個原因請來新聞系講課的老師通常都只能是在下午接近傍晚的時間過來。然而下午上課的效果優於學生們普遍比較疲憊的狀態而大打折扣。甚至經常還會發生教師因為有臨時任務而無法上課的情況。（武道，1948）。

武道繼承了密蘇里新聞學院在做中學的教學方法，指導學生運營《約大週刊》（The St. John's Dial）。他曾說燕大新聞和約大新聞都有著印刷設備方面的優勢，如此兩校學生便有了自主實踐的園地。並且兩家新聞系的學生在寫社論時都得會用英語寫作。《約翰週刊》採取的是中英文相間出版，而不是每期都採用中英文對照。（武道，1948）

聖約翰報學系中有許多人前往密蘇里新聞學院繼續深造，比如汪英賓、董鼎山、倪光亨和馮錫良等人。1921 年威廉院長訪華時曾回答過關於聖約翰學生到密蘇里新聞學院深造的學制問題：密蘇里大學的新聞學需要四年學習，而且在密大新聞學最初是一門選修專業需要有其他專業學習的兩年基礎。聖約翰大學的學生在密蘇里大學是可以進行互認的，因而聖約翰的新聞系畢業學生到密蘇里可以只再修兩年便可拿到學士學位（《申報》，1921）根據 1937 年高克毅所述，密蘇里大學在 30 年代每年都會接收幾位聖約翰的學生。（《宇宙風》，1937）

而從聖約翰直接畢業的學生一部分從事了中文報刊的工作。但相當大的一批人最終由於外語優勢以及優秀的媒介素養，成為了外交界和外文報刊的核心人物，比如被評價為「文武全才、能征慣戰的宣傳健將」的鄭南渭、陶啟湘，以及歷任上海兩大重要外文報刊——《密勒氏評論報》和《字林西報》編

輯的錢維藩。

　　30 年代起由於一系列事件，聖約翰大學陷入辦學困難，日軍的入侵使上海淪為孤島並導致聖約翰面臨空前的危機。在 1942 年 6 月的《中國大學雜誌》（The China College）的卷首語中寫著：「中國的教會大學已經證明了他們是堅不可摧的。他們經歷了災難，但卻能夠從廢墟中站起來變得更為強健。它們是我們未來對世界的象徵和許諾。（High Tide：The China College，1942）

　　抗戰之後武道重新回到聖約翰大學教書，彼時的學校發生了一系列新的變化，比如取消了對於招生人數的限制，從過去大約五百人的規模增加到了近千人；過去只招收中國男性學生，但是現在也招收中國女生了。另一個有趣的現象是，在戰前每當老師進了教室的時候全體學生都會起立鞠躬，但是戰後教授向學生鞠躬也只有部分學生會站起來向老師還禮。（Votaw，F6）

　　隨著戰亂頻仍，聖約翰大學等教會學校面臨學生遊行、政府施壓、教會管理矛盾、經費緊張、年久失修等等一系列問題。聖約翰大學當時面臨向廣東南遷的選擇，武道等人也在前往嶺南的表格上簽了字。但隨後在 1949 年武道離開大陸，回到美國重新開始在密蘇里新聞學院的教學生活。

　　回到美國之後的武道很自然的會時常將他在中國的學生和美國的學生進行對比。比如他覺得「在中國教師的地位非常崇高，你要求學生去做的事，學生們會好不反抗地去做，絕無討價還價。但是在美國經常遇到的情況是，當學生認為教師布置的任務過重，學生會直接告訴我『我認為我做不完』。」（Weinberg，2008：122）武道回到故鄉遭遇到的另一項困擾是，美國的學生在衣著審美方面與他所熟悉的戰前的樣貌全然不同。女生會穿著很短的裙子出現在課堂上，並且屢教不改。男生則會留著長髮還自認為十分神氣。同時，武道還指出來自密蘇里本州的生源在學習中不夠主動和刻苦，原因是他們即使考了很普通的成績也能夠進入密蘇里大學學習。這些學生還時常遲交作業，而作為老師的武道會採取直接扣分的方式來予以教育，儘管這樣做會令學生不滿意。（Votaw，F6）

　　武道對於新聞教學和實踐都是熱愛的，但是在其一生的職業生涯中，從事教師的時間佔據了絕大多數。這既是個人興趣所至，同時也是基於當時現實情況的考量，志趣和現實的糾纏使得年輕的武道陷入選擇困境。1929 年武道回國給母親慶祝七十歲生日，在哥倫比亞停留的過程中曾寫信想要約老師威廉談話來聽取他對自己職業選擇的建議。一方面，他並不排斥做記者，但另一方

面認為自己在中國教學多年之後如果再想回到美國後從事日報或者雜誌、出版等業界工作壓力會很大，競爭也十分激烈。同時，他自己也承認他已經逐漸的喜歡上了教師這個職業。（Weinberg，2008：121～122）

三、「中國新聞教育的現狀與急需」辯證考

武道對於中國的認識有著理想主義的天真一面，但同時可以說是在早期中國新聞教育界耕耘最為深長的一位外國籍的新聞教育者，因而他對於當時中國新聞教育的情況也有著自己的思考。他撰寫的《中國的新聞教育的現狀與急需》（下文簡稱《現狀與急需》）一文中認為，當時中國的新聞教育乃至新聞業現狀一是在全國範圍內開設新聞學課程的院校數量少，導致受過新聞教育的從業者在新聞業中比例低；二是教學水平良莠不齊，特別體現在英文教學和提供實習工作方面。接著他分析新聞教育界所面臨的困境與亟待解決的問題：第一是經費的嚴重不足，由此導致聘請師資不力。根據武道的說法當時教授的薪水對於從事新聞工作的一線記者和受過專業教育的歸國留學生都沒有吸引力。第二是「公共關係」人才緊缺，而公共關係正是從大學到政府部門都需要運用的知識，應該配備專業人員。最後，武道呼籲中國新聞教育平等引起社會各界的充分重視。該文發表在 1948 年第 3 期《報學雜誌》上，隨後蘇州國立社會教育學院的新聞系學生鍾華姐，於同年在第 4 期《報學雜誌》上發表了《敬與武道教授論中國新聞教育》對武道的觀點進行了反駁。鍾華姐認為武道的批評不無道理，然而卻沒有從中國當時的國情出發來看問題。首先中國政府對新聞教育是非常重視的，特別是實在抗戰時期各省市政府都專門設立了訓練班，對已經從業者也「加以特別訓練」，高校新聞教育的規模也有所擴大。只是目前隨著形勢變化當局一些舉動被理解為疑慮或處於嘗試的階段。其次是指出新聞從業者要有豐富的常識，然而英文卻並非最核心的素質。再次鍾華姐也承認經費不足的問題，的確會讓大學「巧婦難為無米之炊」，但是在中國整個國家社會經歷了十數年戰爭和紛亂的情況下，當局確實沒有對新聞學「另眼相待」的必要。最後鍾認為師資不足對學生成才並非最大影響因素，在課堂之外學生仍然需要通過自己的研究實踐去獲得知識（鍾華姐，1948）。

如今，當我們重新看待這場發生在上世紀四十年代的爭鳴，對於一些問題似乎可以看得更加清楚。武、鍾之間的不同看法，表面上是對中國新聞教育當時具體問題狀況的判斷和分析，然而更深層的致使二人意見分歧的原因是他

們的在職業認同、文化認同與所處社會環境情況上的差異。分析產生這些論斷背後的原因，有助於我們更進一步的認識和理解武道其人。

武道來華的時間恰好在西方世界特別是美國對中國充滿興趣的時期，這樣的時代背景下個人對中國的興趣也是多少充滿著理想色彩。正如前文所述，武道來華有個人興趣和職業理想的雙重動因，是主動選擇的結果，而非被動遵從恩師威廉的安排。接受了當時世界上先進新聞教育的武道也在自己的思想上對於西方新聞教育的模式和背後的價值觀念深深認同。而考察其在聖約翰以及返回美國的任教時的情況，我們也不難看出他是非常嚴格的以高標準來要求學生的老師。在《現狀與急需》的行文中，的確在陳述現狀時武道似乎是有所比較的、以遞進的方式把聖約翰和燕京的新聞系放在靠後的位置引出，但細讀其所強調的重點並非全在英文的水平問題，而是也強調了兩校學生有實習工作的優勢。這裡體現的一方面是英文水平的國際視野，另一方面更是他思想里根深蒂固的「於做中學」的密蘇里模式，所以他認為燕京、聖約翰兩校的新聞系強在外語和實踐。而鍾華姐 1924 年生人，1948 年撰寫這篇駁論文時，正在蘇州的國立社會教育學院新聞繫念大二。武道文中提及這所學校時的描述是：「偏重於社會問題的訓練，學生英文程度很低，該校新聞系主任為維持家庭生活計，在上海另有工作，只周末才到蘇州去。」這裡，武並非針對該校，論斷也缺乏嚴謹的數據支撐，應該也只是基於一些「感性認識」。鍾在文中沒有就此直接回應，而是從「英文並不是新聞從業員的心臟」而「豐富的常識」才是，來予以立論反駁。鍾的觀點，反映的是對中國本土對於新聞人才的要求——博學多識，也受到傳統文人博聞強識觀念的影響。事實上，武道、威廉等西方新聞教育者在其他場合也強調了記者通識教育的重要性。鍾的反駁更多的體現出他眼中新聞從業人員工作內容和交往場域對外語的需求不是很高。而武道對於新聞從業者的認識則與其自身經歷相關，在此基礎上更多考慮跨文化和國際傳播的需要。

二人都認識到的經費不足、師資短缺導致辦學不力的問題，但是側重點卻有所不同。鍾承認經費不足，但是作為中國人更體諒國家歷經戰亂，積貧積弱，故而認為無需要求財政上對新聞學予以「另眼相待」。同樣鍾認為師資不足只是因為專職或者拿過學位的教師人數少，而人才管理更大的問題在於黨派門閥勢力作梗使人才流失，鍾的建議是「政府必須對各大學新聞系的教授，統由教部聘定。」反觀武道對於經費和師資關注的重點在於沒有專業化、職業化的

教師隊伍，這一方面是由於他的外國教師身份，相對對鍾所謂的認知感受不深。更為重要的是，武道所建立的新聞教育者以及新聞從業者觀念是在美國專業化、職業化浪潮之後形成的職業觀。武道所認同的教師應當是自身兼具專業學科背景，同時又專門從事這一職業的人。於是他在現狀描述中屢次認為新聞教師的專業能力不足、從業時間不固定是一個很大的問題。而經費只是保證教師能夠專業從事教學的保障。

此外，由於身份地位、所處環境等外部因素的不同也對「新聞教育是否得到了足夠重視」這一問題的判斷產生影響。特別是武道這一方，在 1948 年武道已經來華二十餘載，與執掌中國新聞界、教育界人士和政府高官都曾有過近距離的接觸，甚至保持私人交往的關係。作為聖約翰報學系主任的他對政府重視的訴求也就更加直接和急切。

最後值得注意的一個細節是，武道著重用一整段篇幅專門論述了「公共關係」的重要性。誠然，這也與他常接觸的都是一些中國留學生和旅華的外國記者外交官員等有關。但是「公共關係」知識的重要性和在中國新聞教育界這方面認知的缺乏卻是事實。現代公共關係學科的發生同樣與進步運動有關，在美國成長迅速，深入到各行各業。而當時中國還沒有現代的「公共關係」觀念和學科，武道的觀點，出自其自身的知識結構。

綜上所述，《報學雜誌》上的這兩篇關於當時中國新聞教育現狀和問題的分析文章是從不同的層面，不同的高度進行的討論。通過和鍾的對比，我們能夠清晰地看到武道作為外國來華的新聞工作者，他一方面具有當時先進的教學和職業理念，擁有更為全面廣闊的知識和視野；但另一方面正是由於他的外國人身份以及後期在華所取得的社會地位、工作環境等外部因素，又使他的判斷脫離當時中國的根本實際。縱然連鍾華姐也能夠感受到其「深切的同情與無限的期望」，卻又不免認為他對中國的新聞教育要求過高。

1949 年武道回到美國，之後重新在 1950 年重回母校密蘇里新聞學院進行教學工作。他被任命為副教授，所講授的課程是編輯寫作、今日焦點問題以及編輯排版。（Mizzou Alumni Mag，1950）

1959 年 1 月 25 日，臺北密蘇里大學校友會成立，成員約有 30 人。董顯光、馬星野被選舉為校友會主席。而新聞學院的教師武道和弗蘭克·盧瑟·莫特（Frank Luther Mott）、莎拉·洛克伍德（Sara Lockwood Williams）、布什（Frederick A. Middlebush）、時任院長厄爾·英格力士（Earl F. English）等人

擔任榮譽會員。（Missouri Alum，1959）

年邁的武道還經常在退休時光的下午，踱步到學院的紀念館去整理一些舊報、檔案等文件，「他會仔細給他們分類做好標籤。」在這座名為 Ernest McClary Todd 的紀念館內，同時陳設的還有原本陳列在老院長威廉辦公室內的來自東方的藍色地毯。還有威廉曾經用來組織學生上課進行小組討論的圓形辦公桌，後來這張桌子為《密蘇里人雜誌》（Missourian）也服役過成為編輯用來排版的主要場地。（Missouri Alum，1972）

第三節 第一位全職女性新聞教師：薩拉・洛克伍德

一、薩拉與中國

1927 年薩拉和威廉在鹽湖城結婚。在以往的研究中，特別是國內學界對於薩拉的瞭解僅僅停留在她的「威廉夫人」這一角色，對於她的研究幾乎空白。事實上，薩拉・洛克伍德有著非常豐富的新聞實踐和新聞教學經歷，她獲得密蘇里新聞學院的研究生學歷，是第一位全職的女性新聞教師。（Farrar，1998：103）並且是早期新聞教育中極少的關注研究女性記者的學者之一。

薩拉・洛克伍德（Sara Lockwood）於 1891 年 4 月 13 日出生於密蘇里州的洛克波特（Rock Port）。其父母是約翰洛克伍德和瑪麗珍洛克伍德。1913 年薩拉本科畢業獲得學士學位之後，她在幾家報紙工作，包括《聖約瑟夫公報》（St. Joseph Gazette），《塔爾薩時報》（TulsaTimes）和《民主黨人報》，《費城公報》（Philadelphia Public Ledger）和檀香山星報（Honolulu Star-Bulletin）1921年她回到哥倫比亞的密蘇里大學工作，在那裡她負責教授課程主要有：新聞報導和文字編輯課。她認為自己特別擅長人物特寫、文藝評論的教學。同時她還負責督導學生出版每週六《密蘇里人晚報》（Evening Missourian）的增刊，而她的學生則親自動手撰寫文章，拍攝照片，拉廣告，制定裝幀排版。

1927 年她嫁給沃爾特・威廉成為他的第二任夫人。婚後的薩拉辭掉了密蘇里大學的工作，並寫信給堪薩斯州立師範學院的 Thomas W. Butcher 求職。（Williams，Lockwood，F21）第二年，薩拉與威廉一同訪問了中國，在威廉夫婦一同訪問考察滬江大學的時候，薩拉還對滬江大學的學生發表了演講，他著重對滬江大學的女生進行了鼓勵，希望她們能夠好好深造，貢獻社會。（《大公報》，1928）而此行給首次來華的薩拉留下了很好的印象，她對採訪自己的

《申報》記者說：「中美實世界上最親睦之人民。因中國人士對於好好惡惡，辨別極明。或歡迎之，或不歡迎之，皆一出至誠，絕無虛偽造作之態，此則深為平等和平之美國人士所喜悅者」。（《申報》，1928）

　　薩拉‧洛克伍德在訪華的過程中一步步加深著對中國的瞭解和理解。最初她對中國的印象從衣著到生活器具都非常喜歡，到後來她會主動的學習瞭解中國傳統文化，並認真的記錄在自己的筆記中。在回到密蘇里的日子裏，威廉夫婦也會在校園中給校長準備的官邸內沏上一杯茉莉花茶招待客人。密蘇里大學讓他們夫婦住在了專門提供給校長的官邸內，薩拉還記錄了一件趣事，由於這所房子處於校園公共教學區，有許多人以為這所大房子也是公共的，常會發生推門而入的事。（Williams，Lockwood，F85）

　　她對中國古代的傳說故事非常著迷，甚至在哥倫比亞的一次獲獎致辭中引用了「張果老倒騎驢」的傳說：「中國有八仙的故事，我最喜歡的是一個叫張果老的神仙……他總是倒著騎他的騾子（筆者注：原文用了 mule 這個詞而不是人們常說的驢子）他認為去哪裏並不重要，重要的是在那條道路上走著。中國人將此視為一條行事準則，那就是地位和財富給人物質上的慰藉，然而只有在品德上的修行才能為其贏得尊重，讓我們從這個故事中受到啟示，倒著騎上我們的騾子，不要太過看重成敗，要更加關注這些是對於我們人格的影響。」（Williams，Lockwood，F79）對於中國傳統文化和思想，薩拉也充滿熱情和好奇。在一篇題為《一個密蘇里女人的筆記本》的文章裏，她提到非常欣賞中國人在新年辭舊迎新的意識，她說：「在一年中哪怕只有這一次回顧一下一年中取得了哪些進步和成就也是非常有必要的。」（Williams，Lockwood，F87）頗為有趣的是，她還記錄了在中國新年的餐廳裏，最讓她難忘的是一道名為「Ho tao chior chicken with walnuts」的菜。大抵這是類似於宮保雞丁的一種菜。

　　1935 年威廉去世對她的打擊很大，薩拉決定前往燕京遊學半年。燕大方面對她的到來非常重視，《燕京新聞》予以報導：「已故美國密蘇里大學新聞學院院長瓦爾特威廉士博士之夫人蘿克渥女士，傾函燕京友人，致謝唁悼之盛意，並謂擬於最近期間，來華遊覽。如無其他牽掣，或許在本校新聞學系，擔任講學一季。查夫人為密蘇里新聞學院第五屆畢業生，畢業後，即在該院服務，後與博士結為夫婦，始辭去所任職務。……威廉士博士，為首創世界新聞教育第一人。」（《燕京新聞》，1935）

　　1936 年在北平大學薩拉還對學校的師生做了演講，她承認無論中美，越

來越多的女性開始走入社會承擔供養家庭的責任，她特別提到了刊登在《密勒氏評論報》上的文章《一個中國女大學生的人生觀》，文中的這位女生坦言無論是學什麼專業，讀大學的目的就是結婚。婚後也許還會繼續從事相關工作，也許就此中斷了自己的事業。她說「誠然如今的女人依然是男人的幫手，但是這種幫助是互相的，在組建家庭方面兩者應是相輔相成的……而現代的高等教育則是為了讓女孩兒們理解最新的社會潮流，建立人生新的認知標準」。（Williams，Lockwood，F75）然而幾十年以來女性越來越多的從這樣的觀念解放出來，追求更廣闊的世界。而在她自己撰寫的文章《現代的中國女人》中，她寫道：「無論中國人學習了多少西方的宗教、科學或者接受了現在的教育看在中國人身上仍然能夠看到傳統的古老的來自於他們祖先的因素。」（Williams，Lockwood，F87）同時她也認為，正是這樣的新舊衝突才吸引著無數的西方旅行者前來探境東方。

作為在中國生活過一段時間的外國記者，1936 年 6 月薩拉也用自己的筆觸記錄下了全面抗日戰爭爆發之前的北平。這篇題為《北平印象》的文章被刊登在 1936 年 8 月 20 日的《堪薩斯星報》（K.C.Star），文章開頭就描述了一個混亂的場景「嗒嗒嗒……嗒嗒嗒機關槍的聲音突然在街上響起，人們亂作一團的奔散而開，兩名美國女遊客也在人群中。日本士兵躲在柵欄後面開槍，用他們蹩腳的英語喊叫著，槍裏並沒有子彈，他們只是在演習……」（Williams，Lockwood，F85）當一群外國人開始抱怨日本人的放肆時，北平的市民卻顯得「和平常一樣」非常鎮定自若。文章著重描述了日軍在北平的野蠻行徑，以及日本軍隊「似乎為大規模戰爭做著準備」。

1936 年 5 月，薩拉在第五屆新聞討論會上致辭：「今晚盛會，余謹以世界最老之米蘇里大學新聞學院之名義，敬賀中國第一個新聞學系所主辦之新聞學討論會。報界同仁與教育家同為社會教育之中堅分子，自當合作會商，以求共同努力於國家社會之進步。此項討論會之舉辦，即可達到此項目的，有益於學生，有益於學校，有益於報界，有益於社會讀者。……今日之中國正處於重重難關中，因之報界諸君之責任亦愈大，諸君負復興中國之巨責，當能善用此機會」（《燕京新聞》，1936）

在同年薩拉寫給美國媒體《出版者副刊》（Publishers' Auxiliary）的文章中對於中國媒體遭受的檢查制度和封堵感到憂心。她認為中國的媒體在面臨國家重大危機的此時更應當發出聲多聲音，刊登事實真相。她援引天津《益世報》

記者羅隆基在北大的發言指出，中國的媒體中正在經受三方面的審查和圍堵：
第一層是受日本控制的中國北方政權；第二層則是中央政府本身；第三方則是
各個地方政府為了不讓媒體刊登事實真相而實施的各種檢查條例。而中國的
記者和編輯們深感自身肩負著國家命運，他們之間會努力相互配合，力求能夠
為國家和社會問題的解決作出貢獻。（Williams，Lockwood，F1074）

　　從筆者在密蘇里州立檔案館發現的資料來看，薩拉在威廉去世之後的財
務一度陷入緊張的境地。1943 年時在給哥倫比亞市的收入審查官（state income
field agent）寫信中說道，1938～39 年她在德克薩斯州立大學（University of
Texas）的奧斯丁任教時，除了工資之外，她唯一的收入補貼是哥倫比亞市的
房屋從 1 月至 6 月出租的收入，45 美元每月，1939 年 1 月搬回密蘇里後就沒
有再出租。（Williams，Lockwood，F23）1944 年，薩拉·洛克伍德赴伊利諾伊
州羅克福德羅克福德學院（Rockford College）擔任公關指導和新聞學副教授。
1951 年薩拉·洛克伍德回到哥倫比亞的密蘇里大學，負責密蘇里的新聞校友
活動。1954 年暑期學校新聞工作坊教學針對在任的教師設計了不同的培訓內
容，比如校報年鑑出版的相關工作人員的課程就由威廉女士任教，時間是
1954 年的 6 月 23～24 日兩天，主要教的課程仍然是 feature writing 專題寫作。
（Williams，Lockwood，F47）

　　1961 年 7 月 6 日，薩拉·洛克伍德因患癌症病逝。

二、薩拉的新聞思想

　　長久以來，由於威廉博士對遠東新聞事業的深遠影響，國內新聞史學界對
於密蘇里模式和威廉博士其人有了較為全面的分析和研究。但是密蘇里新聞
學院作為世界第一所新聞學院其科研和教學的實力究竟如何，卻鮮有學者問
津。薩拉·洛克伍德作為 20 年代起就在密大新聞學院任教的教師，其關注內
容和研究水平對當時的學院甚於美國的新聞教育都具有一定的代表性。

　　薩拉·洛克伍德與其丈夫威廉一樣都是虔誠的基督徒，而這給了她看待新
聞事業的獨特眼光。基督教精神如何在潛意識中與信仰該宗教的記者的社會
行為達成一致，在薩拉的一篇演講中做了很好的闡釋。「口頭傳播在人類誕生
初期就有了」，因此她認為早期的新聞和宗教有著相同的傳播方式：「在人類早
期，宗教和新聞的傳播是如影隨形相互伴生的」，而且「宗教和新聞的目的都
是使人聰慧、提供指引以及服務於人類的最終福祉」。薩拉還認為，新聞和宗

教的根本目的是一致的，她說「新聞是轉述的藝術，人生並非總是發生美好的事情，因此新聞記者要將全部的真相報導出來，這樣才是還原一個真實的世界。只報導好的而不報導壞的事情，是不準確不真實的，一個偉大的記者會呈現事件發生的一切真象，並基於此而做出出於人類福祉的評論。」在她看來，聖經也是人生的轉譯者，你會需要它的解釋來面對人生中的責任和苦難。同時，聖經給與了新聞最核心最基本的價值原則——不僅僅關照新聞事件的轉譯解讀更是關照到新聞的評判和選擇。正是因著這樣的原因，「編輯必須需要做到從海量的新發生的事件中，選取對讀者來說有趣味的且有助益的新聞。編輯必須要選擇那種可以激勵讀者形成積極正確的人生觀念和有助於其不斷進步的報導」。（Williams，Lockwood，F72）通過薩拉的表述，我們可以看到，在她的眼中世俗化彌散化的基督教（這裡應當是基督新教）不僅僅是新聞工作者的修辭來源，而且是其社會行動的直接依據。這裡她對於新聞真實性、新聞反映論的問題從宗教的角度做出了有益的闡釋，而這也是西方新聞倫理演變中不可或缺的一個重要影響因素。

在薩拉的教學工作中，她不僅給新聞學院的大學生上課，也會應邀到一些高中去給中學生做有關職業規劃相關的講座。檔案中保留了一份發言大綱，裡面是她對中學生講的如何判斷自己是否適合學習新聞專業，如今讀來仍然頗具啟發，現摘錄整理如下：

> 你認真學習的任何科目，日常生活中學到的任何知識都會對成為一名記者有所幫助。因為記者的職責就在於寫出一切事實。如果要說對於從事記者這個職業有特別直接的學科幫助的話，那麼瞭解歷史、瞭解政府運作，以及文學、語法，研讀偉大的文學作品都大有裨益。對於什麼年齡適合做記者，答案是並沒有年齡的限制。很有可以能一個人只是從印刷學徒或者辦公室助理做起，但卻自學成了一名記者。而如果你選擇到大學裏攻讀新聞專業，那麼你將會在20歲到22歲左右開始記者生涯。記者的薪水是由經驗、培養背景、出版物、工作地點等多項因素決定的，對於一個剛入行的記者每週從12到35美元不等。如何決定是否加入記者行業呢？你要問自己是否喜歡和人打交道？你是否能夠輕鬆的約見到他們？你是否具有一顆好奇的追究問題的心？你是否喜歡閱讀？享受閱讀？與此同時，也應當注意到，在當今女性成為大城市都市報記者的難度仍舊

是相當大的。（Williams，Lockwood，F72）

在其他場合她也多次論及作為記者所應具備的基本素質，其中從職業選擇動機上，她認為「興趣對於持續做新聞的重要性遠超過其他任何行業，你在會見不同的人時所產生的自我滿足，在發現新的材料、寫作你自己的稿件時都將獲得前所未有的滿足感，換句話說這便是新聞所帶來的回報。」（Williams，Lockwood，F77）

對於報紙和新聞的社會功能和屬性，薩拉也有在同時代而言較為深刻的思考。在《作為教育者的報紙》一文中，她從宏觀角度追溯了西方新聞形態的發展歷程。從公元前 60 多年前羅馬的「每日要事」（The Daily Acts），到威尼斯新聞信、瑞士的口述新聞（據她的考證這種口述新聞還有專門的口述廣告部），接著專門論述了新聞和報紙的功能。（Williams，Lockwood，F76）

首先她肯定了新聞的專業性，指出「新聞就如同法學、藥學、教育學一樣都是一種職業、一門專業」。但是在新聞專業和新聞產業之間，她認為有必要做出區分。一方面，新聞業包含有作為產業的一般屬性：「報紙是出版業的產品……報紙是一門生意」，這是因為：「報紙的發行量，報社收入，個人成就、收益和影響力都與報紙的內容息息相關，新聞人和其他行業的男男女女一樣也都會追求上述的一切。」另一方面，新聞業又有其他行業之外更為重要的社會功能，那就是「報紙是一項社會公器（public utility）」。（Williams，Lockwood，F76）記者和編輯在報導新聞的同時也在平衡和尊重追求著人類共同的福祉。

接下來她提出新聞的基本功能是提供信息、反映現實。薩拉說：「新聞就是一個時代的鏡子」。新聞反映著大眾普遍的需求，每一份報紙也反映著它的訂閱者具體的需求。她認為編輯為了迎合讀者的需求會相應的選擇報紙的內容取向。所以她援引《紐約先驅論壇報》（New York Tribune）編輯懷特勞·瑞德（Whitelaw Reid）的話說：「抱怨報紙越來越糟，其實更像是在說這個時代的人們越來越糟。」而耶魯大學校長阿瑟·哈德利（Arthur Hadley）則說「好的編輯會製作超乎讀者需求的更高質量的報紙，差的編輯則反之，絕大多數的編輯只是順應著讀者的需要，做不到全然獨立的判斷。」（Williams，Lockwood，F76）因此薩拉認為回到報紙最本初的功能，就應當是滿足人類「對於變動的信息的需求」，通過報紙人們可以對這個世界正在發生的情況有所瞭解，也即「作為老師的報紙」。她認為報紙集合了最為豐富的信息，覆蓋了最為廣闊的知識領域，人們僅僅需要掃視報紙的首頁便能夠獲得最新的消

息。無論報紙所承載的功能有多少，它的首要目標仍然是向讀者提供當日最新的消息。當然報紙還有各個版面覆蓋了多個領域其所面向的對象和要傳達的目標內容都有所不同。

　　當然，她也看到了當時的報紙中存在著一些問題，她認為那正是新聞專業院校所要集中解決的，她說：「新聞學院正在努力通過教會這些準記者、編輯們新聞最為基本的原則、更高的標準來大幅提高其專業化程度。並進一步啟發引導他們尋求更好的出版方式來達到最佳的教育和服務讀者的目的。」（Williams，Lockwood，F77）

三、早期新聞史研究

　　雖然在教學工作中她授課的內容偏向於新聞業務培訓類的課程，但是從檔案收集的薩拉個人的研究性文章和著作來看，其個人在新聞學研究的主要興趣在於新聞教育發展史。

　　1928 年在密蘇里新聞學院成立 20 週年之際，薩拉‧洛克伍德完成了對該學院歷史的整理和書寫──《新聞教育 20 年》。為了最大限度的呈現事實，薩拉從密蘇里大學叢目和 1908 年以來的 151 份新聞學院官方公告、大學委員會的會議紀要、密蘇里州新聞協會的印刷論文集、新聞公報、密蘇里大學的檔案和從信件和剪報，以及沃爾特‧威廉的筆記和新聞學院其他教師的回憶中搜集積累史料。其寫作目的「並非為娛樂讀者而寫，而旨在提供歷史的基本事實，記述對於密蘇里大學及其新聞學具有價值的信息。同時也有望能夠引起人們對從事新聞業或尋求新聞職業教育之興趣。」（Lockwood，1929：ix）

　　全書主體分為四個部分，分別是第一部分密蘇里新聞學院的起源，作者詳細敘述了新聞學院創立的過程；第二部分是新聞學院的教學目標和方法；第三部分介紹學院的刊物及副產品（by-products）；最後一部分題為「今天和明天」，介紹院慶 20 週年的情況，並展望了學院的未來。每一章節都有其客觀考察和自身經歷體驗的綜合陳述。其中較為有趣的是，作者將密大和燕京大學的聯繫作為第三部分「附產品」的一個小節單獨列出，也可見在第一代密蘇里新聞人眼中燕京大學與密大新聞學院同氣連枝，從人員往來和投注的辦學精力上密大對燕京大學顯然遠遠超過對聖約翰的重視程度。書中提供了 1908 年至 1928 年完整的畢業生名單，以及各屆學生獲得獎學金的具體情況；並且對於密蘇里學員在硬件設備上的發展做了詳細的描述，具有非常高的史料價值。

　　該書的出版的消息在密蘇里當地引起不小的轟動，許多媒體界的友人都主動幫忙宣傳、贊聲更是不絕於耳。1929 年 3 月 11 日《堪薩斯城市郵報》對此書的出版進行了報導（Kansas City Journal-post，1929）《密蘇里出版人》將此書評價為「威廉夫人對世界新聞事業作出的貢獻」，「《新聞教育 20 年》是當前最有趣的新聞學書籍，未來它將成為指導記者實踐的標準用書」。（The Missouri Publisher，1929）3 月 12 日編輯與發行人第四公司（Editor and Publisher the Fourth Estate）的 James W. Brown 寫信請求薩拉可以寄給他 6 本書，以便他饋贈友人以及陳列於圖書館內供人參閱。（Williams，Lockwood，F177）《密蘇里人雜誌》（Missourian Magazine）也對薩拉這部著作的史料豐富予以了高度評價。（Missourian Magazine，1929）

　　在檔案中，筆者還發現了一封 1929 年 3 月 11 日校對編輯寫給薩拉的信，信中除卻客套恭維之詞之外，在正式溝通中編輯明確表示儘管「自己極認真的審閱薩拉的原稿，但是仍然沒有發現一處錯誤」。

　　薩拉於 1931 年發表了他的碩士論文《一項對〈密蘇里哥倫比亞先驅報〉的研究（1889～1908）》（A Study of the Columbia Missouri Herald（from 1889 to 1908））這是她的碩士論文，全文共分為十個章節，其中涉及到了多部密蘇里當地的出版物，本檔案件僅收錄了其中的介紹部分。但是從目錄我們可以看出文章的整體結構，第一章是報格和報社坐落的位置以及相應使用的設備；第二章是該報的歷史沿革；第三章講的是印刷發行相關的問題；第四章是對這個份報紙的外觀的介紹；第五章著重講了該報選擇新聞的內容；第六章講的是編輯的標準和編輯手法；第七章講的是特寫專題類文章；第八章旅行信件；第九章講的是特刊；第十章著重介紹了廣告的情況。

四、關注女性記者

　　由於社會經濟的發展，人們的生活方式經歷了巨大的變革，婦女也從家庭生活中解放出來成為新興的勞動力。隨之而來的是女權意識的覺醒，婦女開始政治上和職業發展上要求與男性具有平等的權利。美國婦女爭取選舉權的運動開啟於 19 世紀下半葉，但開始的過程極為艱難從 1848 年至 1900 年僅有四個州給予選舉權。直到 20 世紀初女權運動風起雲湧，在一次世界大戰的催化下，到 20 世紀 20 年代先後又有 32 個州允許婦女擁有選舉權。（黃虛峰，2001）婦女地位在美國社會中進一步得到提升。

在政治訴求不斷被重視之外，女性在接受高等教育方面也逐漸獲得平等的對待。根據薩拉的考證，在密蘇里自 19 世紀 70 年代起，根據相關記錄表明逐漸開始有個別女性獲得了本科學位，到 20 世紀初女性獲得學位的數量已經顯著上升，然而在那時男性獲得本科學位數量仍然是女性的三倍以上。在密蘇里大學的女畢業生中，第一個進入「男人的行業」——法律界的是 1896 年獲得法學學士的 Carey May。薩拉特別提到，在密蘇里新聞學院還畢業了首位中國籍的女生，Eva Chang 而她如今已經進入北平的燕京大學成為了一名新聞教師。（Williams，Lockwood，F73）

作為全職新聞教師中的第一位女性，薩拉·洛克伍德對新聞領域中的女性議題也有著特別的關注。她認為在一定程度上女性記者從業有利的一個方面是：「女性常常被認為適合做新聞特寫記者，主要的原因是人們印象中女性具有『人性的直覺』。」女性的感知力較強，能夠很好的把感情融入在新聞故事的情境中。但是當時「即使最有效率的女性記者的工資也仍然遠低於男性」。（Williams，Lockwood，F77）在獲得的聲望方面也與男性不可同日而語。

1910 年密大新聞學院培養出了第一名女記者，社會對於女性記者的接受度有所提高，行業內對於女性記者主要的需求是由她們來撰寫面向婦女兒童的版面內容。女性的審美優勢和在許多技巧性工作的特長在女記者身上得以凸顯。密蘇里新聞學院注意到了性別差異在新聞中的體現，在教學中「學生們首先被敦促完成最基本的通識教育，在此基礎之上，（學院）會鼓勵年輕女性把新聞學習和結合自己的興趣特長結合起來。」女性作者在許多內容領域都具有比較優勢：「美國當今有數以百計的雜誌、報紙刊登專刊、專欄或專版來迎合女性的興趣，這些內容包括家務管理、烹飪、縫紉、家具、園藝、建築、室內裝潢時尚等等。」甚至在傳統上非女性優勢或者感興趣的方面，女記者也在逐步的顯現自己的價值，比如在「一些東部大的都市報現在都會專門雇傭女記者來做運動版的編輯，一些雜誌和報紙會請女作家。」（Williams，Lockwood，F76）

除了做記者，當時的女性與新聞相關的工作還有很多，比如新聞學教師、報紙資料管理員，「今天你會驚奇於數量眾多的高中、初中，或者職業學院都開設了新聞學課程。這對於有一定文科和理科基礎，在新聞行業有過從業經驗，不想再從事寫作的人來說，是一個非常好的機會。」顯然，當時的報館已經非常忙碌，因而「對許多年輕女性而言，由於一些人身體狀況不適合讓她們

從事壓力很大且辛苦的報紙日常工作，教書則是一條很好的路。」報紙資料管理員在今天看來幾乎是已經被淘汰的職業，而對於當時的女性來說則是「非常有誘惑力的職業」。（Williams，Lockwood，F76）其主要職責是：將各項書報分門別類地，按照不同的信息內容編目整理，剪切黏貼到相關欄目下製成信息索引書，以便於其他記者可以快速的從中查找到與現實發生事件相關的人物介紹、歷史、相關事件等信息。

在新的時代機遇下，薩拉在題為《新聞業中的機會》的演講中，對於新聞從業者提出了自己的要求和建議。她認為從事這項事業最重要的首先是興趣：「從採訪不同的人、編輯整理材料這些日常的工作中不斷獲得自我滿足感」。第二是要有健康的思想和心理。具體而言這要求保持時刻生理上的警覺和持久旺盛的好奇心。但同時，她特別強調：「這種好奇心並不是野蠻不顧後果地窺探而是一種健康的出於理解與同情的追尋，也就是人性中合理的那部分興趣。」第三，做一名出色的記者還需要有一個好的體力。「對女性記者而言身體健康尤為重要。健康對於從事新聞也是非常關鍵的，因為一些人需要你保持有持續的能量、體力、以及大腦的靈敏。這些對於女性從業者來說似乎是一個不利條件。」（Williams，Lockwood，F77）

薩拉同樣非常關心中國的女性，特別是知識女性。除了在上文提到的在專門場合的演講，她還是一位熱心和細心觀察生活，性格直爽好為女性出頭說話的人，在薩拉檔案中，筆者發現許多這類的手稿或日記。比如在華期間當她得知北平當時社會上流傳著一些對於燕京大學是一所「皇宮似的大學」，而裏面的女學生更只是些矯揉造作、生活奢靡的富家子的偏見時，她專門撰寫了一篇文章予以反駁，文中提道：女學生們去參加聚會的確有些會穿些時髦的款式，但在日常、在校園裏大家都穿的非常樸素。冬天裏藍色的大長衫是非常普遍的著裝。吃的方面就他們大多是吃學校飯堂，每學期交 36 美元。學生們通常會非常精打細算的分配這些飯票。而全校女學生的宿舍分作四個區域，每區外觀和內飾都相同，金陳列些簡單的家具。有趣的是她還舉例一些女生為了省錢，要到城裏的時候都不捨得坐公交車而是靠走的，她們管這個叫「11 路巴士」（NO.11 BUS）。薩拉還專門對一些受過高等教育的女士進行了採訪，她認為大學畢業的女學生有更大幾率會被雇傭並獲得好的職業發展，有相當一部分同學在畢業之前已經獲得了很好的工作職位。（Williams，Lockwood，F1073）

此外，薩拉也看到了中國社會中婦女地位仍然低下的現實。就如同她寫的

「北平的女人總是被簡單的分類，年輕的或者年老的，已婚的或者未婚的，有錢的或者貧窮的。」同樣的，儘管作為外國「貴賓」，在 1936 年的「第五屆新聞學討論會」手冊上，手冊內頁第一頁是威廉的報人信條，在「討論會程序」一欄中：

　　……

　　五月七日（下午）

　　開會詞：梁士純先生；

　　致辭：司徒雷登先生

　　陸志韋先生

　　威廉士夫人

　　……（Williams，Lockwood，F1070）

　　薩拉・洛克伍德的名字依然沒有單獨和其他人的名字並列。這是那個時代中美婦女地位的真實寫照，更何況威廉是一個火炬一樣的人物。

第五章 「左轉」密蘇里新聞人在中國社會的深度捲入

第一節 從「金色」到「紅色」——一戰後來華密蘇里人新聞活動的背景

美國在一戰後有過一段「黃金年代」，和平成為全世界的共同渴望。而一次世界大戰帶給美國的影響還遠不止於此，戰後社會各界紛紛進行了戰爭反思，湧現出數量眾多的組織機構。這些團體分為兩種主要類型，一種是國際主義團體，主張美國要積極加入國際社會，構築新的和平秩序。代表性的組織是「實現和平聯盟」，1915 年威爾遜總統曾親臨首屆聯盟大會，並在會上發表演講希望美國能夠加入未來的國際聯盟。（Goldsmith，1917：93）而美國的自由派形成了各種自由主義團體，同樣反對一切形式的戰爭。在社會範圍內，和平思潮成為主流，「越來越多的美國人相信，戰爭就是對人類的犯罪，美國當初的參戰決定就是一個大錯誤，美國再也不要捲入任何戰爭。」（王立新，王睿恒，2017）美國社會上上下下都處於一種厭戰的心理狀態中，和平思潮是 1920 年代以來的思想主流。

而在社會風俗和精神面貌方面，戰爭的殘酷和繁榮的經濟所催生出來的浮華泡沫，使得美國人的思想從傳統清教主義的節儉、勤奮的觀念轉而被享樂主義的享受、及時行樂、放縱、自由等觀念所取代。與經濟上極為繁榮、泡沫越吹越高相呼應的是「人們政治上無知，充滿了幻想、孤獨和偏執，他們把不

受傳統束縛的、『具有挑釁性的個人主義』視為社會中的一股非常必要的矯正力量。」（王蘭楠，2006）這個時代的青年人生活在物質世界極大豐富的時期，追求享受，揮霍甚至成為了「時代病」，人們競相消費，狂熱的追求財富。

　　對於生活富裕、舒適、無憂而稍有追求的青年，二十年代是他們各自「做夢」的時代，並且時代所給他們的自信似乎可以以夢為馬——實現夢想並不會有多少阻礙。出身於中產階級的美國青年大多有一種那個時代特有的輕鬆地實現美國夢的幻想，即在資本市場大賺一筆之後周遊世界。

　　海倫・福斯特就曾說：「我們成長在 20 世紀 20 年代，正值美國全盛時期，青年人充滿自信，自信前程輝煌。各班英文課的高材生，都打算當作家。」而通訊員或者駐外記者則成了男生們的遠大夢想，至於海倫自己就「自信成為大作家」。（畢紹福，2015：2）20 年代的美國是一個充滿冒險奇幻想像的時代，斯諾自己被友人就曾打趣的說他大抵是「斯諾生出來就讀著馬克・吐溫的書。」（漢密爾頓，沈蓁、沈永華、許文霞譯，1990：12）沒有經濟壓力的後顧之憂，沒有敵人，浪漫而非政治性的漫遊是這個時代的風尚。「堪薩斯城人有一種『興旺的二十年代』的樂觀主義看法，而且有著宏偉的打算。」（漢密爾頓，沈蓁、沈永華、許文霞譯，1990：14）而他的妻子海倫雖然身為一個女孩子，卻也自 8 歲讀了《綠野仙蹤》之後燃起了當一個大作家的夢想。

　　而事實上，經濟動因也是二三十年代成長起來的許多美國記者來到中國，並在中國駐足的一項重要因素。他們或許並非每一位都是受到金錢驅使而來，但幾乎無一例外的對中國環境中給他們提供的豐裕物質條件印象深刻。密蘇里人項美麗（Emily Hahn）就曾說道：「在戰後的年代裏，要是我跟人說起上海的物價之便宜，他們準會說我胡說八道……我不再負債，相反，我在經濟上應付裕如，一大堆傭工任我挑選。」（Emily Hahn，1944：12 轉引自沉薈，錢家勇，2013）並且相較於美國的經濟環境，留在中國的優渥物質條件仍然是決定去留的一個非常重要因素。來華原本只作短暫旅行計劃的斯諾，在 1931 年從印度回到中國後寫信給朋友表示，雖然他也有回國的念頭，但彼時美國經濟危機正在帶來社會的巨大動盪，生活問題都無從找落，若是回去斯諾既有可能需要重操舊業去做廣告業務來維持生計。（漢密爾頓，沈蓁、沈永華、許文霞譯，1990：40）

　　美國著名歷史學家伊萊・扎瑞斯基（Eli Zaretsky）認為在美國左翼的歷史是不連貫的，雖然政治學著作中直到 1926 年才出「左翼」的概念，但其實如

同美國這種新型資本主義國家的平等和剝削是一體兩面，自由主義和左派也在歷史中一直相互交織而存在。「種族平等的觀點是美國左翼的第一次獨特貢獻。」（扎瑞斯基，彭萍萍譯，2015）按照其邏輯，大蕭條時期以及美國投入第二次世界大戰期間，工業資本主義遭遇危機，而社會主義者所倡導的民主運動成為現代行政國家的修正者，左翼在美國掀起第二次高潮。

大蕭條之後，在美國一種迷惘和失落的情感就開始在社會上廣泛彌散。美國的一大批作家開始反思戰爭的殘酷，工人與資本家的分歧與對抗逐漸激化。進步文人對於這樣的社會現狀開始反思，他們開始急切的渴求扭轉這樣衰頹的局面。而此時作為新興社會主義國家的蘇聯恰好呈現出與美國社會相異的另一番場景，呈現出朝氣蓬勃的生命力。最終在共產國際的有力宣傳以及德萊塞等人的奔走思索中，美國的社會主義作家找到了馬克思主義理論作為其理想實現的良方。美國左翼文學在大蕭條的背景之下獲得迅速發展。（黎箏，2019）30 年代在世界各地，社會主義運動風起雲湧並形成聯合相互支持，「中國的社會主義運動也逐漸成為各國工人政黨關心的內容之一。」（李銀波，1998）

誠然在當時中國的新聞界就像鮑威爾在評論 30 年代中國的生活時曾說：他的 30 年代是生活在火山口上。（法蘭奇，2011：188）這個時代來華的外國記者懷揣著各自的目的，在中國乃至世界都逐漸走向混亂走向危機的十幾年裏，一些人類似愛潑斯坦初到中國時還是無人問津的小記者，在三十年代就迅速成為了不朽的人物。中國的報人、外國的報人在風雨來時分撥戰隊。

但是筆者仍然認為，這種紅色浪潮對於在來華的密蘇里新聞人起到的是一種環境影響，而非直接的影響。他們當中沒有出現完全意義上的「某種主義者」，如果有那更加可能是「個人主義」，他們更相信自己所見、所感、所聞甚至是堅信自己所想像的，他們以一個「他者」的姿態去觀察、去感受和想像，但並未完全信仰和戰鬥。他們在來華之前對社會主義和共產主義是有所認識的或者至少聽說過的。但是以斯諾為例，他在 1928 年寫到孫中山時竟然認為「他沒活著挺好」。而理由是在當時斯諾的眼中孫是一個激進並傾向共產主義的夢想家。（Grey，2014：11）

而來華的許多西方記者，其之所以與紅色中國發生聯繫，也是受到了本土之內紅色浪潮所推動，而這其實是一個雙向的、運動的過程。蘇聯引發的紅色浪潮使得許多出版商都希望能夠推出一些介紹蘇聯和中國的刊物和圖書，來

迎合國內日益高漲的紅色熱情。而早期的左翼傾向或者僅僅是因為追逐新聞熱點的記者，經歷重重險阻將這些報導發回西方媒體，成就了他們自己的職業高峰也向世界解開了紅色中國的神秘面紗、滿足全世界的好奇。比如斯諾採訪陝北，原因之一就是受到美國國內的哈里森·史密斯委託，向他約稿一部關於中國共產主義情況的書，並且還打算支付大一筆可觀的稿費。（漢密爾頓，沈蓁、沈永華、許文霞譯，1990：28）1936 年西安事變爆發，斯諾同樣與包括《紐約太陽報》在內的多家出版方聯絡，受到後者的大力支持，贊助其差旅的全部費用支持他前往陝北採訪。《西行漫記》等一系列書籍和著作在國外發行之後，吸引來更大規模的紅色朝聖者。

第二節　讓世界認識紅色中國：斯諾夫婦

一、相聚上海

斯諾和其第一任妻子海倫是最早一批為中國學者所熟悉的美國記者之一，兩人從上世紀 30 年代起就深度的捲入到了中國的新聞事業和政治局勢當中。本研究則主要關注兩位在新聞傳播領域的活動。此外，海倫·斯諾雖然並非是密蘇里州生人，但其與斯諾結緣並在其婚姻存續期間與密蘇里新聞人群體聯繫密切，故而本研究也將她列入研究對象。

斯諾將自己的人生歷程分做三個階段，這三個階段與其所身處的地域環境有關，同時也代表著他一生中三個不同的思想和認識階段。這三個階段分別是：第一階段從出生之年的堪薩斯城開始，19 歲時跟隨哥哥前往紐約經營自己的廣告事業。第二階段自 23 歲起離開紐約去探索世界，也就是在這個時期，斯諾的環球旅行計劃在亞洲兜兜轉轉了 13 年，從 1928 年到 1941 年他的人生也隨之徹底改變。1941 年他回到美國開啟了冰火兩重天的第三個人生階段。（Farnsworth，1996：1）

斯諾於 1905 年 7 月 19 日出生在密蘇里州堪薩斯城，他的父親是一位富有激情同時又有強烈正義感的出版商。而他母親的性格則更為傳統、溫和。這也深深地影響者斯諾的性格形成，「在理智上，斯諾選擇與父親保持一致，而在感情方面他則更像他的母親。」（Farnsworth，1996：8）而在其家族中，冒險和開拓的精神一直存在其基因中。斯諾的父親一系從祖父開始就從肯塔基周不斷向西遷移，並最終來到了堪薩斯州扎下根來，還在主要的街區開起來一

家相當成功的百貨商店。（Thomas，1996：17）1922 年夏天，斯諾和其他兩個夥伴在馬克·吐溫小說的影響之下開啟了自己的冒險之旅，最終他們達到了美國西海岸的洛杉磯。然而回程卻異常艱辛，由於花光了所有錢財，他們只能偷乘火車，但又遇上了工人罷工、火車停運、搶劫狀況百出。這次旅程對斯諾的影響很大「斯諾感興趣的只是那種冒險旅行和他所遇到的普通百姓，他在以後的生涯中經常回憶起第一次看到太平洋東岸的奇異情景。」（漢密爾頓，沈蓁、沈永華、許文霞譯，1990：13）

　　散漫而富有理想是斯諾青少年時期主要狀態，他的中學時期就常休學，1925 年春季學期在紐約哥倫比亞大學讀過一段時間的夜校，其中廣告寫作還得到了 A 的成績，然而其他課程卻又是「缺課」狀態。同年秋，斯諾回到家鄉密蘇里大學廣告系就讀。可是僅僅第二年，他就又和自己的兄弟去紐約闖蕩廣告界。1927 年他開始籌劃進行一場全球的漫遊。1928 年 2 月斯諾給家人寫信，激動地表示：

> 在我的想像力和青春的活力變暗淡之前，我想去看看這些國家
> 和它們的美……對我來說，此刻的幸福就意味著一件事，那就是旅
> 行！探險！體驗！我想戰勝困難──物質的艱難──並享受成功的
> 標誌！我希望瞭解危機和危險！可憐的平庸曾包裹著我，我想用其
> 他東西填補我的青春（DimondE，2014：7）

　　斯諾的遠東之行途徑夏威夷和日本，終於在 1928 年 7 月 6 日抵達上海。他帶著威廉院長的介紹信找到鮑威爾並獲得了廣告經理助理的職位。起初他並不打算長時間為《密勒氏評論報》工作，但是鮑威爾的勸說和他在上海的一系列見聞使他逐漸改變了主意。

　　起初，斯諾來華的報導是帶著「少年壯遊」的浪漫心態來進行的，特別是鮑威爾還給他安排了沿中國當時的鐵路線遊歷的「美差」。他先是到南京拜訪了國民政府的交通部長孫科，在孫科安排下踏上了一路北行的列車。但行至最後，斯諾來到平綏線周邊的災區，卻讓他真正接觸了當時中國最現實的底層狀況，特別是當他到達今內蒙古自治區薩拉齊一帶親眼目睹餓殍遍野的情景時，使之甚為震動。（斯諾，董樂山譯，1979：188）而在寫完這次系列的報導之後，斯諾得到了孫科贈送給他的一張簽名的照片，這讓斯諾頗為得意，但是現實的慘狀還是使他對國民黨的執政能力和方針由此埋下了懷疑的種子。此行之後斯諾開始撰寫了大量反思和尖銳指責殖民主義傳統的文章。比如其中一篇名

為《僑居上海的美國人》當中寫到：「當叼著雪茄，出入於夜總會的傳教士為他們的女兒操辦豪華婚宴時，在數百英里以外的大西北，2000 萬中國人正在渴望得到拯救——但他們並非想通過「聖餐之路」到達天國——他們所祈求的，僅僅是每天有一點點粗糧充饑」（武際良，1992：35）此後，斯諾進行了一場從中國沿海至東南亞的旅行。

　　同樣的，富於夢想和激情也是斯諾的第一任妻子海倫來到中國的一大原因。海倫·福斯特（Helen Foster），1907 年 9 月 21 日年出生於猶他州。父母是英國移民，都是當時絕對意義上的高材生。母親漢娜·戴維斯畢業於愛荷華的雷克斯大學，在那裡當過三年大學教師；父親約翰·穆迪·福斯特畢業於斯坦福大學。海倫的母親對她影響很大，漢娜曾被推選為猶他州的代表，是婦女爭取選舉權運動的積極參與者。在女兒成長過程中漢娜積極的引導海倫建立獨立和堅韌的個性，並且啟發和引導她進行寫作。漢娜的攝影是能夠成為專業水平的（武際良，2011：9），海倫·福斯特這些能力的啟蒙和訓練都與漢娜的教育分不開的。海倫學習成績優異，工作後在美國採礦聯合會的表現也十分出色，薪酬優厚。但是她自幼便立志成為一名大作家，並且為了實現這個宏大的志願，她認為有必要先到國外接受新觀點，在強烈的文化差異之下激發自己的智力和才能。她還有著清晰的目標，她甚至明確的認為自己不能隨波逐流的去往巴黎，這個在當時大多數西方人都充滿嚮往的地方。（海倫·斯諾，1984 年錄音談話《自我採訪》，載畢紹福，2015：5）和斯諾一樣，兩人都是懷抱著恣意的夢想，甚至都在來華之前帶好了柯達相機，想要來中國大展拳腳。海倫則受雇於斯克利普斯報業（Scripps-Canfield）在 1931 年 7 月乘坐著「林肯總統號」遊輪的頭等艙來到了上海。

　　在海倫與斯諾見面以前，海倫就是斯諾文章的忠實讀者，她積極前往中國的相當一部分興致可以說是通過斯諾的文章而引發的。兩人見面之後迅速墜入愛河，但由於海倫並不急於立即步入，所以兩人於 1932 年底才正式結婚。當時他們的感情是極富激情和儀式感的，斯諾激動地抓著海倫的胳膊向她求婚，兩人決定到日本辦婚禮，之後到東南亞旅行。根據斯諾的回憶他和海倫辦了三次婚禮，第一次是通過斯諾的朋友找到了約翰·艾瑞孫做牧師為他們主持了婚禮；第二次是在美國使館又辦了一次儀式；第三次則是他們到了日本之後在那裡辦了正式的結婚手續。（Snow，1958：106）

　　海倫·斯諾在最初到達中國的時間裏並沒有非常重要的新聞作品誕生，由

於家庭的分工，海倫就是自願的犧牲自己的寫作時間來保障斯諾的工作，甘心為他做好工勤保障。（畢紹福，2015：5）儘管如此她還是以自己女性的身份和視角形成了上海新聞界的一道風景。這一方面是指她的穿著較為講究，更是指她以女性的視角觀察到了許多男性記者容易忽略的問題。比如在參觀報導榮氏兄弟的紡織廠時，她敏感地將報導的注意力放在了在工廠勞作的數以百計的童工身上。

九·一八事變之後斯諾將更多的精力投入到中國政治環境的觀察和分析中。在重大問題的報導中他堅持親自到前線採訪，深入接觸新聞事件的各方，而極少採納二手的資料。

1932 年斯諾受聘成為《倫敦每日先驅報》的特約記者。12 月斯諾完成了《遠東前線》的初稿，在書中他熱情地頌揚了上海軍民奮力抗爭的精神，並且深深的被國民黨十九路軍的奮勇抗戰不顧生死而折服。斯諾不僅看到了抗日戰場上面中國軍人的視死如歸，同時他還以客觀的筆觸了普通百姓，甚至是上海歌女在抗日鬥爭中的團結和堅定。（Snow，1933：230）而這樣的見證，不僅僅給後世留下了珍貴的歷史畫卷，也深深地震撼了斯諾自己，對他的思想產生了影響。

二、斯諾夫婦的交往範圍

初到中國時的斯諾，日常生活交往的基本都是美國人，這一點在他的自述中有非常多細節。而在工作上，也得到了同樣來自密蘇里的一眾同鄉的大力支持。鮑威爾作為他的直接領導自不必說。在鮑威爾前往東北和俄國採訪期間，斯諾接替他打理報社事務，並且代替鮑威爾給《芝加哥論壇報》供稿。斯諾還專門回憶起在當時的遠東新聞圈，前輩幫助後輩是一種十分常見的現象。就他自己而言，他就先後接受了密勒、莫里斯·哈瑞斯以及路透社弗蘭克·奧利弗的幫忙指點。（斯諾，宋久等譯，1984：35）

而對於斯諾夫婦倆影響巨大的則是他們和左翼人士的交往，在上海期間斯諾解釋了當時中國兩位領袖級的人物，進而使他們完全接觸和打開了與左翼進步人士交往的開端，並從此開啟了斯諾從一位充滿著浪漫式幻想和對中國深切同情的「流浪漢」，成長為一位逐漸沉下心思考、并深切關注中國未來的偉大記者的轉變歷程。1930 年經《紐約先驅論壇報》記者引薦，請斯諾為宋慶齡撰寫一則小傳，自此兩人相識。《紐約先驅論壇報》是由《紐約先驅報》

和《紐約論壇報》兩報於 1924 年合併而成的。密勒等人曾長期為該報的駐外記者。刊載的文章內容大多態度嚴謹、篇幅較長，對於國際新聞有著一貫的關注和優勢。初次見面，宋慶齡給斯諾留下的深刻的印象。在斯諾看來宋慶齡以一己之力擔負了歷史使命，然而同那些自命不凡的政治家不同的是，宋慶齡為人極為謙和，溫柔中透露出極大地勇氣。（武際良，1992：94）宋慶齡對斯諾的幫助和影響是多方面的，而這其中首先就是對於中國政局以及中國社會問題的看法，宋的觀點給了斯諾很大的啟發。宋慶齡認為中國應享受先富裕起來，同時也應該保持開放與世界溝通。斯諾在上海期間與宋慶齡結下了深刻的友誼，斯諾在後來常憶起這些交流的意義。（斯諾，宋久譯，1984：98～99）

1932 年斯諾因與姚莘農合作翻譯魯迅的短篇小說涉及版權的事宜，而在後者的引薦下與魯迅在上海見面，當日同時在場的還有林語堂。斯諾在見面中向魯迅請教了他關於中國革命的看法。而魯迅對他的忠告也是他終生難忘：「要思索，要研究社會經濟問題。到千千萬萬毫無生氣的村莊走一走，先拜訪那些將軍，再去看看他們的受害者。擦亮眼睛，保持清醒的頭腦，觀察當前實際存在的事物。又為創造一個文明社會工作。但是永遠思索與研究」。（王靜，1994）1933 年魯迅還特意為英譯本撰寫了自序，並且應姚莘農之邀於 5 月 26 日拍了一張半身像，用於卷首。斯諾將這場有關於魯迅和林語堂的見面寫成了《魯迅——白話大師》，發表在 1935 年 1 月的《亞洲》雜誌上。經歷多次往來，魯迅對斯諾非常信任和欣賞，後來再有外國記者想要翻譯魯迅其他作品時，魯迅的答覆是「我的小說，今年春天已允許施樂隨便翻譯，不能答應第二個人了。」斯諾為了能夠翻譯好魯迅的作品花了大量精力研究和分析，在這一過程中魯迅的精神一直在教育和鼓舞著斯諾。在北平時，魯迅讓許多左翼人士去拜訪了斯諾夫婦。其中有著名左翼畫家王俊初，翻譯家姚莘農等人並從此結下深厚友誼（1961 年海倫·福斯特將她收集的畫作出版了一本《中國左翼畫家及現代美術》）。1936 年 5 月斯諾到上海請求宋慶齡幫助時，海倫托斯諾給魯迅帶去了一份有關於新文學的採訪問題清單，正是這次見面的機會成為了「魯迅關於新文學運動的唯一一次全面評論」。（畢紹福，2015：330）

1933 年底斯諾攜妻子來到北京，他被報聯社（Consolidated Press Association）派駐到北京，但緊接著次年四月，報聯社給他的工資就中斷了。事實上，在 1933 年 2 月 27 日報聯社就曾對斯諾表達了自身由於美國國內經濟大蕭條而給報業造成的經營困難，報聯社的相關海外業務需要依靠《芝加哥日報》（Chicago

Daily News）的海外電報專線。在編輯 4 月 8 日的來信中則告訴斯諾 4 月 15 日他收到最後一筆正式駐外記者工資之後將被轉為 80 美元一個月的兼職記者待遇。其理由應然是美國國內報刊的經營每況日下，不得不縮減開支。（Snow，F6）斯諾開始努力找工作，當時他給美國多家報紙都去了信，但大多結果並不理想。美聯社給了他駐北京辦事處的工作，但斯諾因為給上海的校友哈瑞斯幫過忙知道美聯社的工作需要「幾乎 24 小時守候在電話旁」（斯諾，宋久譯：1984：174），認為這份工作會束縛了自己的新聞事業。經濟窘迫的斯諾竟然想到了把身家壓在賭馬上面，結果卻意外的贏得了第二名的大獎，此後不久《星期六晚郵報》以 750 美元接受了一篇名為《西方的威望的長文》，經濟問題一下解決。

後來斯諾受燕京大學邀請兼任（part-time）新聞系講師，主要講授新聞特寫、新聞記述和旅行通訊寫作等課程。一次在司徒雷登的直接委託下，斯諾要向燕京大學的教師們談一下有關於法西斯主義的看法。斯諾非常重視，做了很充分的準備查閱了很多學說，然而卻讓演講的內容顯得乏味。《芝加哥論壇報》的朋友記者 Floyed Gibbons 傳授給他更好的傳達主旨的演講方法，但是斯諾慢悠悠的語速和學術論文式的行文邏輯還是讓講座呆板枯燥。畢竟斯諾所擅長的是分享描述自己的所見所聞。（Hamilton，1986：50～51）

在北平最初的兩年，夫婦二人過著愜意和安穩的生活，他們會參加各種名流的聚會、爬長城、遊西山還養了一隻白色的名叫「戈壁」的靈緹犬。斯諾還在《青龍過眼》（Through the Dragons Eyes）的作者阿林頓（Arlington）啟發下開始學習漢語，並對漢語產生了濃厚的興趣。他還有了一位滿族的漢語老師，在不斷努力下，斯諾基本上可以「認識一千五百個漢字，但這已足夠使我能夠閱讀一些『白話』文章了。」（斯諾，宋久等譯，1984：152）

身處於燕京大學這個學術聖地，斯諾夫婦二人自然同新聞系的各位教授往來密切。梁士純彼時是斯諾的同事，而後來海倫創辦《民主》雜誌時，梁又是編委會成員，1941 年梁到美國還與斯諾夫婦在紐約短聚。此外海倫·福斯特曾跟隨哈瑞·普萊斯（Harry Price）學習經濟學。還曾經和中國著名佛學專家許地山教授上課，向他學習中國的佛教和道教思想。而她的同學裏還有一位叫多蘿西·格蘭姆（Dorothy Graham）的人，此人曾介紹海倫加入女地理學家協會。（畢紹福，2015：39）

而斯諾與學生的關係則從彼得·蘭德所記述的有關於 1935 年日軍進佔華

北，學生領袖張兆麟到斯諾家中向他「徵詢意見」一事（打聽宋哲元倒向日本的傳聞），可見在學生心目中對斯諾的信賴。他首先是向斯諾打聽求證日本吞併華北一事是否為真，當斯諾告知其自己掌握的消息的確是華北守將將要屈服於日本時，張兆麟不禁情緒低落，而斯諾則從旁鼓勵他：「我們要採取行動。」這個細節被彼得・蘭德解讀為：「這話脫口而出，他並沒想這樣說。他是一個記者，本應保持中立。可是，在那一瞬間，斯諾和他的夫人海倫，讓自己偏向了中國。」（蘭德，李輝、應紅譯 2001：157～158）斯諾夫婦與進步學生的關係走得很近，並且保持著長時間的聯繫。張兆麟、陳翰伯、王汝梅等人在運動之前都來找他們商議，同時這些學生也意識到斯諾在記者中是可為他們說話的人。這些學生希望通過埃德加・斯諾的報導來為學生運動爭取國際上的同情。當學生遭到警察逮捕時，斯諾夫婦為清華大學的陸璀（解放後擔任中國人民對外友好協會副會長）提供了庇護。而斯諾的學生黃華，在保安時也為斯諾當過翻譯。燕大的女學生龔澎則成為後來我國新聞工作尤其是負責對外聯絡的重要人物。

　　而在 1937 年日本人攻佔北平之前，斯諾夫婦在當地與外國人社區始終保持著緊密的聯繫。著名的耶穌會神父泰亞兒・夏爾丹（Teilhard de Chardin）時常到他們的家中拜訪，哥倫比亞大學的教授賽諾思・皮克（Cyrus Peake），燕京大學教授曼克斯・魯爾（Max Loehr），駐北平海軍陸戰隊指揮官里克西（Rixcy）上校，和他的副官埃文斯・卡爾森（Evans Carlson）著名作家賽珍珠（Pear Buck）夫婦，《曼徹斯特衛報》記者澳大利亞人 H.J.蒂頗雷（H.J.Timperley）也都曾是他們的座上賓。

　　本研究並非斯諾研究的專著，篇幅所限並不能夠完全展開斯諾夫婦的社交系統。但就現有的線索和與其他密蘇里新聞人的比較視野來看，筆者認為對於斯諾夫婦來說，與中國左翼人士的深度接觸對他們的人生和思想影響最為深遠，甚至是斯諾之所以為「斯諾」的直接原因。因為這使得斯諾和海倫不同於來華的其他外國記者，甚至後來也不同於他的其他大多數密蘇里同鄉。即使後者所持的激烈的反帝情結、包括對中國人民的熱愛和同情也是真切的，但是他們的眼光和思想仍然停留在對「舊中國」的認識和理解中，他們認為自身代表了先進的一方。在他們的視野中，中國仍然是 19 世紀以來的古老、落後的形象，是有過輝煌但落入無比殘敗的境況的東方睡獅甚至是病獅。他們也會看到中國人身上有可敬、可愛的地方，但終歸是以一種幫助和俯視的角度。就像

斯諾的前輩鮑威爾，兩人後來在對蔣介石的態度上的分歧，從根源上鮑威爾只是信奉美國政府的決策，而包容了蔣的重大問題。當然，還要指出的是無論斯諾還是密勒、鮑威爾他們本人都不能算是完全的「某種主義者」。他們的差別，在於時代環境更在於受到交往人群的影響。在筆者看來僅就 30 年代的斯諾來看，他在左翼進步人士的影響下，看到了與前輩們眼中不同的「新的中國」或者用他自己給辛苦翻譯整理 5 年的中國現代短篇小說集《活的中國》（Living China）這個「意象」，並且在《復始之旅》中斯諾將有關於魯迅的那一篇題目就仍然寫作《活的中國》。在這個意象中，他與中國人是平等的，甚至他會感受到諸如宋慶齡、魯迅等人的偉大之處並心嚮往之。

三、報導紅色中國

哈里森·索爾茲伯里（Harrison Salisbury）為海倫·斯諾 1979 年版的《續西行漫記》所做的序言中說：

> 在美中關係方面，沒有一個名字能像「斯諾」這樣光彩奪目：一個是埃德加·斯諾，一個是他當時的妻子海倫·斯諾。……兩位斯諾的這兩本書，本身就是美國人民和中國人民同呼吸共命運的證據。在毛澤東時代的中國，這兩本書都被一印再印，都被用作參考書，因為中國人自己還沒有寫出類似的著作。（畢紹福，2015：54）

1935 年英國《每日先驅報》（Daily Herald）聘請他為駐華特派記者，斯諾決心追蹤當時中國最為外界所好奇的大新聞——中國共產黨。而他也向《紐約太陽報》和《每日先驅報》提議，其中後者和蘭登出版社對他進入蘇區採訪進行了資助。根據 1936 年 1 月 8 日《每日先驅報》致斯諾的信件，自當年 1 月起該報每年給予斯諾 150 磅的定金按月支付。（Snow，F10）

1936 年春他啟程前往上海尋求宋慶齡的幫助，經過馬海德、鄧發等人的配合，1936 年 6 月斯諾開啟了陝北之行。在蘇區他先見到了周恩來、在周的安排下他前往保安見了毛澤東。而海倫則在夏天前往東北考察定於九月初回到北平。9 月海倫隨中共地下黨來到西安準備去和斯諾匯合，然而此時張學良正有意通過國際記者的口徑打開西安困局。海倫成為不二人選，她以倫敦《每日先驅報》駐華記者的身份進行了採訪。這次採訪被海倫寫成《寧可要紅軍，不要日本人，中國將軍要團結》一文，刊於 1936 年 10 月 8 日的英國《每日先驅報》，《華北明星報》也對這篇文章進行了刊登。這成為幾個星期之後的西安

事變起因的第一次公開披露。（武際良，2011：9）

　　1936 年 10 月，斯諾從陝甘寧邊區回到燕京大學之後熱情地向學生們介紹了他的陝北見聞。第二年的 3 月 5 日在燕京大學新聞學會的會議上，他為大家放映的由他拍攝的取景於陝北的影片、照片等材料，這使得國統區的學生們真切地看到了紅色領袖和根據地的真實形象。斯諾夫婦一起配合整理資料，有一處細節是，當斯諾攜帶著從陝北採寫的資料開始著手寫書時，海倫則與丈夫在如何處理毛澤東的口述材料這部分產生了分歧。斯諾認為可以用自己的語言去改寫毛所提供的素材，以免因為各種複雜的人名、地名而增加讀者的閱讀困難，從而影響銷路。但是海倫則堅持認為為了保證毛生平經歷的完整性，應當對這些信息予以完整的呈現，而「這也會使這本書在以後的歲月里保持其永恆的價值。」（王賓，2011：34）最終斯諾接受了海倫的意見。斯諾在《西行漫記》出版前，還趕著將一批文章發表了出來，其中在中國的媒體他選則了老東家《密勒氏評論報》，毛澤東的那張頭戴紅軍軍帽的照片也在該報刊登出來，並且在很長的一段時間裏，這張照片被人們用作毛澤東中青年時期的標準照片之一。（China Weekly Review，1937）而這樣的內容「像一枚巨型的炸彈震動了中國，也震動了世界。」（武際良，1992：249）

　　1937 年 3 月至 4 月海倫和王福時等人日夜趕工，將《外國記者西北印象記》編輯出來。4 月中共北平市委書記俞啟威透露給海倫共產黨的全國代表大會將在下個月舉行，海倫決定親自前往延安。4 月 30 日到達三原後，彭德懷專門派車前去迎接。5 月 3 日海倫到達延安，前後共採訪了 61 位革命者。在她的採訪過程中朱德、毛澤東都給予了她直接的、非常大的幫助。毛澤東還為她能夠去前線採訪寫了親筆信。

　　海倫從陝北歸來後和斯諾相聚並去上海停留了一段時間。1937 年在報導淞滬會戰時，斯諾是第一個抵達真如鎮報導戰爭實況的外國記者。他堅持穿梭在被日軍瘋狂轟炸的戰場上，「為了搞清中國人是已經撤離陣地還是仍在繼續固守，他不顧日本飛機仍在上空盤旋，就奔波在到處是彈片的戰場上。他在採訪蔡廷鍇將軍後的歸途中摸黑走了三個小時，當蹲在日本方防線一側的一個墳墓後面時，帽子誤被中國狙擊手射穿一個洞。」（漢密爾頓，沈蓁、沈永華、許文霞譯，1990：43）

　　1938 年海倫完成了《續西行漫記》的寫作。此後斯諾夫婦大都忙於中國工業合作運動。這項運動是海倫、斯諾、同路易·艾黎（Rewi Alley）一同發

起的，而工合（Indusco）一詞正是海倫的發明。1937 年 11 月底，完成西北之行的夫婦兩人回到上海，看到的卻是與之前截然不同的滿目瘡痍，針對當時中國的實際情況，三人進行了幾番激烈的討論，不過卻對動員一切勞動資源並進行流動站的方式達成一致。（斯諾，1984：64）路易‧艾黎隨後和一些工程師起草了具體計劃。1938 年 4 月，中國首個工業合作促進委員會成立該運動得到了宋慶齡、宋子文、梁士純等人的大力支持。而這件事也獲得了國民黨和共產黨共同的同意。而宋氏姐弟對國民黨政府「開綠燈」功不可沒。海倫對自己積極投身公合行為的認識是他們的是屬於獨立於黨派的「二人黨」。而海倫回憶起自己的而是經歷則更進一步的認為自己發起「工合運動」是自己性格使然，順理成章。（畢紹福，2015：64）

1939 年斯諾夫婦到菲律賓休假，在那裡海倫寫成《阿里郎之歌》。1940 年她又完成了《中國為民主奠基》，同年 12 月海倫離開上海，乘船返回美國。1941 年初斯諾與妻子在好萊塢相聚，之後還在華盛頓見到了總統夫婦，總統夫人是中國工業合作社美國委員會的贊助人。1949 年，斯諾與海倫離婚，一周後斯諾再婚。

1957 年斯諾受費正清的邀請到哈佛大學任研究員。此後斯諾再度於 1960 年、1964 年和 1970 年回到中國，並見到了毛澤東、周恩來等人。1972 年斯諾在瑞士日內瓦逝世。1973 年 10 月 19 日，人們將埃德加‧斯諾的一部分骨灰安葬在了他正經工作熱愛的北大未名湖畔。

海倫在 70 年代曾經兩次（1972 年和 1978 年）回到中國，撰寫了《重返中國》和《七十年代西行漫記》。二人離婚之後，海倫依然居住在當年斯諾所購置的破舊房屋中。她潛心研究家譜學，成為美國首批家譜學專家，撰寫了許多地方志以及家族史著作。據 1993 年 3 月 4 日的中國埃德加‧斯諾研究中心成立大會上有學者回憶在海倫垂暮之時，她依然堅持寫作。雖然她曾飽受麥卡錫主義的迫害，但她都不曾屈服。中國人民對外友好協會一直同海倫‧福斯特保持著聯絡，並且於 1996 授予她「人民友好使者」的稱號，次年 1 月海倫在美國康涅狄格州的養老院去世。

對於《西行漫記》實際的意義和傳播效果一直以來都為研究者所關注，人們的認識過程也幾經波動，總體上從最初的極高估計到恢復到客觀評價，此處僅從傳播範圍事實層面、宏觀影響（國際形勢、國際範圍傳播）和微觀細節來綜合做出本研究的判斷。

　　首先是在當時階段實際的中文和英文發行量，用這個數字作為推測其實際傳播範圍。《西行漫記》的英文首發是戈蘭茨進行的，一經發表就獲得了巨大反響熱銷高達十餘萬冊。一年之內進行了 5 輪印刷。（武際良，1992：284～286）

　　英國最先出版的公司維克多·戈蘭茨公司是一家左派出版機構，正如前文中提到的美國蘭頓（現在普遍稱為蘭登書屋 Random House）實則早在 1934 年就預定了版權。1938 年蘭頓出了兩版，莫斯科出版了該書的俄文編譯版。後因《紅星照耀中國》美國的托派認為書中涉及對蘇聯以及托派的批評言論而發起抵制，迫使該書在美國多地下架。（石川禎浩，2016）儘管如此從傳播範圍上，斯諾的《西行漫記》（《紅星照耀中國》）毫無疑問的在當時世界進行了廣泛的傳播。儘管 50 年代斯諾在美國的生存變的艱難不得已前往歐洲，但從後來 40 和 60、70 年代美國、歐洲多家公司多次再版的情況看，這部書是在西方世界受到廣泛關注的，同時也的確是暢銷的。

　　不過在俄文版的實際傳播情況還要考慮當時蘇聯對於斯諾的態度，特別是斯諾去陝北採訪屬於自發行為，並不是出自於共產國際的安排，因此在蘇聯時期《紅星照耀中國》基本上是不被廣泛傳播的。其主要原因是在具體的世界政治形勢和對一些人物的看法觀點上，斯諾的表述與當時蘇聯和共產國際而言是不能夠被直接允許印刷出版的，比如毛澤東入黨之後的許多具體活動被刪減掉許多部分，而涉及共產黨內部的問題和黨內領導人陳獨秀、李立三等所犯過的錯誤也基本被刪減掉了。因此日本京都大學學者石川禎浩認為：最初的俄文版單行本僅能算作「摘譯」，原因是俄文版幾乎壓縮省略了原著四分之三的內容，整體結構也發生了巨大變化。其中涉及到毛澤東的內容甚至被壓縮到了不滿一頁，反而是對俄國的斯大林共眇踔善的加塞進去不少內容。（石川禎浩，2016）這本冊子被命名為《中國的英勇人民》，而真正的《紅星照耀中國》在蘇聯一直沒有出版過。

　　而再從美國本土的評價來看，與斯諾同時代的美國著名中國問題專家或者對中國有所瞭解的作家給與了很高的評價。同時也在當時關注中國問題的人士間受到歡迎。例如 1941 年 4 月美國作家聯盟的全國委員會〔註1〕就邀請了斯諾參加在紐約舉辦的美國作家第四屆大會。而該組織是將斯諾作為遠東問題專家，請他就「中國的新文化」一題進行分享。這並非個例，斯諾夫婦在

〔註1〕全稱為：The National Board of the League of American Writers.

最初回到美國後經常需要出席各種活動，作為中國問題專家，向美國各界介紹中國情況。其中在費城市政廳舉辦的活動中，單場聆聽夫婦二人講座的就超過2000餘人。（Snow，F17）

作為同樣是冒險前往蘇區，並進行了更大範圍更長時間，對當時中國紅軍有著深入瞭解和理解的海倫來說，她認為《紅星照耀中國》的最重要的價值在於為全世界展現了富有魅力的紅色世界，特別是紅色領袖毛澤東。（武際良，1992：247）之所與美國國內的支持者的評價有一定的差別，主要是海倫自己更看重這個發現本身，因為後續她自己親身到了信息的源頭，甚至獲得了比斯諾更為詳實的各種訪談、新聞圖片等等。但對於沒有到過蘇區的美國人來看這部著作，震撼到他們的依舊是這個「第一次」以及在他們看來已經足夠豐富詳實的蘇區情況。

這就要看《紅星照耀中國》的內容價值以及對中國形象的塑造。首先最突出的內容價值必定是對於中國紅軍、蘇區以及中國西北的大量事實信息。如前所述這個意義是開創性的。無論是對於國內還是當時的國際社會，在1936年紅軍長征之後，蔣介石政府竭盡所能地進行軍事、經濟封鎖的同時也在進行了宣傳封鎖甚至對中共進行故意的形象醜化。「在世界各國中，恐怕沒有比紅色中國的情況更大的謎、更混亂的傳說了。」（斯諾，董樂山譯，2012：20）斯諾的新聞活動衝破了封鎖，在國內和國際上發出了另一種聲音。客觀來講，這是《紅星照耀中國》與同時代的其他新聞報導、和紀實文學相比最重大的價值。其次，與斯諾把魯迅等人在其書中所在的章節稱為「活的中國」一樣，斯諾筆下的蘇區是一個聯繫著人民、民主氛圍濃厚，完全不同於傳統的西方話語的進步的中國。甚至打破了西方對於中國的傳統偏見，展示了中國這一個地區內從百姓、到軍隊再到領導者都具有高度的文明。在這一點上，斯諾比他的密蘇里同鄉，走得更遠、看得更遠、想得更遠。

《紅星照耀中國》的出版在30、40年代吸引了一大批「紅色青年」前往延安，他們之中既有後來著名的紅色記者伊斯雷爾·愛潑斯坦（IsraelEpstein）、安娜·路易斯·斯特朗（Anna Louise Strong）等，也有許多其他專業的國際共產主義戰士，當中最為著名的亨利·諾爾曼·白求恩（Henry Norman Bethune）。該書的出版對於青年人的影響如此之大、造成如此轟動，可以說是「情理之中而意料之外」。最初斯諾和海倫在前往陝北的時候，他們是將這樣的行程以及它們的報導對象當作是新聞事件來處理的。當然，斯諾夫婦是充分確定這一系

列報導的新聞價值的，甚至可以說為這樣的新聞價值所興奮和幸福。但是後續的結果在更大程度上則是國際形勢的推動，反法西斯戰鬥的召喚以及世界範圍內的社會主義運動才是這些青年走向延安的基礎原因。

對於《紅星照耀中國》的價值和影響，還存在另一種聲音。美國歷史學者邁克爾‧謝勒在《二十世紀的美國與中國》一書中指出在太平洋戰爭爆發之初，美國政府層面對中國共產黨的瞭解和聯繫幾乎是沒有的。縱使有一大批美國的記者或者冒險家前往蘇區，但是他們在美國所產生的影響是極其微弱的。（謝勒，徐澤榮等譯，1985：132）從中我們可以看出「資產階級自由派學者的基本觀點」。（謝勒，徐澤榮等譯，1985：序）

第六章 密蘇里新聞人在華的最後一崗

第一節 抗戰之後外國記者在華的處境

　　抗戰勝利之後上海的報刊業逐步開始復甦，但在此過程中國民黨趁機借整頓之名，對許多家報刊都進行了吞併或接管。比如歷史悠久的《申報》和《新聞報》就分別由 CC 系的潘公展和程滄波任社長兼總主筆。外報的情況比較中國人辦的報館也並沒有好很多，比如「因《泰晤士報》在抗戰期間為日寇所接收，勝利後國民黨政府以敵產名義沒收，無法復刊。」（馬光仁，1996：1005）1945 年 8 月 16 日英國在上海根基最深的《字林西報》復刊，9 月《大美晚報》復刊，10 月《密勒氏評論報》復刊。但是外報的生存狀態早已與戰前不可同日而語。1947 年時《密勒氏評論報》已經是當時上海僅剩的唯一一份時事週刊，而小鮑威爾也向採訪他的《文匯報》記者提到，「在去年秋駐在郵局的檢查人員會大批扣檢本報，各地讀者紛紛來信，抱怨收不到報，當時會有在郵局中工作的人來揭發檢扣的事。事後有人要查揭發者的姓名，但是我拒絕了依從他們的要求。」（萬歌，1947）美國報刊尚且如此，而隨著英國在華地位的下降，《字林西報》更是吃過國民黨的苦頭。尤其是國民黨開始潰退的時期，其對報界的檢查和控制更是嚴酷：

　　　　國民黨蔣介石發動內戰後，《字林西報》對中國形勢的變換莫測，
　　前途未卜，報導謹慎小心，儘量客觀，立論更加戒備隱蔽些。既便

如此，也難免遭到麻煩，1949 年 4 月 24 日，因刊登「共軍攻陷蘇州、常熟的消息」，被國民黨軍事當局以該報在此軍事緊急時期，刊登此類失實消息，足以淆亂聽聞，攏惑人心」的罪名，給予停刊 3 天」的處分。（馬光仁，1996：1050）

　　一些標榜中立的記者對於國民黨都開始感到失望，當時新聞界從 30 年代起留在中國的外國記者有相當一部分都在戰時的漢口和重慶停留過，他們中的許多人都近距離的和中共負責新聞聯絡的周恩來、龔澎等人接觸過。特別是 40 年代，中外記者西北觀察團歸來之後，相當一部分人改變了對共產黨的偏見，而國民黨的腐敗、無能則令他們感到失望。正如蒂爾曼・竇丁對胡德蘭所說：「要知道」，他說，「人們很容易投向共產黨。賄賂成風、民不聊生、無心抗戰，自由中國如此了無希望！連我都覺得共產黨的中國不會再壞了，而且肯定會更好。」他強調，弗雷達，「你錯過了漢口淪陷先後中國壓抑絕望的那幾年。你應該先瞭解他們的感受，然後才能明白為什麼這麼多美國人傾心於共產黨。」（法蘭奇，2011：186）這種氛圍一直從 30 年代蔓延到抗戰結束之後。

　　一些歐美記者以為國民黨掌握有美軍的優勢裝備因此可以在對共產黨的作戰中獲得壓倒性的優勢。比如傑克・貝爾登（Jack Belden）就曾經說過：「蔣介石手下現有 4,000,000 軍隊，其中 3,900,000 都受過美式訓練或是配有美軍裝備，他擁有亞洲地區迄今為止最龐大的空軍力量，那些曾經反對過他的軍閥和政客們幾乎都成了他的俘虜。唯一可能對他造成威脅的只有 8 年前在西北黃土地上和有種種發展起來的共產黨游擊隊，其餘的都被蔣介石政府消滅了。」（Belden，1949：19）與傑克・貝爾登持相同看法的人在當時不在少數，無關政治選擇，特別是對於大多數外國記者來說（除少數明顯標榜自己站位的記者外），他們並沒有真正的選擇自己的政治立場，只是隨著所見所感因時因事而書寫自己的新聞。

　　然而戰爭的形式卻沒使這一看法的人樂觀多久。1948 年瀋陽戰役國民黨大敗，意圖對外封鎖這個消息。但羅伊・羅恩卻搶先將此事報導了出來，國民黨的失敗也使得依附於它的一些外國記者紛紛開始撤離中國。美聯社記者約翰・羅德里克在 1945 年到 1947 年期間前往延安停留了 7 個月，親自見到了毛澤東、周恩來等人，但之後此人便轉到香港去了。路透社記者格拉汗・詹金斯（Graham Jenkins）和《字林西報》的副主編喬治・維恩（George Vine）因報導解放軍的渡江戰役以及南京失守，而被國民黨記恨而遭到逮捕，幸而有聯

邦通信委員會出面營救他們才被放了出來。上海解放後維恩到香港繼續從事新聞工作。

　　而一些密蘇里人選擇留了下來，成為了不斷往外湧的外國記者人潮中顯眼的「逆行者」，這並不是因為他們是共產主義者，他們留下依然是被新聞本身所吸引，並在天然的個人傾向中努力保持客觀。西墨爾·陶平（Seymour Topping），1921 年 12 月 11 日出生於紐約，從小在皇后區長大。哥倫比亞新聞學院拒收他之後，轉到密蘇里新聞學院學習，是密大新聞學院第 43 屆本科畢業生，二戰期間他先是到菲律賓當了一名隨軍職員，後來華做了國際新聞社的駐外記者但後來因為薪水太少而轉投美聯社。1948 年 11 月 10 日他迎娶了加拿大外交官 Chester Ronning 的女兒。（Wikipedia）托平是首個將解放軍佔領南京的新聞向全世界公布的記者，在解放南京的報導中，他把蔣介石稱為「失敗者」（Beaten Man）。南京解放後他繼續在那裡停留了 6 個月。回到美國後，他與妻子定居紐約並育有五個孩子。1959 年他加入了紐約時報集團，1969 至 1976 年他成為助理總編輯，此後數年升任紐約時報總編輯。

第二節　調整與融入：小鮑威爾及其新聞實踐

一、成長於中美之間

　　1919 年 7 月 2 日（The Missouri Alumnus，1920），約翰·威廉·鮑威爾（John William Powell）在上海出生，關於他的出生有一種說法頗具上海特色那便是「他就出生在母親被送往醫院的人力車上。」（French，2009：266）而他的成長過程中一直在中國與美國、新聞前線與課堂之間不斷奔波，中國和美國對他都有著重要的意義。1920 年父親約翰·本傑明·鮑威爾就將其送回故鄉密蘇里漢尼堡，〔註1〕同妻子一起生活。1926 年至 1934 年讀初中期間，就曾中斷一年，於 1927 年隨父母回到上海。高中就讀於哥倫比亞市赫克曼中學（Hickman High School）。1938 年，19 歲的小鮑威爾同樣進入父親的母校——密大新聞學院就讀。在大學期間，他的精力幾乎平均地分配給了新聞學和歷史學兩個專業。（Neil，2006：2）然而隨著戰爭的爆發，他的大學入學的第二年，

〔註1〕為做區別，本研究中將約翰·威廉·鮑威爾稱作小鮑威爾。而在一些外文文獻中小鮑威爾也會被稱作 Bill Powell，這是因為在英語文化中 Bill 是 William 的暱稱。

他就折回上海去幫助父親運營《密勒氏評論報》。太平洋戰爭爆發前夕，1941年他再度回到美國，試圖完成自己的本科教育。

　　然而隨著珍珠港事件爆發，剛剛回國的小鮑威爾受到舉國上下的報國氛圍感召，1942年年初，他毅然退學決定以新聞報國參戰，同年4月他前往首都華盛頓，開始在隸屬於國家通訊委員會的外國廣播監控部（Foreign Broadcast Monitoring Service）工作。7個月後，小鮑威爾申請調到戰時新聞局（Office of War Information）。申請獲批之後他迅速到紐約接受了短期業務培訓，該培訓主要讓小鮑威爾在華盛頓、紐約以及中國的大量報刊中學會信息揀選、梳理以及發送電報等具體操作。美國戰時新聞辦公室是1942年6月13日，羅斯福總統將情報協調局拆分出來的、負責對美國國內以及海外進行戰爭道義宣傳的部門，是美國新聞署的前身。

　　很快，他完成了實習被派往中國，開始了在戰時新聞局海外分部（Office of War Information Overseas Operations Branch）的工作，其主要職責是在將紐約發來的新聞編輯之後再向中國的報紙推介。隨著中國戰局日趨明朗，日軍不斷潰退。小鮑威爾被調任至心理戰科室，主要負責與美國空軍配合在空中播撒各種宣傳品。

　　二戰時期的美國戰時新聞局中國分部主要有重慶、成都、昆明、桂林、永安五個分支機構，總負責人為麥克拉肯·費希爾（Francis McCracken Fisher）。戰時新聞局在華機構被稱為美國新聞處，因為費希爾認為譯作情報處可能會引起誤解，不利於宣傳工作的開展。新聞處聘請了大量的中國雇員，其中與小鮑威爾結識並對其產生重要影響的是劉尊棋，是小鮑威爾的領導。劉尊棋本名叫劉質文，浙江寧波人，1931年加入中國共產黨，但是由於在同國民黨的鬥爭中，被捏造「退黨啟事」而被黨組織開除出黨。後在第二次國共合作期間成為中央社記者，並在1939年9月對毛澤東進行採訪，該訪談記錄發表之後在海內外引起了巨大反響，劉因此被中央社限制外出採訪。1942年12月因為費希爾的邀請劉尊棋出任上海、重慶兩地的美國新聞處中文部主任。此後直至1949年9月，劉才重新正式加入中國共產黨。但是在新聞處工作期間，小鮑威爾一直認為劉尊棋是一位共產黨員（Neil，2006：4），而事實上當時劉尊棋的確為一名中共地下黨員，歸周恩恩來實際領導（於友，2013：61～62）。1982年小鮑威爾曾經使用費希爾和劉尊棋的例子來說明美國在中國所錯失的機會。他認為美國在40年代曾經有與中國共產黨建立聯繫的良好契機，然而這兩位能

夠與中共建立聯繫的人物，一個在美國國內受到了反共勢力的審訊，而另一個在中國被扣上了「不忠」的帽子。在小鮑威爾看來，美國沒有能夠及時的消除對中國共產黨的敵意，就是因為對於「費希爾這樣真正懂中國，劉尊棋這樣真正理解美國的人事業的毀滅。」（MacKinnon，Friesen，1987：196～199）

二、復刊《密勒氏評論報》與自由主義辦報思想

　　隨著二戰的結束美國裁撤了戰時新聞局，雖然小鮑威爾想要在上海重建一處從屬於新聞處的分部但沒能成功。1945 年 10 月小鮑威爾開始重新經營《密勒氏評論報》，他 12 月 1 日正式從美國新聞處離職。根據《上海新聞史》的記載，1947 年他還曾先後為《大陸報》和美國的《芝加哥太陽報》、《丹佛郵報》、美國廣播公司任通訊員或記者。

　　小鮑威爾繼承了父親將報紙向中國的社團和群體開放的傳統，這使得中國人有了向美國受眾表明自己立場的論壇。「在這裡，中國控訴了國民黨坑蒙拐騙，美國人濫用軍事武力以及華盛頓錯誤的對華政策。」（馬克·威爾金森，轉引自熊月之等，2003：98～99）復刊的《密勒氏評論報》在刊物的欄目設置方面，從最初的社評、特稿和分部新聞（Departments），到後來逐漸的中國名人錄等特色欄目也得到恢復，總體上基本延續之前的內容。解放戰爭期間設有「中國內戰日報」（Day To Day in China's Civil War）。此外還逐漸添置了一些文摘欄目，如「中文報紙摘評」（What Chinese Papers Say）。

　　而辦刊的宗旨方面，在小鮑威爾主持筆政的時期，《密勒氏評論報》卻在維護言論獨立性的基礎上，呈現出鮮明的自由主義思想：「『我們信奉我們植根於其中的那種政治、經濟制度』，『人人都有平等的選舉和被選舉權，有言論和信仰的自由』。對於中國問題，『支持一個自由、民主、繁榮與統一的中國』。所以它既反對國民黨蔣介石的獨裁政權，同時也『不同意中共的國有化，限制個人自由和實行專政』。」（馬光仁，1996：1052）此外，在政見上他逐漸與其父輩對國民黨持友好態度背道而馳。

　　促使著他轉變發生的主要有以下幾個事件：

　　首先是小鮑威爾看破國民黨假意談判意圖之後的極度失望。1946 年小鮑威爾曾報導並熱情聲援反對內戰的知識界人士，但當他發現 11 月中國民主同盟和中國共產黨都紛紛退出了與國民黨的談判，進而中國各方政治勢力合作無望時，他表現出極度的失望。小鮑威爾逐漸意識到了國民黨的種種宣傳實則

都是在粉飾其一黨專政的真正目的。（Neil，2006：2）與此同時，小鮑威爾也十分不滿美國對華所採取的政策，他認為這些政策的制定者大都只是一些職業的政客，對於真正的中國現實和中國問題根本沒有實際的瞭解。（The China Weekly Review，1946：66）

接下來，1947 年 3 月小鮑威爾偷偷潛入臺灣，報導了臺灣人民「二‧二八起義」。1947 年 2 月 27 日由於國民黨警員於當地民眾糾紛，引發了警員開槍誤傷普通民眾陳文溪的事件。次日臺北各界請願要求交出罪犯，遭到國民黨當局的殘暴鎮壓，進而激起了臺灣大部地區的民眾起義。而彼時國民黨實行了嚴格的新聞檢查制度，這一消息被封鎖，直到小鮑威爾的系列報導才使這一消息被全世界知悉，進而引發強烈影響，《華盛頓郵報》、《紐約時報》均對其進行了引述和評論。國民黨的血腥鎮壓也使得小鮑威爾對國民黨對自己國民生命的踐踏心生厭惡。

而身處上海，小鮑威爾切實的感受到了國統區中由於國民黨治理不力而造成的各種問題。小鮑威爾對 1947 年爆發的「反內戰、反飢餓」運動進行了跟蹤報導。同時他也對國民黨政府動用軍隊和警察嚴厲鎮壓學生產生不滿，對學生給予持續的同情和支持。在此期間，小鮑威爾還言辭激烈的批評有缺陷的司法程序和當時國統區監獄惡劣的條件，並且他還在報導中反對國民黨軍事干預中斷法院訴訟程序和恐嚇法院的行徑。隨著國民黨在輿論界開始大規模的整肅和鎮壓，民盟被國民黨宣布為非法團體要求解散。他悲哀的感慨自由主義的暮色已至，從此以後，中國人要麼是反動派要麼是激進派。（China Weekly Review，1947）

與此同時，小鮑威爾的自由民主思想日漸成熟。而關於二次世界大戰之後在亞洲範圍內各國掀起的民主獨立運動，小鮑威爾和《密勒氏評論報》也保持著持續關注。「1946 年起鮑威爾（筆者注：指小鮑威爾）從支持談判達成溫和談判解決方案，轉變為強烈反對美國為再殖民化提供的任何援助。他擔心本應該充當民主與自由的燈塔的美國反而成為反獨立運動堡壘的危險。他敦促美國利用其經濟實力迫使法國和荷蘭離開東南亞地區。」（Neil，2006：19）

小鮑威爾對中國的知識分子群體有著很深的依賴，這一點從 1982 年他在美國一次記者聚會上的談話可以看出：

> 我們都有兩種消息的來源，那就是國民黨和共產黨。我們大多
> 數人從很早之前就發現，從國民黨方面所提供來的信息並不好，於

是我們開始尋找其他新聞來源。我想我們的大多數新聞來源因為中
國不得志的知識分子。我從來沒有見過周恩來，或者去過任何一場
由他舉辦的媒體見面會。那並不是我們的消息來源。我們的新聞來
自於在戰爭過程中結識的、中國更廣大的群體，他們中的一些在戰
爭前就已經是上海的報人、教授或者其他行業。你要知道的是，在
當時的中國絕大多數知識分子都對國民黨不再抱有幻想，而這些人
正是你要依靠的。（MacKinnon，Friesen，1940：94）

　　可以說中國的知識分子群體既是他們開展新聞工作的主要信源，同時更
是《密勒氏評論報的》主要受眾群體。小鮑威爾也深知這一點，而他把原因歸
結於《密勒氏評論報》的言論自由──「由於《密勒氏評論報》具備著較多敢
說敢言的自由，他的銷路已達到八千左右……中國的訂戶，大都是中國的知識
分子和學生，美國的大都市大學圖書館和各學術機關。」（萬歌，1947：190）

　　眾所周知，在解放戰爭時期這一群體中的相當一部分人奉行中間路線，在
思想上也十分傾向於自由主義。小鮑威爾曾經公開說：「在中國的內戰過程中，
基本上所有的知識分子都站在共產黨這一邊。」（MacKinnon，Friesen，1940：
197）作為與小鮑威爾接觸最多的群體，自然會對他的政治傾向產生影響。與
其他前輩的密蘇里新聞人不同，他對個人政治傾向毫不避諱，他明確的支持知
識分子，既不明確支持共產黨執政，但更反對國民黨。不過他也認為中國共產
黨的許多綱領「很是可取」，是能夠適應中國實際國情的得民心的方案。（萬
歌，1947：120）1946年1月政治協商會議召開之前，小鮑威爾公開為民盟背
書，這在老鮑威爾時代是極其罕見的。

　　促使小鮑威爾與國民黨決裂的另一重因素，就是 1947 年老鮑威爾的離
世。自此，他更加少了與國民黨方面的羈絆。而同一年，他迎娶了隨聯合國救
濟署來華的美國姑娘西爾維婭，她在中國福利基金會有過 3 年的工作經歷。家
庭的因素，也使得小鮑威爾對國民黨漸行漸遠。

三、建國之後的小鮑威爾在新聞實踐上的調整

　　隨著解放戰爭的進行，國共局勢不斷變化。1948 年 11 月 8 日中共中央發
布對外國媒體的管理辦法，著重要求在解放區對於在國際宣傳中具有影響力
的媒體加強管理。比如對於外國的通訊社想要在解放區發稿就需要經過中央
的准許，特別是對於外國記者，中央也制定了統一的管理辦法，即要求他們依

照相應的規定，在獲得人民政府許可、辦理外交手續之後才可以在解放區停留並進行合法合規的新聞活動。對於已經在解放區出版的外國出版者需要上報，獲得許可（《中共中央關於新解放城市中中外報刊通訊社的處理辦法》，1948年）。1949 年 5 月 28 日上海解放之後，解放軍同樣根據相關新聞政策法規對上海的私營報業開展了全面的整改。但此時，「軍管會沒有針對外商報紙的明確限令，也沒有要求他們進行登記，允許其正常出版，並沒有採取直接的封停政策。」（劉姿驛，2016）外商所辦的報刊並沒有馬上被接管。而這也促使小鮑威爾深切感受到了輿論環境的丕變，在 1949 年 6 月 4 日的文章中小鮑威爾感歎道：「自今日起，我們是因熱情的中國人民歡迎而留下的客人，外國人凡事優先的時代一去不返，上海已然回到了人民手中。」（China Weekly Review，1949）

在上海解放之前共有四份英文的日報，他們是美國 C. V. Starr 擁有的《大美晚報》（Shanghai Evening Post Mercury），英國 Morris 家族擁有的《字林西報》,《中國日報》和《中國每日論壇》後兩者都被國民黨實際控制。解放後國民黨主管的報刊被沒收。而對外商私人報刊則是有區別的進行管理。真正直接導致老牌《字林西報》和《大美晚報》關停的是「國民黨在吳淞口埋設水雷」的假新聞事件和勞資糾紛事件，這兩起事件的根本原因還是在於這些外國報刊沒能及時察覺政治環境以及受眾群體的改變，在應對危機時仍然採取舊中國時期外國人享有特權的思維，於政府管理機構和涉事的工人都沒有能夠很好地處理好關係，做出妥善的回應和解決。1949 年 6 月 21 日《解放日報》發文針對《字林西報》6 月 10 日的假新聞進行批評。指出其捏造假新聞並且暗指只有依靠外國人的技術才能排除這一危險是完全有意的誤導。這是一種明知蔣介石政府不可能繼續成功，便化軍事幫助為政治和經濟手段繼續對自由中國進行干涉的行為。

針對上海的外報，6 月 25 日小鮑威爾專門撰寫了長評，注意針對當時報界的傳聞進行了批駁。從中可以看出他專業紮實的職業素養，以及對於在華外報以及自身身份與職責的清醒認識。首先，針對《字林西報》造謠事件，小鮑威爾的態度是在政府還在繼續對這一事件進行調查期間，並不會擅自進行評論，因為他在這件事上他也「並沒有完全佔有全部的信息」。第二，針對當時另一起傳聞說蔣介石將要轟炸已經被解放軍接管城市，小鮑威爾認為同樣不可取，因為從消息源頭都無法判定。針對另外一些傳聞，他也不厭其煩的逐一

進行了縝密的分析和反駁。最後，他懇切的針對在華的外國僑民和外國媒體指出：

> 不可否認的事實是，所有的外國人在適應中國的變化方面都存在一定的困難。在將近百餘年的時間裏，外國的僑民依靠不平等條約享受著格外的照顧，居於比土生土長的中國人更為優越的地位。作為外國人我們必須要重新適應變化的環境。我們必須明白從今以後我們只是在中國人民樂意時才能留下來的客人。儘管在某些方面我們可以接近所能的為這個國家的進步做一點點事情，但是對於新政府來說如果外國人繼續以少數特權來自居，那也無怪乎無法將之視作貢獻了。

> 而針對外國人私有的外文報刊，編輯們應當抱以極為嚴謹的態度。無論對於《字林西報》、《大美晚報》還是《密勒氏評論報》來說，我們都既不能諂媚於新政權，也不可以打壓一切可能「冒犯」它的事物。相反，我們要像常態一樣，但是更為謹慎，特別是更為準確地報導。

> 我們應該，且抱有這樣的信念，我們要繼續做自由且負責的新聞。去和邪惡戰鬥去發現並伸張正義。但與此同時我們也應當記住，一份報紙理應為它所在的社會的福祉而服務。這一點對於身為外國人做起來尤為困難，因為我們天然的會過分看重對於我們這種外國身份的人重要的事……（China Weekly Review，1949）

小鮑威爾明確了外國報刊的宗旨之後，又強調外文刊物的受眾群體既要充分重視中國的讀者，同時也有責任繼續面向在華的僑民和海外的讀者：「我們有責任告知的人們在這個國家正在發生的事情，因為這個群體只懂英語」。他也承認對於外國人群來說他們更關心本國所發生的新聞，而正是因為這樣，他呼籲每一名編輯都要處理好這一「精確的平衡」。同時他向世界澄清了當時外界對於新中國政府的猜忌，他說：「目前新政府除了成立了外事相關的機構並沒有專門針對外國人有什麼動作。」在文章最後他再次重申他的觀點：「我們相信外報可以為這座城市提供有用且有益的功能。為了達到這個效果，報社自身必須自檢其辦刊宗旨和政治站位。同時，新政府可能對外報開展的幫助（aid）對編輯們也是大有助益的。」這篇文章集中反映了他在新中國成立之後的心態和實踐策略，從中對新聞真實。客觀的追求仍然得到了保留，而面對新

的天地，小鮑威爾也懷著友好的希望積極做好準備。

　　小鮑威爾在政治傾向表述上的變化，與他在解放之前的言論事實上時前後相繼的並不矛盾。誠然政治形勢的變化，是促動小鮑威爾在政治上轉向積極支持中國共產黨的直接原因，況且小鮑威爾所在的角度和一些想走中間路線的知識分子類似，當他們的認識被釐清之後，轉變的過程是迅速的。在言論上早在 1949 年年初，小鮑威爾就積極評價中國共產黨的新政策，比如：「共產黨，暫且拋開他們的缺點，將那些真實可行的富於思想的綱領來說，考慮到這個國家的未來，已是非常完善的設想了。……有證據表明，在一些被中共政權接管的城市裏，新政權的確正在實踐他們已經承諾的改革。在這個國家這是一個嶄新的發展和進步！」（China Weekly Review，1949）1949 年 5 月 28 日上海解放，小鮑威爾撰寫社評稱：

> 隨著本期《密勒氏評論報》付印，上海加入了中國解放區的行列。本刊對國民黨政府在抗日戰爭後表現的腐敗、剝削和無能一直予以批判。我們因此歡迎已經到來的變化，並希望中國人民解放軍的到來標誌著一個新時代的降臨———一個讓中國人民享有好政府的開端。新政府面對著國家重建和社會結構重組的艱巨任務。我們祝福它，並將致力於誠實而公正的反映新中國的發展。（China Weekly Review，1949）

　　在版面和欄目設置上，《密勒氏評論報》也努力的壓縮了過去地固定的社論部分，轉而呈現更多的建設性的信息。對此該報的解釋是：「本報無意放棄新聞記者應行使的權利，社論只是縮減了數量而並非予以取締。之所以如此，是從長遠發展之角度，為了我們所奉行的新聞理想對於時事問題多增加一些報導，因為在紙張有限的情況下做出這樣的取捨。」（China Weekly Review，1949：263～264）解放後，《密勒氏評論報》還積極刊登了許多中共中央的文件、新政府的政策等內容。

　　曾有一個美國人給予小鮑威爾所謂的「忠告」：《密勒氏評論報》太過激進，使得有很多美國商人「一提及您的報紙就想發火」。

> 有人或許會猜測，鮑惠爾的社論立場以及向中國撰稿者開放的姿態反映了他的經濟動機：希望增加在中國人群中的發行量。可是，鮑惠爾更加依賴於美國公司的廣告贊助，更重要的是，他還依靠美國軍隊和零食的影響力來獲取十分罕缺、但又十分基本的必需品：

新聞用紙。他的政策顯然是出於他的信仰。他與高爾德的不同觀點
說明美國人對 40 年代發生的動亂的看法不是千篇一律的。（馬克·
威爾金森，轉引自熊月之等，2003：99）

　　進入 1950 年隨著政治氛圍和經濟整改的進行，傳統的商業廣告在當時的
環境下已使得報館的經營難以為繼。為繼續出版，9 月小鮑威爾將《密勒氏評
論報》從週刊改成月刊。中美形勢日益緊張之時，他堅定的認為應當守住這個
溝通中美的交流園地。他在月刊中開設了「答外國讀者問」的欄目，有意向外
國讀者不斷介紹發生在中國的全方位的變化，促進中外讀者更好地瞭解中國
大陸正在發生的重大新聞事件。1952 年 1 月期開始從 16 開本變為 32 開本，
不再細分欄目，而是將文章標題列在刊首。

四、歸美之後遭受迫害

　　朝鮮戰爭爆發之後，小鮑威爾從 1952 年 4 月起堅持刊登美國在朝鮮和中
國東北地區試用細菌武器的報導。然而他沒有想到的是，在朝鮮戰爭結束後的
第 3 年，1956 年 37 歲的小鮑威爾被指控犯有「煽動叛亂罪」，若罪名成立，
小鮑威爾將面臨 260 年刑期，和 130,000 美元的罰金。

　　回到美國之後，小鮑威爾就不斷受到聯邦調查局和中央情報局的盤查詢
問。麻煩接踵而來：「1954 年初，聯邦調查局向司法部刑法司建議起訴鮑威爾。
同年 9 月和 12 月，美國參議院國內安全委員會兩次對鮑威爾傳訊。」（互火，
2011）在第一次傳訊中他被問到是否是共產黨員。而他的妻子也被國家安全委
員會傳訊，而僅僅兩小時之後，西爾維婭工作的單位——小兒麻痺基金會就立
刻將她解雇。鮑威爾拒絕出庭第二次傳訊，來表明自己的態度。

　　1955 年年初，美國國內安全委員會再次發布報告，指控小鮑威爾實際受
到中國政府控制，並向美國國內發布虛假宣傳。隨後司法部代表美國政府發布
對其 13 項指控，其中的主要三項有進行虛假報導，於朝鮮戰爭期間幫助共產
黨；在加州北部分發刊物，影響美軍軍心，誘導其不忠和叛變；對美國的損失
大肆報導，並報導了美軍細菌戰行為。（互火，2011）然而本可以選擇道歉來
獲得減刑的小鮑威爾依然選擇了堅決進行無罪辯護。

　　與此同時，在世衛組織的邀請和組織下，一隻由國科學家組成的「調查在
朝鮮和中國的細菌戰事實國際科學委員會」也前往事發地點展開了周密的調
查。中國政府方面，時任新聞司司長龔澎就小鮑威爾事件專程向周恩來總理請

示，經研究決定，由中國人民保衛世界和平委員會出面聲援小鮑威爾。在案件的調查取證過程中，中方全力配合小鮑威爾的律師，寄送有關朝鮮戰爭及細菌戰的詳盡材料。新中國外交部還特別接待了小鮑威爾的律師威林。使其來華之後迅速掌握了大量證據，使得美軍發動細菌戰的行徑證據確鑿。

1959 年雖然幾經刁難，但是對小鮑威爾的控告以檢方的撤訴而告終，對其審判也隨之草草收場。

作為出生並在中國奮鬥過的一代，小鮑威爾一直對上海有著很深的感情。1987 年，他還同妻子西爾維婭專程回到上海

新聞專業主義道路在在這一階段的密蘇里新聞人身上集中表現為對言論自由和新聞真實性的恪守。而小鮑威爾則因其自身際遇在堅持自由主義道路行不通的情況下進行了新聞實踐的左轉。但其本質實質上還是資本主義文化環境下成長起來的新聞工作者，在他們身上職業的素養和當時政治環境相互作用，最終呈現出他們在新聞報導內容上的各自側重。

而回顧小鮑威爾思想逐步發生左轉的過程中，民盟無疑起到了極為重要的推動作用。從單一對職業倫理規範的認同，再到受時代思潮和現實觸動做出了新聞實踐左轉的選擇，這一歷史過程同時在不同文化之間進行思想和觀念的傳播領域也是非常值得深入思考的問題。《密勒氏評論報》在這一時期充當了新中國對外宣傳的一個窗口，然而在美國國內卻遭到了抵制，這是歷史的悲哀同時也值得我們進行思考，在國際傳播中媒體的位置和職責以及如何達到更好的國際傳播效果。

第七章 結 論

第一節 作為職業共同體的密蘇里新聞人

一、密蘇里背景為職業共同體形成所提供的基本要件

　　職業共同體的研究起源於社會學家對一些職業群體的外部觀察，他們發現在職業之中的人員進行頻繁的交往和接觸時就會形成一定的社會力量或形成明確的社會組織，這些組織或共同體的成員往往具有相似的社會屬性。早期的職業共同體考察並不注重考察成員自身對於共同體或者社會網絡的理解和認可情況。因而在後來的職業共同體研究中，學者開始關注從內部的組織成員角度觀察這些人是如何對他們的工作賦予意義的，這種觀點主要來自 Mannen 和 Barley。他們採取的是一種闡釋的路徑，認為職業的共同體實際是被工作文化所裹挾，關涉該種類型文化的規範和價值觀念以及對於身份的想像等。在不斷地工作實踐過程中，共同體中的成員會不斷的鞏固自身的認同從而強化共同體的邊界。兩位研究者提出了作為職業共同體應當具備的四個條件。首先是群體內部的成員都認為彼此從事的工作內容和類型基本相似。其次是成員自身對工作的認同態度。再次成員之間會有共同的價值觀念並且遵從相近的規範，並且尤為重要的是，這種價值觀或者規範知道他們在工作之外的實踐。最後處於一個職業共同體的人往往會處在共同的工作與生活關係網絡中。（錢進，2012）此處我們試著將這兩種路徑作一結合，即從外

部定義性概念通過固定的一些標準來識別辨析這些記者個體，並結合歷時動態的觀察去考量他們在中國的生活和工作狀態，進而闡釋密蘇里新聞人作為職業共同體的特徵。

　　族群和文化構成了來華密蘇里新聞人能夠成為一個共同體的外部基礎，在共享世系、共享文化資源的情況下，他們來到中國的活動最初大都依靠於此而展開。美國族裔的背景成為他們開展社會交往活動的資源。對於 20 世紀初至 30 年代源源不斷來華的密蘇里記者，《大陸報》、《密勒氏評論報》以及各種各樣的同鄉會、校友會即是他們的基礎資源，反過來這些記者也在樹立自身威望完成利益獲取的過程中鞏固著這些以族裔為核心的地方性關係。而這也成為他們構建職業共同體的一個基本條件。

　　具體而言密蘇里背景為他們能夠建構職業共同體主要提供了以下三項基本條件：首先是享有共同的精神文化的資源為共同體形成相應的文化規範形成基礎。在幾乎每一個密蘇里新聞人身上都表現出相當的求實、冒險精神，並且具有一定的平等主義思想。這與密蘇里作為美國著名的「Show Me State」、西進運動以及馬克·吐溫文學的影響是密不可分的。而在對選取的個案人物進行具體分析時，筆者注意到這些密蘇里新聞人物雖然各具特點，但是文化性格方面卻近乎出奇的相似。具體主要包含有以下的幾個因素：第一是對於英國以及其他帝國主義殖民行為的深惡痛絕。這些密蘇里新聞人無一例外的對於殖民統治報以批判的觀點。就連最早期的密勒，儘管從歷史的眼光看，他所奉行的是當時美國外交政策在面對帝國主義已將中國瓜分殆盡的情況下發明出的一種新的殖民策略，但他卻深信美國在中國的經濟擴張與傳統的帝國主義目的完全不同。另外，正如前文中引用過的斯諾的說法，密蘇里人天然的還保留著反英的情結，並認為自己在與英國的鬥爭中處於劣勢。事實上在最初的幾位密蘇里人來到上海開闢事業的時候情況也的確如此。在對英國報刊的競爭中，這種對英國的牴觸甚至仇視心理使他們工作起來更為團結而且充滿斗志。而後來的一大批密蘇里新聞學院畢業的學生則成長在美國國力日益強盛、在世界範圍內話語權不斷提高的「黃金時期」。他們在許多問題上的理想化的天真想法與反帝國主義的思潮一拍即合。這也就造成了他們總體上對於中國都是同情和關心的態度。第二，從大量第三者視角，比如海倫對斯諾的觀察、《文匯報》對小鮑威爾的採訪等等中，我們可以看到對於密蘇里新聞人的集體形象

都有著另一個共同的特徵，那便是固執與樸實。這既是性格特徵也是外貌特徵，正如英國紳士們把密蘇里新聞人嘲笑為「玉米佬兒」，看似是對外貌的描述實則也是他們為人處世風格的一個側面。這種腳踏實地和「眼見為實」的堅持成了他們天然適合做記者並且信奉新聞客觀、真實性的有利因素。第三是他們所具有的冒險傳統和開拓意識。所以當美國的對外政策轉變，遠東成為越來越吸引他們前來冒險的神秘樂園時，密勒或威廉所發出的工作邀約只是這些個體做決定時最後的一個直接推動力，這些人內心深層的對於外部世界的探索欲望以及記者職業所依賴的眼見為實才是促使他們成為來華記者的主要內在因素。密蘇里人之所以能夠開創在華外國記者中的諸多個第一——大到斯諾穿越重重困難進入在外界眼中危險神秘的紅色中國、並不顧個人危險將之報導出來；小到鮑威爾、武道、陶平等人對於具體的新聞事件發出的數不清的獨家報導。包括日軍進佔上海，大量的外文報刊紛紛出逃，但是鮑威爾選擇留下在槍林彈雨中穿著防彈衣繼續報導，直到日軍將他投入監獄。而到後面，在眾多外國記者紛紛選擇在政策和未來局勢不明朗的抗戰之後到新中國成立之前離開中國這個許多人報導、戰鬥了幾十年的新聞場時，一些密蘇里新聞人選擇留了下來。與其說是冒險、或者更貼切的說法是他們有著強烈的探索欲望。這又是一個使得密蘇里新聞人能夠具備好記者條件的性格特質。

這種天然的文化性格會使他們之間產生相互的信任感和親近感。在這一層共同體的建構中，外部的地域和族群條件對他們的聚合以及文化規範形成提供了良好的外部條件。

其次這些密蘇里新聞人在來華之前幾乎都在本州境內的媒體有過長時間的訓練（見下表），這種啟蒙式的實踐培養直接作用於他們的職業習慣形成。美式報刊的採訪、編輯、排版印刷、以及營銷策略都已經為他們所熟悉。在來華之後他們全部都是以一種「熟練工」的狀態迅速開展了在中國的工作，卡爾·克勞、鮑威爾、斯諾等人幾乎都是在來華的一周之內就已經投入到了籌建或編輯美式報刊的全流程工作中。而他們所一再強調的「美式報刊」在當時不僅是為了服務美國僑民社區，為其發聲。更是以一種他們所信仰和熟悉的工作模式報刊理念在於英國報刊劃分陣營的對弈。在這一過程中，相同的職業習慣使他們更為緊密的配合、聯繫，並為了相同的目標而努力。

表 7-1　主要密蘇里新聞人來華前的情況

人　物	出生地和時間	來華之前的工作經歷	從密大畢業時間	首次來華時間
沃爾特・威廉（Walter Williams）	Boonville, Missouri, 1864	《布恩維爾話題報》（The Boonville Topic）	1908 年新聞學院創辦者	1909 年
薩拉・洛克伍德（Sara Lockwood）	Rock Port, Missouri, 1891	《塔爾薩時報》（Tulsa Times）《聖約瑟夫公報》St. Joseph Gazette	1913 本科畢業於新聞學院、留校任教	1928 年、1936 年
托馬斯・密勒（Thomas Millard）	Rolla, Missouri, 1868	《聖路易斯共和黨人》（St. Louis Republic）	1888 畢業於密大冶礦學院	1900 年
卡爾・克勞（Carl Crow）	Perry，Missouri, 1883	《鋅礦帶新聞》（Lead Belt News）《哥倫比亞先驅報》（Columbia-Missouri Herald）	1906 進入新聞院，肄業	1911 年
約翰・本傑明・鮑威爾（John Benjamin Powell）	Hannibal, Missouri, 1886	《昆西自由報》（Quiney Whig）《密大學人》（University Missourian）	1910 本科畢業於新聞學院（留校任教）	1917 年
武道（Maurice Eldred Votaw）	Eureka, Missouri, 1899	《密蘇里人晚報》（the Evening Missourian）	1921 年新聞學院碩士（本科碩士）	1922 年
斯諾（Edgar Snow）	Kansas City, 1905	紐約廣告社	1926 新聞學院，肄業	1928 年
約翰・威廉・鮑威爾（John William Powell）	上海	上海美國媒體	1942 年新聞學院肄業	出生於中國

　　由專業的知識和職業所形成的聯繫或聚集，不僅可以使成員跨越他們所從事的工作具體內容形成連接，而且還能夠滲透到他們所身處的跨地區及跨國地理空間當中。作為新聞人日常生活的工作需要，他們在華的活動地理範圍和實際的連絡人、採訪對象事實上已經能夠形成相對固定的一個網絡。在中國範圍內上海是絕對的外國來華聚集地，這當中具有政治和經濟等多重結構的原因。而在上海許多密蘇里新聞人的回憶中都提到了他們與採訪對象、相關信

息提供者或者同行好友都是在租界當中固定的幾個咖啡館、著名標誌性的大酒店餐廳等地見面，這些地點提供了聚集的物理空間的同時，也在凝聚形成具有一定職業特色的文化氛圍。更為重要的是在這些空間和人員的活動中，他們的專業知識和技能能夠有效地組織起服務與自身職業發展的人員關係網絡和消息網絡。從另一個側面來說，記者對於這些網絡的組織和架構能力，也是其專業性的一種體現。

　　而密蘇里背景為他們提供的第三個條件則是密蘇里新聞學院的聯繫。這裡密蘇里新聞學院對他們的影響又可以從以下的幾個角度分析：首先是院長威廉的世界主義情懷，他有一句名言：「四海報人皆兄弟」〔註1〕通過密蘇里新聞學院威廉院長密大校友與當時的中國新聞界形成了教育界、報界制度化和規模化的交流。這種在數量和建制上的變化對於增進這個群體之間的認同起著重要作用，無論是外部對他們的整體認識還是他們之間相互的連結和歸屬感都在迅速增強。密蘇里新聞學院校友會上海分會於 1926 年成立，更是為新聞人的聯繫提供了最直接的組織基礎。（American University Men in China，Shangha，1936：122～148）

　　其次，作為世界上第一所新聞學院密蘇里新聞學院在一開始就已經具備了完善的課程體系並不斷結合業界需求進行授課內容調整，從當時新聞生產和報業經營的全部流程都對學生進行了規範化的培養。除威廉夫婦兩人長期從事專業的新聞教育之外，鮑威爾、武道、帕特森等人也有過新聞教材編寫和實際教學的經歷，他們的新聞專業素質和業務能力在整體來華的外國記者中都非常突出，因此也難免武道等人會對中國當時報界新聞失實、新聞尋租等亂象產生不滿的情況出現。這種專業素質上的賦予他們的自信和優越感也使得他們在群體內部相互欣賞、信任，而對外則產生了一定的排斥。而這一點正是最初 19 世紀晚期的前輩記者們所努力奮鬥想要贏得的謂之為「職業化」、「專業化」（Professionalism 此時還不能稱之為專業主義）的目的。經過密大新聞學院的培養以及在中國新聞實踐中的千錘百鍊，他們所積累和鍛鍊出來的職業素養，真正使他們建立了自身專業的聲望和評價體系。密蘇里新聞人因為鄉情或校友聯繫而聚合，而他們所具備的專業素質則是區別於其他外國記者群體的顯著特徵。

〔註1〕原文是：There is a fraternity among newspaper works everywhere（鄭貞銘，2001：152）。

最後，作為世界最早明確新聞記者職業倫理的綱領性文件《記者信條》於1914 年被編印進教師用書和學生刊物中。學院對記者信條極為重視，要求學生能夠背誦，還將全文製成銅牌在學院中展示，而這塊銅牌至今仍然被完好的保留。可以確定的是除密勒、卡爾・克勞之外的其他人都應當在密蘇里新聞學院期間接觸過《記者信條》，這也為他們對於其中所蘊含的客觀公正，獨立自主、言論自由以及為公共利益服務等精神有一定的感性認識。而民國新聞界對於《記者信條》的整體推崇態度，對於來華之後的密蘇里記者也更有助其對此產生親切感和認同感。

綜上所述，密蘇里背景為這批來華的記者形成職業共同體所創造的條件是層次非常豐富的：族群、地域文化和鄉情為密蘇里新聞人群體提供了天然的聚合動力，而美式報刊的實踐經驗內化為他們的職業操作習慣，密蘇里新聞學院進一步在程序上和制度上為職業共同體的形成創造條件，專業系統的新聞教育、特別是《記者信條》的耳提面命對他們自身職業觀念的形成提供了成熟的參考。至此密蘇里新聞人形成的職業共同體形成了向外以自然屬性和院校出身為邊界，向內以美式報刊，溝通中美的新聞理想和新聞教育形成的專業素養以及由此形成的職業以內的優越感，榮譽感成為促使他們形成職業共同體的重要內在動力。

二、來華密蘇里新聞人的職業觀念及職業認同發展情況

如果說密蘇里背景為這些記者們形成職業為共同體提供了內在和外在的基礎，那麼在來華之後密蘇里新聞人的職業認同和職業觀念發展情況則表現出了更為複雜的樣態需要進行具體分析。基於前文當中對於代表性人物的新聞實踐和新聞思想闡述，筆者認為可以分以下幾個層面對這一問題進行分析。

在擇業動機和經歷方面，可以與中國早期報人的從業動機做一簡單對比有利於我們更為清晰的認識密蘇里新聞人的職業目的。早期的密蘇里新聞人大多由於家境困難出於興趣和對體力的需求等方面考慮，而從印刷工廠的學徒做起來補貼家用。這一點與許多中國舊文人的從業動機十分相似，可以概括為「為稻粱謀」。然而不同的是，中國早期報人大多已經具有了相當的文化程度，許多甚至是直接在科考失利或取消科考之後走上了辦報的道路，因此他們接觸報業的年齡大多已至中青年。早期密蘇里新聞人則是從青少年時期、甚至是兒童時期就進入新聞出版行業，因此他們中的大多數人完全熟悉辦報的全

部流程，甚至可以一人承擔全部的辦報工作。並且由於完全處於資本主義的市場環境中，他們先天培養了對於報刊經營、發行的敏感性和關注度。中國早期報人的另一從業動機「文人論政」，則在早期密蘇里新聞人身上未有展現，他們真正有了通過文章表達思想和觀念的意識和行為則是在從業之後的過程中逐漸培養出來的。這裡我們可以看出中美報人對於報刊功能的認識差異，當中國傳統的「立言」、「立說」思想得以和新聞紙結合，在特殊的時代背景下被視為「喉舌」的時候；美國的普通報人則大多埋頭專注於黃色新聞的撰寫以及報刊發行和廣告收益的數據。

然而這種情況在密蘇里新聞學院走出一大批新聞專業的畢業生之後，發生了改變。在這些人中以武道為代表，投身報業還是進入新聞院校任教亦或者做其他行業職員，對於他們來說就如同當今的新聞專業學生一樣只作為畢業後的其中一個去向。並沒有強烈的先入為主的傾向。但是，經濟收入仍然是大多數密蘇里人從業的主要動機，甚至也是他們當中許多人來華並且長年逗留的原因之一。

與中國早期報人在本國內所受到的不理解和鄙夷相比，早期的密蘇里新聞人所面臨的環境是美國職業化運動的高潮時期，雖然也有反對和質疑，但在具備了一定的從業經歷之後，他們大多在來華之前就已經積累了自己的名譽和聲望，並由此具備了對於職業的滿意和認可。

而這種由專業精神而賦予的權利內涵在密蘇里新聞人來華之後上升成為了職業認同的主要動因。成長於本國「以專業促獨立」的意識形態之下，其對於職業自身獨立性合法性的關注、以及對輿論操控的能力相較早期憑藉著冒險精神自發成為記者的傳教士或非職業新聞人有著更清晰的認識。記者職業在歐美逐漸受到認同的同時，在 20 世紀 30 年代的中國也獲得認可，成為「一種合法的自由職業，而且對於社會關係的重要性，又復超過於律師等其他自由職業者。」（劉濤天，1937 轉引自田忠初，2010）

而這種認同在他們來到中國之後被當時特殊的半封建、半殖民地的社會結構保留並進一步強化。「洋人」身份本身就能夠為他們贏得特殊的待遇和尊重，而記者的職業便利更是使他們能夠有機會直接接觸中國的權力中心。從密勒到武道，再到斯諾正是由於他們身處於中國，擁有西方大報記者的身份才被中國的政要奉為座上賓。這種高度的名望為其帶來財富的同時，也使本國的輿論界關注他們進而使他們在國際輿論場也掌握一定的話語權。密勒和斯諾就

都曾經與美國的決策者們有過接觸。如此便為他們進一步增加了職業的認同程度，是他們都產生了要依靠自己的文章來傳播思想的強烈願望和自信。這與中國的文人論政有一定的相似之處，那就是他們都希望通過報紙文章來對當時的社會和局勢起到一定的幫助。但是兩者的精神內容是完全不一樣的。兩者都包含了深厚的東西方不同的文化思想內涵和各自特殊的歷史形成過程。就密蘇里新聞人來說，在其主觀的動機中，發現事實傳播事實是最主要的。因此他們雖然也注重社論的部分但是事實性新聞卻佔據了他們所創辦的美式報刊更大的篇幅。而更深層次的動力可以追溯到新聞專業主義形成時期，人們歸於新聞功能的探索，這一點在前文中介紹威廉院長的部分有所涉及，那便是基督教賦予他們的一種服務（serve）的意識，為社區、為社會的福祉而服務，提供信息，提供觀點。這從根本上與文人論政是生長在不同文化環境中的兩種話語。

與此同時作為不斷互動的社會化的過程，無論是以地域或族裔形成的社區還是職業共同體都會以自身的價值體系影響著內部成員對職業的認同和想像。1941 年武道撰文《在華的密蘇里人》（Missourians in China），文中他提到：他所嘗試寫的這篇文章就是「從一個微觀的角度一窺美中在文化、人道主義、外交、軍事和貿易上的關係」。（Votaw，F12）在上海，密蘇里的美國僑民在法律界和新聞界都有發揮重要作用，尤其是密蘇里新聞學院的校友們（含中國留學生）更是在各大重要的報刊中身居要職〔註2〕。這些人不但是他情感和文化的寄託，更成為日後他在中國展開工作的重要幫手，在強化共同體一致的原則和利益的同時，也在鞏固武道自身對於新聞記者職業的認同。而密蘇里新聞人所形成的職業共同體更是成為了在民國時期的報界最為重要的職業報人群體之一。這種共同體為其成員構築了職業發展的網絡和通道，而由此形成的不僅僅是專業上的聲望，更有著直接的利益和權力關係。來華的密蘇里新聞人與從美國歸來的中國留學生在民國報界相互聯繫，互相為彼此提供工作機會、消息

〔註2〕該文分別介紹了重慶、上海、北京以及華盛頓各地各行各業的密蘇里人。其中作者自述從 1922 年至 1939 年在聖約翰大學報學系任教。提到在當時的重慶工作的密蘇里新聞學院畢業生有：Thomas M・H Chao, T・C Tang, C・J Chen, James Shen, Norman Soong, Stanway N・W Cheng, Ma Hsing-yeh, Edgar Tang 等。上海除鮑威爾外，還有 Morris J. Harrys, James V. White, John R Morris, Victor Keen, Mr and Mrs Woo Kya-tang。在華盛頓有兩名密蘇里新聞學院畢業的中國留學生，他們是 David Lu 和 Dr. Kan Lee 後者是宋子文的助手。此外，作者還提到了卡爾・克勞和托馬斯・密勒、斯諾和一位陸軍少校 Arthur Bessett。

來源等等，而這種成規模的交流也使得後續加入的成員需要調整自己來適應群體內部的規則和價值觀念。

然而，來華密蘇里新聞人所構建的職業共同體並非是一種嚴密的組織形態。其內部的張力也是顯而易見的。如果說新聞專業精神是其最大的公約數，那麼每一個個體的政治傾向就成為了共同體內部最突出的分歧。而這種分歧是一種歷史的變化，總體上與當時的時代思潮相一致，我們並不能簡單地將不同時代人物放在一個層面去進行比較。在進步主義的情懷和門戶開放政策的鼓舞下，20 世紀初來華的密蘇里新聞人普遍具有著世界情懷以及對美國文化的優越感。但隨著成長於美國繁榮一代卻經歷了經濟危機之後來華的密蘇里人，他們的思想則變得更加具有批判性和開放性，這當中有對本國文化的叛逆但並不是他麼真的認同了中國的政治體制，而只是在某些問題上的一種傾向性贊同、承認和認可。從與美國政府的直接關聯性上看，早期來華的密蘇里新聞人作為為數不多的在中國獲得聲望並且對遠東問題具有話語權的專家，他們同美國政府的關係最為密切，威廉、密勒都曾經帶著美國政府的任務遊訪中國、俄國和日本，以完成對美國政策的策略建議。卡爾·克勞也在戰爭中承擔起為美國進行戰時宣傳的任務，事實上直接為美國政府服務。但是 20 世紀20 年代初來華的密蘇里人以新聞學院畢業的專業新聞人為主之後，他們與政治的距離（這裡主要指的是與美國政界的距離）相較於前輩們已經有了差別。在工作中，他們儘量保持客觀和平衡的新聞風格，極少出現鼓動性、宣傳性的文章為某一方政治勢力站臺。但在情感方面，他們實際是有所偏向的。這種偏向到了 30 年代與革命浪漫主義的情懷結合，出現兩種不同的面向，職業共同體隨著二戰中後期國際局勢的變動、美國僑民在華的迅速減少而逐漸鬆散。取而代之的是職業發展的鮮明個人風格，在後期的密蘇里新聞人中小鮑威爾是繼承前輩的典型，但他在堅持美式報刊的風格方面做了很大的調整。中國的左翼人士與中晚期來華的密蘇里新聞人有著密切交往，加之他們來華的時候普遍年紀較輕，對中國的理想化想像在接觸到國民黨的無能及黑暗統治之後都心生厭棄，因而對共產主義思想普遍產生了好感。

在共同體內部，成員們會因各種原因形成較頻繁的流動，這也是職業共同體無法克服的張力。流動現象主要分為兩種類型：一種是職業變化帶來的流動，另一種是工作地點變化造成的流動。在前一種情況中，許多密蘇里新聞人最初承擔的是記者角色或者與報刊發行相關的經營工作。但因為各種各樣的

原因，在來華之後的長期生活中發生了職業變化，有的從記者轉到了較為相近的廣告行業，有的則利用既有經驗和知識在新聞教育領域深耕，還有一些則成為了各種行業機構乃至政府部門的顧問。總體上這種類型的成員流動雖然從嚴格的專職記者從業來看是一種人員流失，但是他們的資源依然是共享的，這種共享不僅僅是類似於客座講習這樣的兼職，更為有效的是這種人員交往流動可以促進記者增加拓展自身的視野和資源。因此從這樣的意義來看，記者在相鄰方向的改行其實可以促進資源在更大範圍的流動，有助於聯合併促進職業共同體的良性發展。

而第二種工作地點的變化則使職業共同體內部的張力更為明顯，工作地點的劇烈變化集中在兩個時期，也即職業共同體形成期和瓦解期。早期職業共同體形成過程中威廉、密勒等人多次往返於中美之間，架築起了向中國新聞界輸送記者的網絡，密蘇里新聞學院畢業的以及具有密蘇里背景的大批初出茅廬的新聞人獲得了來華機會。在 20 世紀 20 至 30 年代中期是大批密蘇里新聞人集中來華的時期，隨著太平洋戰爭爆發美國在華記者的活動受到限制，甚至在淪陷區面臨重大安全威脅，人們紛紛選擇更改工作地域來躲避戰亂，這種變動在當時中國地域範圍內的頻繁活動消滅了成員在統一地理空間進行聚會交流的可能性。而到了四十年代二戰結束解放戰爭爆發，大多數密蘇里新聞人回歸美國本土，在華形成的職業共同體走向瓦解。

第二節　跨文化傳播視野下來華密蘇里新聞人的歷史作用

近代以來全球化進程加快，中美關係的重要性持續上升。其間從傳教士到記者、學者、外交官甚至政治掮客等等，都對中美跨文化傳播和中美關係的發展發揮過作用，而這當中不乏兼有多重身份者。傳統歷史學中以民族國家為中心的國家關係史研究範式，以及新聞傳播學科內部對於新聞專業主義理論在中國的發展敘述中，這些身兼多重身份的記者、學者、政客往往處於邊緣的位置，而政治人物在歷史事件中的作用，或者中國新聞事業如何在外國報業的夾縫中成長壯大才是其研究的核心問題。

然而，媒體是一個社會的重要成分，它對於社會結構的變化、社會文化與心理的形成有著巨大作用。新聞人物是這一歷史進程的實踐者，恰恰是這些在

歷史中數量眾多卻處於相對次要地位的人物的個體體驗、經歷和價值實現了歷史的形成和觀念的塑造。新聞史研究除了在發掘我們所未見或未證實的事實層面有所拓展之外，也有責任從新聞人物的思想和行為側面去研究該人物在歷史節點中所起到的作用。然而從事這樣的研究就意味著要像柯林武德所說的，是一種將歷史進行重演的過程：

> 假設他正在閱讀一位古代哲學家的一段文章。他再一次必須在一種語言學的意義上讀懂那些詞句，而且必須能夠進行語法分析；但是這樣做，他還是不曾像一位哲學史家理解那段文字那樣理解它。為了做到那一點，他就必須明瞭它的作者在這裡陳述了他解答的那個哲學問題是什麼。他必須為他自己思想出那個問題來，必須明瞭對他可能提供的各種可能解答都是什麼，而且必須明瞭這位個別的哲學家為什麼選擇了那種解答而不是另一種。這就意味著要為他自己重行思想他的作者的思想，而且少了這一點就沒有任何東西能使他成為有關那位作者的哲學史家。（柯林武德，何兆武、張文傑譯，1986：320）

現代性發展過程也與全球化的發展相伴隨，人們在開啟頻繁的異域文化旅行或商貿往來之後，逐漸對自身的文化特殊性有了一定的自覺。這種自覺對於民族主義的形成有在世界範圍內各國家和地區的社會文化都不同程度的出現了多樣性和斷裂性的變化。交流的頻繁即可以促成國族內部更加的統一，也可能在特定的範圍和情境下使得一些處於交叉地帶的人們在自身認同的形成過程中出現分裂和衝突。

密蘇里新聞人所做的是從他們自身的國族和文化認同出發，在有意識的職業活動中，於美國和中國之間進行事實上的跨文化傳播。本章著眼從這樣的角度來分析和論證密蘇里新聞人的歷史地位和作用，從而有助於我們更清楚的認識近現代中美文化交流、以及美國新聞專業主義思想這樣的宏大母題。

一、增進美國僑民的國族和文化認同

上海是鴉片戰爭後首批開放的口岸城市，由公共租借、法租界以及華界三個實體組成。在第一次世界大戰之前，歐洲國家的僑民是上海外國僑民社會的主體。而美國人一直只是處於一個附庸的地位：在當時「因為居住中國港口的美國人還不太多，一些在滬美國人尋找工作時，有意隱瞞自己的國籍。他們認

同西方尤其是英國的文化傳統，與上海其他外國人維繫著簡單的友情，開展著鬆散的合作。」（何方昱，2015）

　　但正如前文所述，20 世紀初隨著美國對外政策的轉變，美國國內社會對於中國的瞭解逐漸增多。美國人向外移民的腳步加快，他們來華的主要目的是商業、宗教和教育。上海成為大多數美國人移居中國的首站，而在移民人潮之中，以卡爾・克勞、鮑威爾等人為代表的美國專業新聞人開始登場，他們所做的努力不僅僅使美式報刊在上海開闢天地，更使得美國報刊在 20 年代開始的美國僑民社區形成中起到了關鍵的推動作用。這些旅居美國本土之外的人員和他們所創辦的報刊成了向美國回傳想像的渠道，同時也直接的在當地居民中創造想像。

　　認同的實質是對於自己的一種主觀定位（subjective position），從個體的角度看屬於內在精神世界的範疇，而我們研究的歷史人物的行為則是內在精神領域的外化。密蘇里新聞人在來華之前，其成長階段中的青少年時期基本都在本州之內，並且有過相應的在密蘇里州報業的實踐經歷。在本研究分析的代表性密蘇里新聞人中，絕大多數都是在其成年之後才有了出國的經歷，其中早期像威廉、密勒等人來華的時候都已經是中青年時期，之後雖然來華的記者年齡逐漸年輕化（這應該歸功於威廉和密勒的鋪路搭橋），但可以說在他們來華之前，美國、甚至具體到中西部、密蘇里州特有的精神文化特質已經在他們的身上留有了深深的烙印。

　　「未經過任何雕飾的認同是原生性的（primordial），這種建立在共享世系，相信來自共同血緣祖先的主觀情感，及其對這種共享的文化詮釋，對一個群體的構成至關重要。」（范可，2011：229）而這種原生性認同的聚合會對國家政治、民族以及地方文化認同起到重要作用，也決定了主體在跨文化傳播和交際中的最初立足點。

　　密蘇里新聞人的原生性認同能夠得以保持，很大程度上源自與自己文化族群的緊密聯繫。事實上，「族群中心主義乃是跨文化交際的顯著特點之一」。顧可行，戴曉東，2012：22）其在來華之前所形成的國族和文化認同在來到中國之後，由於當時中國特殊的社會環境給雖然身處異國的他們形成了一個文化的「緩衝帶」，在社交、工作等多個場域中使得這個群體得以保持自身的認同。

　　此外人們對於文化的認同也受到了其文化當中與政治制度、意識形態相

關因素的影響，文化成為連結族群與國家之間的一股力量，三者相互傳導、相互推動。至 20 世紀 20 年代「美國人在華的私人、非正式層面的經驗和發展，成為中美關係的一個主要成分」。（何振模著，張笑川，張生，唐豔香譯，2014：1）美國對華的外交政策也在震盪中逐漸走向平等克制。伴隨著在滬人口基數的增加，以美國生活方式、美國文化組織活動的社區或共同體就呼之欲出了。在文化認同中對於地域文化的認同往往也強化著國族的認同。這種背景之下，1920 年 1 月 24 日密蘇里在華協會（Missouri Society in China）在上海成立，由 122 名密蘇里籍的會員構成。J. T. Proctor 擔任主席，《密勒氏評論報》的帕特森（Don D. Patterson）（兼任聖約翰首任報學系主任）擔任秘書，鮑威爾任委員。（Powell，1921）1923 年 7 月，以美國人為主組建而成的「短篇小說俱樂部」（The Short Story Club）在上海成立，武道是最初的 30 名會員之一，其撰寫的短篇《那張破舊的桌子》收錄在該俱樂部的首部作品集《寫於上海的小故事》（Short Stories Written in Shanghai）裏（Supreme Court & Consular Gazette，1924）。

　　密蘇里新聞人在華從事新聞活動的同時，又有大量的精力投入到了美國非政府組織在華的相關活動中。同樣以武道為例，他參與過許多美國僑民在華組織，比如 1940 年至 1948 年武道在記者和教師的工作之外還兼任了美國諮詢委員會（American Advisory Committee）和美國紅十字會（American Red Cross）的秘書，並於 1941 年至 1948 年擔任中學救濟委員會和主教慈善基金的財務主管（Treasurer of the Middle School Relief Committee and Episcopal Charity Fund）。此外，在武道檔案中，筆者還發現了他與美國軍方人員的來往信件，信中主要向對方提供了在當時淪陷的上海美國人的分布情況。（Votaw，F10）

　　密蘇里新聞人群體只是新聞行業當中美國在華僑民群體的一個縮影。在美國移民不斷來華的大背景下，美式報刊也在美國僑民社區形成和美國國族認同的增進中起到了巨大的推動作用。而報業之所以能夠在這個歷史進程中發揮作用，原因之一是上海提供了發達的商業發展基礎。至 1926 年來華的美國人中，大公司商業代表、各級職員或獨立經商的美國人占到上海美國總人口的 40%。美商的大批量到來為在同英國報刊博弈中苦於支撐的美國報刊帶來了經濟上的支持。反過來，當時在華的美國人也迫切希望能夠有代表自己群體聲音的權威報紙。在《大陸報》轉讓英國人之後，美國商界的兩位重要人物

——哈羅德・大來和斯蒂爾靈・費森登（Sterling Fessenden）曾一度努力運作試圖把《大陸報》收歸美國人手中，但卻以失敗告終。此後密勒和鮑威爾創辦的《密勒氏評論報》以及同樣由鮑威爾幫助籌辦的《大美晚報》（Shanghai Evening Post and Mercury）才逐漸立住陣腳，成為美國在華輿論的主陣地。

緊接著《密勒氏評論報》就在美童公學的籌款事件中發揮了作用。由該報牽頭分別在 1918 年 6 月 29 日、11 月 23 日、和 12 月 7 日進行了籌款宣傳，對上海建設美童公學新址的必要性和重要性進行了充分闡釋，而且在宣傳中強調了美國國族認同的重要性：「上海生活的美國僑民子女不應依賴於他國學校，這些孩子應該在美國人辦的學校上課。他們應當在自己國家的國旗之下成長，學習美國自己的課程。如此才能培養他們成為愛國的好公民，也使得他們能夠更為忠實的支持本國政府。」（Powell，1918）在籌款期間，《密勒氏評論報》每一期都會更新籌款進度並將款項來源分為外埠、本地和教會三項予以公布。這起事件中，媒體充當了當地美國社區議程的設置者，全程參與甚至可以說主導了實踐的整體進程。30 年代，公學再度陷入財政危機之後，鮑威爾、卡爾・克勞均再度為其聲援並作為《密勒氏評論報》和公共信息委員會代表加入了為應對此次危機而組成的籌款委員會。

二、在美國構建中國形象

這些密蘇里人來華的時期，在中美政治和文化交流中美國處於強勢一方。而美國的在華形象相比於其他歐洲國家相對較為友好，這就能夠使得來華的密蘇里新聞人在中國得以用較小的代價保持客觀、中立的「他者」身份（status）。這群新聞人成為對美傳播中國形象的主要窗口，直接作用於美國本土受眾對於中國的瞭解和認同的加深。

來華的密蘇里人在華期間其所供稿的單位在中國本土之外有《紐約先驅報》、《紐約時報》、《時代》、《生活》、《芝加哥論壇報》、《多倫多星報》、《巴爾的摩太陽報》、《紐約太陽報》、美聯社、倫敦《每日先驅報》等等；中國境內他們的供稿單位也不僅僅是《密勒氏評論報》、《大陸報》等自辦媒體，像克勞的公共信息委員會還一度承擔起編譯外國稿件向中國媒體供稿的工作。因此密蘇里新聞人的受眾群體基本上覆蓋到了這些媒體的受眾，從上面列出的媒體我們可以大致看到密蘇里人供稿的單位涉及歐美、特別是北美的各大主要報刊媒體。而之所以他們所撰寫的有關於遠東、有關於中國的內容能夠在西方

社會受到如此重視這與美國對華政策轉變，美國在華利益的不斷上升有直接關係。事實上密蘇里新聞人所從事的正是跨文化傳播工作——向美國介紹中國構建中國形象，在中國傳播美國信息宣揚美式價值觀念。

與其他依靠與中國政界人士保持密切聯繫向母國發回報導的記者不同。密蘇里新聞人在西方來華的眾多記者中能夠脫穎而出，主要是由於其專業而持續的對中國進行了系統深入的研究和介紹。從密勒時代開始，密蘇里新聞人幾乎都立下了讓美國瞭解中國的宏志。而這種深耕於中國語境，完全沉浸其間瞭解熟悉新聞事件的背景來龍去脈而做的新聞，在彼得·蘭德看來是中國通記者應然的呈現樣態。而在跨文化的傳播過程中，這種行為實際上暗合了對他者文化的地方知識進行語境化理解，進而為交流提供可能的理論。（單波，2010：7）

對於美國本土普通受眾而言，他們對於中國信息的需求最初停留在知識性的興趣瞭解和實際工作需要這一層面。而在密勒等人與美國政界高層頻繁交流之後，側面的才推動了美國從上到下的對中國的交流與合作。在這一過程中密蘇里新聞人可謂是不遺餘力，在 20 世紀上半葉西方對中國瞭解逐漸加深的過程中，密蘇里新聞人功不可沒。從密勒至斯諾，幾乎其中的每一位都有撰寫專門的書籍對中國的多個方面進行介紹。在辦報、辦刊中，密蘇里新聞人對華形成的長期程式化報導的主要涉及有中國人物；中國政治、經濟、社會、文化動態；中國革命、抗戰直到新中國成立、抗美援朝等重大歷史事件的報導和評論。

而在具體的新聞議程上他們也廣泛關注，甚至在其他西方記者眼中並不重要的事件，也並不會被他們漏過。並且還使用多種形式策劃多檔欄目對中國進行介紹。最有代表性的當屬出版物《中國名人錄》。在單獨出版成書之前「中國名人錄」是《密勒氏評論報》的專欄，從 1918 年起到 1948 年一直持續向讀者介紹中國各個領域的重要人物。採用的是當時已經流行於西方的「當代名人錄」形式，而非中國傳統的人物傳記體例。在選擇標準上也是以人物在當時中國的影響力為主要收錄依據。在語言風格上，也使用更容易為讀者接受和印象深刻的話語來進行描述，比如描述張作霖身形矮小卻有鷹一樣的眼睛，性格卻又溫和幽默，熱愛中國，施政強硬。（Millard Review，1918）政治人物之外，董大西等建築家也都是《中國名人錄》的關注對象。《中國名人錄》共收錄民國時期各行業傑出女性二十餘人，她們之中有學者、法官、教育家、音樂家、

畫家、作家、飛行員等等來自中國社會的多個領域，這對於打破西方對中國落後刻板的印象也有重要作用。

相較於英國在中國的新聞活動，密蘇里新聞人在華所努力豎立的美式新聞模式則更接近於哈貝馬斯所提出的交往理性假設。與英國人大多只關注中國政界高層新聞以及自身在華利益相比，美式新聞則相較英方而言，以更為自主而真誠的態度去觀察中國社會的各個面向，以相對平等的姿態避免壓迫性的介入到事態的發展之中，進而為中美之間政治、經濟、文化等各方面的交流對話創造有利的條件。結合美國在民國初年以來對華相較於其他列強在華的政治形象，這些美式報刊對華傳播美國的價值觀念也就變得相對容易。

當然需要指出的是，作為在華新聞人雖然英語是他們的主要工作語言，但是中國讀者也始終是這些美國報人的目標受眾。其英文出版物的主要受眾群體是中國社會的中高層，而這些熟練掌握外語的當時中國社會的精英群體往往對歐美文化具有一定的傾慕心理，因此這些英文報刊也能夠在這些人群中具有較好的傳播效果。與此同時，除公共信息委員會之外，也有一些密蘇里新聞人在成名之後會將自己的文章、書冊編譯成中文。例如 1937 年斯諾和海倫就將自己的報導結合其他一些作者有關係被採訪的見聞集結成冊交由當時在北平的王福平翻譯成了《中外記者西北印象記》面向中國讀者出版發行。

三、對當今國際交流與傳播工作的啟示

20 世紀初至二次世界大戰結束，世界格局發生丕變。歐洲的主導地位逐漸通過二次工業革命和兩次世界大戰讓渡給了美國，毫無疑問 20 世紀的上半葉是美國不斷加快自身政治、經濟、文化勢力向世界範圍滲透影響、加強控制的階段。僅以美國的政府的軍事行動就可以管窺其政策重心的擴散和遷移：一戰時期美國向海外派出的軍人將近 200000 人，主要前往的目的地是歐洲戰場。而 1945 年 6 月第二次世界大戰尾聲時美國向外派出了約 5000000 名軍人，且當中半數是在亞太地區。（Upchurch，1970）美國記者來華是這一歷史洪流之一束。通過對於密蘇里新聞人這一群體的梳理，其階段性特徵也與當時的時代背景相互印證，同時這也為我們當前的國際交流與傳播工作提供了一定的啟示。

首先也是最為重要的認識是，開放的信息傳播與國家之間、不同文化區域之間的經貿、政治往來相輔相成互為助力。正如前文所述，20 世紀初紛至沓

來的美國記者來華的主要根本性動力正是美國在華利益的不斷擴大。信息需求是人類的基本生存需求之一，而世界全球化的進程促使這一需求不斷增加，新聞業在 19 世紀以來的迅速現代化變革與擴張從根本上是全球化進程中的一環，技術和資本的驅動最終訴諸新聞業自身專業化、職業化的權利訴求，而最終在 20 世紀形成了職業記者的黃金年代。回顧這些在中美交流史中熠熠發光的新聞界人物，我們在分析其自身所具備的能力和品質時，仍不可忽略所謂「時勢造英雄」的時代推力。正是在前文所具體分析的每一個階段的特定歷史條件再結合密蘇里新聞人自身的獨特品質和實踐才成就了在當時來說較好的傳播效果。反過來，這些來華的外國記者特別是密蘇里新聞人為當時的西方世界提供了大量真實有效的事實性信息以及頗具深度的觀點、意見，這對於基礎層面的國家間交往是一種良性的促進。著眼當前的國際交流和傳播環境，世界進入多極格局，中國崛起成為世界力量的重要一極，傳媒行業更是一日千里的不斷變革，信息需求呈幾何級數式增長，各國早已形成了專業傳媒機構和民間「公民記者」的跨文化對外交流的龐大主體。然而，時常會有一些民間甚至學界的言論認為當前中國在國際輿論界中的聲量較弱，「冷戰思維」封鎖的因素固然不可忽視，但對抗或爭霸式的思維也容易使對外交流「事倍功半」、「揠苗助長」。我們始終還是要將新聞傳播與交流立足在社會政治、經濟、文化發展的基礎上，如此便能夠獲得一個較為長遠的眼光與審視標準。並且，我們也有理由相信伴隨著中國在世界各方事務的參與程度加深，中國的對外傳播工作必定能夠取得實質性的突破。

　　當然在具體工作的層面上，密蘇里新聞人帶給後來從事國際傳播與交流的經驗也是值得參考的。簡單概括而言便是「用專業的人做專業的事」。這裡有必要詳細分開兩重含義來理解，首先狹義上而言指具備新聞傳播相關專門的技能和理論知識的人才來專門從事辦報、辦刊等新聞工作，第二從廣義上也指與新聞傳播行業相關的人員充分利用新聞傳播規律進行更為廣泛的傳播實踐活動。

　　就前者來看，與英國新聞業引以為傲的依靠經驗師徒教帶模式不同，美國新聞業建立起了資本與職業記者合作的新模式，這種模式在密蘇里新聞學院等一大批美國專業新聞院校建立之後得以固定下來，並在中國等美國以外的區域獲得了廣泛認可。那麼拋開資本的支持，就職業新聞人的橫向層面來看，高水平的職業素養是其在動盪輿論環境中的立身之本。多數來華的密蘇里新

聞人都是新聞專業畢業，他們系統的學習了在當時世界最為先進的報刊採寫編評知識，鮑威爾、克勞、帕特森等人對美國的廣告業極為熟悉甚至常年擔任廣告學教師，如此作為核心人物其個人業務能力奠定了群體活動的專業基礎，在此基礎上他們形成了自己的報刊陣地（比如《密勒氏評論報》），雖然初期遭到了諸如市場推廣受阻以及同行排擠的問題，但是憑藉多元的記者編輯團隊和高度專業的內容，最終站穩了腳跟。作為密蘇里新聞人在華集結的主要陣地，大小鮑威爾主持筆政的時期，《密勒氏評論報》的記者隊伍中不僅包含新聞學院畢業生和各種政見和「陣營」的其他國家記者，還同時大量與中國知識分子合作。在內容上注重實地採訪，並且堅持新聞的客觀和真實性原則。這樣在中國市場和國外市場都能夠有所兼顧。

而廣義上的專業人員從事專業傳播活動，則更符合我們現今對於新聞傳播學科的應用前景探討，即我們所希望的新聞傳播人才能夠在廣闊的社會應用場景中實踐新聞傳播規律。比如社會輿論的研判與引導，文化價值觀念的影響與塑造，公共關係、風險危機管理等等。這些在現在看來逐漸清晰的方向，事實上在密蘇里新聞人來華的事件中已有體現，並且通過他們的歷史影響使得我們能夠從縱向的維度更好的思考這些問題。早在第一次世界大戰之後，卡爾克勞等人在中國進行的公共信息委員會的相關活動就可以視作一種整合營銷傳播的早期嘗試。這種結合了美國官方、中美知識界資源，經由上海輻射全國並以信息消息為載體，傳播美國文化價值的立體網絡至今在我們的對外傳播工作中仍具有借鑑意義。

與此同時，歷史的經驗對於我們現實的另一啟示便是要打造具有專業素質和經營思維的對外交流團隊十分重要。當前傳媒環境下我國面向海外進行交流傳播的體系中主要依靠的是國家專門的新聞機構，對於其中的人員素質選拔自是極為嚴格，但也存在著一些問題比如品牌影響力、平臺落地情況、文化感染力等等都還有待提升。（王曉紅，2018）主流媒體近些年來不斷加強向海外派駐記者，但遠未形成規模效應。而從人員素質出發，高水平的外語能力似乎是選拔人才時極為重要的考量，但是人員對於國外環境的熟悉程度、新聞素養、工作熱情、職業理想、營銷主動性等方面，以及人員個體與機構定位主觀能動性是否存在相互牴牾掣肘等諸多的這些涉及頂層設計與微觀管理的問題也是我們需要提升的對外交流與跨文化傳播的軟實力。

打造明星媒體、明星記者，形成品牌效應也是歷史賦予我們的有益經驗。

長久以來，海外華人創辦的媒體與國家主流的對外交流媒體並沒有能夠形成很好的聯動體系。這當中的因素自然涉及政治、經濟等多重因素。但是，未來依靠海外愛國華人華僑創辦的媒體仍然不失為一種良好的布局策略。原因之一是，國家機構常常受制於特定的採訪場合，以及官方記者的身份侷限，在西方個別媒體塑造的對抗話語情境下，國家媒體可以發揮的空間受限。但是海外的愛國民間自辦媒體則有更大的活動空間，可以採取適當的策略打造明星媒體、明星記者。但是這必然是一個長期經營的過程，並且需要資金、技術、社會動員層面的大力支持。在當今媒體集團化發展的形勢下，成長中期且本身具備一定規模的愛國媒體是形成這種布局的優先選項。

更進一步，依靠記者個人的交往範圍和機構的資源平臺使信源向高度和廣度兩個方向拓展是突出西方媒體重圍的有效方法。早在半個多世紀之前《時代》雜誌的白修德（Theodore White）就曾指出駐外記者的作用之大「絕不亞於政府的外交官」，並且他認為這個群體本身就是「美國外交政策和國防體系的重要組成部分」。（Far Eastern Survey，1946）事實也的確如此，例如斯諾、海倫、史沫特萊這些記者，又如在早期的密勒、克勞等人，他們都承擔過溝通中美高層交往的橋樑作用。而他們助力自身話語權和行業地位的最佳途徑正是信源的「獨特性」和「權威性」。當代新聞發布制度的完善表面上使得駐外記者個人發揮的空間變小，但我們仍然可以看到在關鍵問題上有一些著名記者能夠有機會對新聞人物進行的專訪，這是建立專業認可度的關鍵一步。無論媒介形式如何變革，深度和獨家的新聞報導是核心競爭力的邏輯依然有效。在此基礎上，媒體有時可以做到正式外交的有益補充。同時我們還需要在思路上適當扭轉「外宣」這一單一目標，拓寬報導範圍，增加信源渠道。從密蘇里新聞人的歷史經驗來看，他們的報導範圍絕不僅僅是向中國傳播美國國內的相關信息，相反他們將更大的精力放在了將中國發生的新聞向西方傳播這一方向上。他們通過大量由實地走訪而發掘的深度報導，形成了一個個獨家新聞，這種工作模式在今天仍不過時。此外，參考密蘇里新聞人廣泛與中國知識分子、政要等結交的經歷，適當的採納所在國各行業中有影響力的人員的意見，並與之建立長久的合作關係也是我們的駐外媒體能夠扎根的一則重要經驗。

最後從歷史經驗的另一個方向上思考，從跨文化的交流工作效果上看，深度交往、共建話語是打破西方偏見的有力武器，「請進來」甚至比「走出去」更為有效。雖然利用新的媒介環境，我國的許多主流媒體都在國外熱門的社交

網絡上開闢了賬號，但是是否真正有效擴大了受眾範圍有待研究。當前智慧媒體的邏輯中算法起到了很大的作用，在我們並不佔優勢的網絡環境中，類似臉書（Facebook）推特（Twitter）這些平臺是否會在算法上給予我們媒體官方賬號以公平的被公戶看見機會尚待觀察。因而實際傳播的效果並不能因為我們開通了賬號就得出拓寬傳播渠道的樂觀估計。而我們所以來的傳統傳播渠道：電視、通訊社、廣播等方式的受眾範圍則相對穩定難以取得大的突破需要長期經營。這種情況下，高度全球化的今天，調動來華外國人的能動性使他們向其美國前輩們一樣發揮「傳聲」作用可能見效更快，效果更好。我們有理由相信，未來來華的外國人群體會不斷增加，在這些人中既有專業媒體也有當今我們稱之為「公民記者」的掌握自媒體的普通社交平臺用戶。加強對來華外國人群的引導、深度合作是歷史賦予我們最為簡單也最為有利的經驗方法。

參考文獻

一、中文文獻

1. 《馬克思恩格斯選集（第 1 卷）》（2012），北京：人民出版社。

2. 封面（1949），《密勒氏評論報》，113（13）。

3. 《世界新聞紙內容之比較》（1914）：《東方雜誌》10（11），第 24～26 頁。

4. 《威廉博士今日啟程返美》（1928 年 8 月 7 日），《申報》。

5. 《威廉博士前晚抵滬》（1921 年 12 月 12 日），《申報》。

6. 《威廉夫人將來華遊覽》（1935 年 9 月 10 日），《燕京新聞》2（2）。

7. 《威廉士夫人請諸君負復興中國之責》（1936 年 5 月 8 日），《燕京新聞》2（61）。

8. 《新教育》（1919），1（1），載蔣相澤，吳機鵬主編（1989），《簡明中美關係史》，廣州：中山大學出版社，第 33 頁。

9. 《新聞學會聲明·為鮑威爾主筆捐款》（1942 年 9 月 12 日），《中央日報》。

10. 《在滬江大學演說新聞事業六要點》（1928 年 8 月 13 日），《大公報》。

11. 《昨天下午在滬江大學演說》（1928 年 8 月 7 日），《申報》。

12. 埃里希·馮·魯登道夫（2014）《總體戰》，北京：解放軍出版社。

13. 包威爾（1923），《中國之新聞事業與輿論》，載新聞報館編，《新聞報館三十年紀念冊》，第 245 頁。

14. 保羅·法蘭奇（2011），《鏡裏看中國：從鴉片戰爭到毛澤東時代的駐華外國記者》，北京：中國友誼出版社。

15. 鮑惠爾（1930），《美報發達之原因》，載黃天鵬《新聞學論文集》，上海：

光華書局，第 140～141 頁。

16. 鮑威爾著，劉志俊譯（2015），《我在中國的二十五年》，南京：譯林出版
    社。

17. 彼特‧蘭德（Peter Rand）著（2001），李輝、應紅譯：《走進中國：美國
    記者的冒險與磨難》，北京文化藝術出版社，第 8～9 頁。

18. 畢紹福（2015），《架橋：海倫斯諾畫傳》，北京：北京出版社。

19. 陳冰（2007），《莫理循模式——中國報導第一課》，福州：福建教育出版
    社。

20. 陳力丹（1985），《世界新聞傳播史（第 3 版）》，上海：上海交通大學出
    版社。

21. 陳鵬軍（2012），《大陸報》沉浮錄，《山西青年》，第 11、78～80 頁。

22. 陳依群（1990），《鮑威爾與臨城劫案》，《新聞記者》，C1，第 46～48 頁。

23. 陳依群（1991），《密勒氏評論報》與「上海問題」，《社會科學》，第 12、
    47。

24. 崔英、裘菊（2003），《論美國憲法在黑人解放運動中的決定性作用》，《求
    實》，第 A2 期，第 42～44 頁。

25. 大公報（1941 年 5 月 16 日），留渝米蘇里同學歡宴本報同人，武道君對
    本報諸多獎飾，《大公報》。

26. 丹尼爾‧布爾斯廷（1993），《美國人建國歷程》，北京：生活‧讀書‧新
    知三聯書店。

27. 單波（2010），《跨文化傳播的問題與可能性》，武漢：武漢大學出版社。

28. 鄧紹根（2013），《美國密蘇里新聞學院和中國新聞界交流合作史研究》，
    2011 年北京大學博士後出站報告。

29. 鄧紹根（2010），中國第一個新聞專業創辦時間考論，《新聞記者》，第 4、
    86～88 頁。

30. 丁曉平（2013），《埃德加斯諾：紅星為什麼照耀中國》，北京：中國青年
    出版社。

31. 董顯光著，曾虛白譯（1973），《董顯光自傳——一個中國農夫的自述》，
    臺灣新生報社。

32. 范可（2011），《全球化語境中的文化認同與文化自覺》，見何成洲主編，
    《跨學科視野下的文化身份認同》，北京：北京大學出版社。

33. 方漢奇（1996），《中國新聞事業通史》（第 1 卷），北京：中國人民大學出版社。

34. 方漢奇，李矗主編（2005），《中國新聞學之最》，北京：新華出版社。

35. 方漢奇，《方漢奇自選集》，北京：中國人民大學出版社，2007 年，第 641 頁。

36. 高克毅（1937），《米蘇里新聞學院》，《宇宙風》第 46 期，第 491 頁。

37. 戈公振（2013），《中國報學史》，長沙：湖南大學出版社。

38. 互火（2011），鮑威爾揭露美軍對話發動細菌戰戰受審真相，《檔案春秋》，第 11、53～58 頁。

39. 顧力行，戴曉東主編（2012），跨文化交際與傳播中的身份認同（二）：原理的運用於實踐，上海：上海外國語大學出版社。

40. 哈雷特·阿班著，楊植峰譯（2014），《一個美國記者眼中的真實民國》，北京：中國畫報出版社。

41. 哈羅德·伊薩克斯著，於殿利，陸日宇譯（1999），《美國的中國形象》，北京：時事出版社。

42. 海倫·福斯特·斯諾著，汪溪，方雲譯（1984），《一個女記者的傳奇》，新華出版社。

43. 郝勇勇（2014），《淺析西進運動中美國政府土地政策的變化》，《文理導航·教育研究與實踐》第 12 期。

44. 何方昱（2015），媒介、事件與認同構建：美童公學籌款運動與上海美僑社區的形成，《學術月刊》，47（8），第 158～168 頁。

45. 何順果（2012），《全球化的歷史考察》，南昌：江西人民出版社。

46. 何振模著，張笑川，張生，唐豔香譯（2014），《上海的美國人社區的形成於對革命的反應（1919～1928）》，上海辭書出版社，第 1 頁。

47. 李勇（2010），《西歐的中國形象》，北京：人民出版社。

48. 胡寶芳（2002），簡析辛亥革命中的《大陸報》，《史林》增刊，第 75 頁。

49. 胡道靜（1935）《上海新聞事業之史的發展》，上海：通志館出版。

50. 黃旦（2005），《傳者圖像：新聞專業主義的建構與消解》，上海：復旦大學出版社。

51. 黃旦（2018），新聞傳播學科化歷程：媒介史角度，《新聞與傳播研究》，第 10、60～127 頁。

52. 黃盧峰（2001），《歷史教學問題》，第 2 期，第 34～37 頁。

53. 姜智芹（2010），《美國的中國形象》，北京：人民出版社。

54. 蔣維忠（1998），第二次工業革命與美國城市化，《松遼學刊（社會科學版）》，26（1），第 25～28 頁。

55. 卡爾・克勞著，夏伯銘譯（2011），《四萬萬顧客》，上海：復旦大學出版社。

56. 卡爾・克勞著，夏伯銘譯（2011），《洋鬼子在中國》，上海：復旦大學出版社。

57. 賴德烈（1963），《早期中美關係史》，北京：商務印刷館。

58. 黎箏（2019），「左翼十年」與「紅色三十年代」──論中美左翼文學的異質性，《石河子大學學報（哲學社會科學版）》，第 6、111～116 頁。

59. 李彬（2005），《全球新聞傳播史（公元 1500～2000 年）》，北京：清華大學出版社。

60. 李凡（1997），《紐約先驅報》首次戰地報導，《國際新聞界》，2，72-7。

61. 李建新（2016），民國時期上海新聞教育的史論理析，《新聞與傳播研究》2016 年第 3 期，第 80 頁。

62. 李銀波（1998），斯諾與 30 年代社會主義運動──斯諾採訪紅色中國的動因探究，《新聞大學》，第 64～67 頁。

63. 李應清（2014），美國密蘇里州別名 Show Me State 的文化內涵及其漢譯，《上海翻譯》，第 1、80～81 頁。

64. 李瞻（1969），《新聞學》，臺灣：三民書局。

65. 梁啟超（1998），《中國歷史研究法》，上海：上海古籍出版社。

66. 梁淑英（1997），《外國人在華待遇》，中國政法大學出版社。

67. 劉景修（1989），外國記者何時提出赴延安採訪，《近代史研究》，4（第 300～301 頁）。

68. 劉姿驛（2016），從觀望到調試：密勒氏評論報在 1949 年的抉擇，東嶽論叢。

69. 魯賓遜（1989），《新史學》，北京：商務印刷館。

70. 羅志超（2019），近代中國多棲廣告人卡爾・克勞研究，《廣告大觀理論版》，1（第 65～74 頁）。

71. 馬光仁（2001），《上海當代新聞史》，上海：復旦大學出版社。

72. 馬光仁主編（1996），《上海新聞史（1850～1949）》，復旦大學出版社。

73. 馬士（1963），《中華帝國對外關係史》第 2 卷，北京：商務印書館 1963 年。

74. 邁克・費瑟斯通，劉精明譯（2000），《消費文化與後現代主義》，譯林出版社。

75. 邁克爾・埃默里（2001），《美國新聞史：大眾傳播媒介史（第 8 版）》，北京：新華出版社。

76. 邁克爾・舒德森，徐桂權譯《新聞社會學》（2010），北京：華夏出版社。

77. 邁克爾・謝勒，徐澤榮譯（1985），《二十世紀的美國與中國》，北京：三聯書店。

78. 密勒氏評論報著，李同華譯（2015），《中國的抗戰》，上海科學技術文獻出版社。

79. 民國日報（1918 年 10 月 1 日），購買美國第四次自由公債券之佳機，《民國日報》，第 1 頁。

80. 錢進（2012），《作為流動的職業共同體：駐華外國記者研究》，復旦大學。

81. 任一（2016），寰世獨美：五四前夕美國在華宣傳與中國對新國家身份的追求，《史學集刊》，第 1、46～57 頁。

82. 申報（1921 年 12 月 13 日），博士與本館記者之談話，《申報》。

83. 沈薈（2014），歷史記錄中的想像與真實——第一份駐華美式報紙《大陸報》緣起探究，《新聞與傳播研究》，21（2），第 112～125 頁。

84. 沈薈、錢家勇（2013），埃德加斯諾的紅色中國理想斯諾訪問蘇區的動因探究，《新聞愛好者》，第 68～73 頁。

85. 沈雲龍主編（1977），《上海通志館期刊》（民國二十三年六月），臺灣：文海出版社，2（4），第 1016 頁。

86. 石川禎浩（2016），《紅星照耀中國》各國版本考略，中共黨史研究，第 5 期，第 102～111 頁。

87. 世界知識出版社編（1957），《中美關係資料彙編（第 1 輯）》，世界知識出版社。

88. 斯諾（1984），《為亞洲而戰・斯諾文集第三卷》，新華出版社，1984 年。

89. 泰勒・丹涅特（1959），《美國人在東亞十九世紀美國對中國、日本和朝鮮政策的批判的研究》，北京：商務印書館。

90. 滕凱煒（2017），「天定命運」論與 19 世紀中期美國的國家身份觀念，《世界歷史》，2017 第 3 期，第 69～81 頁。

91. 田忠初（2010），規範協商與職業認同——以阮玲玉事件中的新聞記者為視點，《新聞與傳播研究》，第 2 頁。

92. 萬東（2002），《中統局參與組建的中外記者西北參觀團》，鍾山風雨，第 3 期，第 53～55 頁。

93. 萬歌（1947 年 2 月 10 日），《密勒氏評論》和小鮑威爾，《新華文摘》第 2 卷 2 期。

94. 王海等（2017），從《中國新聞簡史》看柏德遜的中西比較新聞觀，新聞春秋，第 3 期。

95. 王靜（1994），魯迅與斯諾的交往，文史精華，第 2 期，第 8～13 頁。

96. 王揆生、王季深譯（民國三十六年），《美國的新聞事業》，上海文化服務社。

97. 王蘭楠（2006），《試論一戰後美國個人主義的歷史演變》，《甘肅農業》，第 9 期，第 149～150 頁。

98. 王立新、王睿恒（2013），「積極和平」：美國的和平運動與一戰後國際秩序的構建，《社會科學戰線》，第 8、75～87 頁。

99. 王敏（2008）《上海報人社會生活（1872～1949）》，上海辭書出版社。

100. 王維佳（2017），我追問「新聞專業主義迷思——一個歷史與權力的分析」，新聞記者，第 2 期，第 16～22 頁。

101. 王文靜（2013），《美國對華門戶開放政策的國內動因》，外交學院。

102. 王曉紅（2018），新時代關於中國對外傳播的思考——兼評首屆海帆獎「中國機構海外傳播傑出案例」入圍作品，《傳媒》，第 5 期，第 17～20 頁。

103. 王贇（2011），《抗戰時期來華的三位美國左翼女記者研究》，山東大學。

104. 王震（2017），《美國公共信息委員會對華宣傳研究（1918～1919）》，吉林大學碩士學位論文。

105. 吳海江、武攄鵬（2019），《基於馬克思直接歷史理論對資本主義主導的全球化的檢視與超越》，思想理論教育，第 8 期，第 38～43 頁。

106. 吳夢月、淺析（2016），《哈克貝利·費恩歷險記》中的文化內涵，《銅陵職業技術學院學報》，第 2 期，第 66～69 頁。

107. 伍靜（2011），《中美傳播學早期的建制史與反思》，濟南：山東人民出版社。

108. 武道（1948），中國新聞教育的現狀急需，《報學雜誌》，第 3、10 頁。

109. 愛波斯坦（1946），《外國記者眼中的延安及解放區》，作家書屋。

110. 武際良（1992），《報春燕紀事：斯諾在中國的足跡》，南海出版公司。

111. 武際良（2011），《海倫斯諾與中國》，北京：人民出版社。

112. 夏明方、康沛竹（2007），《一九〇六～一九一一長江水災》，《中國減災》，第 5 期，第 28 頁。

113. 信靜（2016），《第一次世界大戰中英國戰爭宣傳探究》，遼寧大學。

114. 熊月之、周武主編（2007），《聖約翰大學史》上海人民出版社，第 164 頁。

115. 熊月之、馬學強、晏可佳選編（2003），《上海的外國人》，上海古籍出版社。

116. 熊志勇（2006）《百年中美關係》，世界知識出版社。

117. 楊生茂（1984），《美國歷史學家特納及其學派》，北京：商務印書館。

118. 葉向陽（2003），《中國近現代時期北京的英文報（之三）》，《英語學習》，第 10 期，第 62～65 頁。

119. 伊萊·扎瑞斯基，彭萍萍譯（2015），美國左翼的過去、現在和未來，《當代世界與社會主義》，第 4、149～150 頁。

120. 於友（2013），報人往事，群言出版社，第 61～62 頁。

121. 約翰·霍恩伯格著（1985），魏國強等譯，《西方新聞界的競爭》，1985 年，第 110～111 頁。

122. 澤勒著，林本椿、陳晉譯（2001），《神秘顧問端納在中國》，南京譯林出版社。

123. 張克明、劉景修（1988），《抗戰時期美國記者在華活動紀事（二）》，《民國檔案》，第 3 期。

124. 張威（2012），《光榮與夢想：一代新聞人的歷史終結》，北京：清華大學出版社。

125. 張注洪主編（2001），《中美文化關係的歷史軌跡》，南開大學出版社。

126. 張詠、李金銓（1998），《密蘇里教育模式在現代中國的移植──兼論帝國使命：美國實用主義與中國現代化》，載李金銓主編（2008），《文人論政：知識分子與報刊》，桂林：廣西師範大學出版社。

127. 趙敏恒（1945），《採訪十五年》，重慶：天地出版社。

128. 趙敏恒（2018），《外人在華的新聞事業》，北京：中國傳媒大學出版社。

129. 鄭保國（2018），《密勒氏評論報》：美國在華專業報人與報格（1917～1953），北京：北京大學出版社。

130. 鄭貞銘（2001），《報業拿破崙》，臺北：遠流出版事業股份有限公司。

131. 中共陝西省委黨史研究室（1995），《中外記者團和美軍觀察組在延安》，西安：陝西人民出版社。

132. 鍾華組（1948），敬與武道教授輪中國新聞教育，《報學雜誌》，第 4、26～27 頁。

133. 周婷婷（2017），聖約翰大學新聞教育的歷程，《新聞大學》，第 4、124～152 頁。

二、英文文獻

1. "Keeping the faith" the Williams Way (1949). *The Publisher Auxiliary*. Jan1.

2. "Who is who in China" (1918). *MillardReview*, August 17.

3. Alfred Kohlberg papers, *Hoover Institution Arcives*.

4. Allman, Norwood F (Norwood Francis). Papers, *Hoover Institution Arcives*.

5. American University Club of Shanghai (1936). *American University Men in China*, Shanghai: The Comacrib Press.

6. American University Club of Shanghai. *Papers, Hoover Institution Arcives*.

7. B. Goodman (2004). Semi-colonialism, Transnational networks and news flows in early republican Shanghai. *The ChinaReview*, 4(1).

8. Betty Houchin Winfield (2008). *Journalism 1908: Birth of a Profession*. Columbia and London: University of MissouriPress.

9. Broadhead, G. C (1915). "Harmony Mission and Methodist Missions." *Missouri Historical Review* 9 (January): 102-103.

10. Carl Crow (1944). *China Takes Her Place*, New York: Harper & Brothers.

11. Carl Crow (1923). *The North China Desk Hong List*, 53.

12. Carl Crow.Papers, *compositions and notes. C3672, Manuscripts*, The state Historical Society of Missouri.

13. *China Weekly Review*, 78(11-12).

14. China's untapped power (1949). *China Weekly Review*, Feb12, 63-264.

15. Clarence Cannon, *C2342, Papers*, The state Historical Society of Missouri.

16. class notes (1919). *The Missouri Alumnus.*, Vol VIII, 45.

17. Columbia Herald (1889). March 7.

18. Carey, James W (1978). A Plea for the University Tradition. *Journalism. Quarterly.* 55(4), 846-855.

19. DimondE, Grey, M.D (2014). *Ed Snow Before Paoan: The ShanghaiYears.* Kansas City: The Edgar Snow Memorial Fund, Inc.11.

20. Don.D. Patterson (1922). The Journalism of China, *The university of Missouri Bulletin*, 23(34).

21. Duke Parry (1919). Missourians in the Far East, *The Missouri Alumni*, 31.

22. English, Earl (1988). *Journalism Education at the University of Missouri – Columbia*, Walsworth Publishing CompanyMarceline, Missouri.

23. Edgar Parks Snow, *Papers, University Archives*, University of Missiuri-Kansas City.

24. Edgar Snow (1958). *Journey to the beginning*. Random house. New York.

25. Editorial Paragraphs (1917). *Millard's review*, 1(1), June 9, 2.

26. Editorial Paragraphs (1917). *Millard's Review*, 1(2), June 16, 1.

27. Fort Worth editor to join staff of new Chinese daily", *Fort Worth*.

28. Glass, C. Frank, *Papers*, Hoover Institution Arcives.

29. Gondon Carroll (1945). *History in the writing By The foreign correspondents of Time, Life & Fortune*, Duell, Sloan & Pearce, New York.

30. H.B. Hawkins (1910). Book review America and the far East question, *political science quarterly*, 25(3), 538.

31. Harley M. Upchurch (1970). *Toward the study of communities of Americansoverseas*, HumanRecourses Research Orgnization, professional paper.

32. He visited 2000 Newspaper Offices (1915). *The Missouri Alumnus*, February, 149.

33. Helen Jo Scott (1923). Missouri alumni in journalism: a directory of graduates and former students of the School of Journalism, University of Missouri, 3th

ed., *Journalism Series* 27.

34. High Tide (1942). *The China College*, VOL, VIII, No.3.

35. Hornbeck, Stanley Kuhl, *Papers, Hoover Institution Arcives*.

36. https://en.wikipedia.org/wiki/Seymour_Topping

37. https://zh.wikipedia.org/wiki/美國戰時情報局

38. Hugh Gordon Deane Jr, papers, The state Historical Society of Missouri.

39. J. Harrison Brown (1952). *University Missourian Association Publishers of Columbia Missourian 1908-1952*. The Linotype School.

40. J.B. Powell (1920-1921). Missourians in China, *Missouri Historical Review,* Vol15.

41. J.B.P (1946). Missouri Authors and Journalists in the Orient. *Missouri Historical Review*, (41), 48-52.

42. J.B. Powell and Carl Crow Elected at meeting in Shanghai (1918). The Missouri Alumni, Jan.p281.

43. John. B. Powell (1914). Building a Circulation: Methods and Ideals for Small Town Newspapers. *The University of MissouriBulletin Journalism Series* No.6.

44. J.B. Powell (1918). Americans Must Have School Facilities in China!. *Millard's Review*, 6(12), 472.

45. J.B. Powell (1936). *"The Journalists Field", in American University Men in China*, Shanghai: The Comacrib Press.

46. J.B. Powell (1944). *Missouri University Bulletin*. Vol, 45, No, 10May, 15.

47. Jack Belden (1949). *China Shake the World*. London: Pelian.

48. James R. Shortridge (1989). *The Middle West: Its Meaning in American Culture*, University Press of Kansas.

49. Jason (Ju-shien) Cheng (1963). *Walter William and China, His influence on Chinese Journalism*. The University of Missouri.

50. JBPCollections (C3442), *Western Historical Manuscripts*, Collections of Missouri University.

51. John Maxwell Hamilton (1986). The Missouri News Monopoly and American Altruism in China: Thomas F.F. Millard, J.B. Powell, and Edgar Snow. *Pacific Historical Review*, 27-48.

52. John Maxwell Hamilton (2009). *Journalism's Roving Eye: a history of American foreign reporting*. Louisiana State University Press.

53. Journalism Organize in 15th year. *The Missouri Alumnus*, May 1923. p224.

54. *Kansas City Journal-post*, March13, 1929.

55. Lawrence O. Christensen (1999). *Dictionary of Missouri biography*. Columbia: University of Missouri Press.

56. Lee Side o'(1942). L.A., *Los Angeles Times* Sep1.

57. M.U. a leader in Advertising (1916). *The Missouri Alumnus*. Jan, 171.

58. Martin, Frank L (1918). The Journalism of Japan. The University of Missouri Bulletin, *The University of Missouri Bulletin*, Journalism Series 16.

59. *Missouri Alum* (1959). 3.

60. Missouri Honor Awards (1948). The *university of Missouri Bulletin,* 49(26).

61. *Missouri.Alum* (1972). 3-4.

62. *Missourian Magazine* (1929). March16.

63. *Mizzou Alumni Mag Fall* (2007). 23.

64. *Mizzou Alumni Mag* (1950). 11. 3.

65. *Mizzou Alumni Mag* (1982). 3-4.

66. Mordechai Rozanki (1974). *The Role of American Journalists in Chinese-American relations (1900-1925)*, PhD.1974 History, dissertation, University of Pennsylvania.

67. Moy, E. K (1929). "A School of Journalism for China in Peiping", *China Weekly Review*, 48(12): 519-524.

68. Mr Millard's Appointment as Nationalist Adviser (1929). *The China Weekly Review*, 48(7), April 13, 245-265.

69. Neutrality, AmericanStyle (1946). *TheChina WeeklyReview*. Vol. 104, No. 3. Dec. 21, 66.

70. O'Brien, Neil (1993). *John William Powelland the China Weekly Monthly Review: an American editor in earlyrevolutionary China*. The University of Montana.

71. Paul French (2006). Carl *Crow-a tough old China hand*. Hong Kong University Press.

72. Powell a magazine Editor (1916). *The Missouri Alumnus*. Jan, 107.

73. Powell Offers Jurnalism Prize (1918). *The Missouri Alumni*, May, 259.

74. Powell Talks to Ad Clubs (1913). *The Missouri Alumnus*. 63.

75. Powell (1947). Efforts of Thirty-six years, *China Weekly Review*, 11 October. p163-165.

76. Powell (1949). Misplaced Emphasis, *China Weekly Review*, 4 June, 10.

77. Robert E. Park (1923). The natural history of the newspaper. *American journal of sociology*. Vol. 29, No.3, p273-289.

78. Robert Goldsmith (1917). *a League to Enforce Peace*, New York: The Macmillan Company. P93.

79. Robert M. Farnsworth (1996). *From Vagabond to Journalist: Edgar Snow in Asia, 1928-1941*, University of Missouri Press Columbia and London.

80. Sala Lookwood Williams (1929). *Twenty Years of education for Journalism*, The E.W. Stephens Publishing Company, Columbia, Missouri.

81. S. Bernard Thomas (1997). *Season of High Adventure: Edgar Snow in China*, California: The University of California Press.

82. Schaberg Family, *C3665, Papers*, The state Historical Society of Missouri.

83. Scott Ingram (n.d.). *Missouri: The Show-Me State*, https://books.google.de/books?id=ehTcM3wnvFMC&pg=PA19&lpg=PA19&dq=before+1908+Missouri&source=bl&ots=Pl21hgCnTY&sig=ACfU3U0KVG0Dtz5_lZSfRWfNEslMUXLUtg&hl=zh-CN&sa=X&ved=2ahUKEwjL5JvH9LznAhXRN8AKHedqC1EQ6AEwFXoECAoQAQ#v=onepage&q=before%201908%20Missouri&f=false

84. Skinner, Emmett W. *Papers, Hoover Institution Arcives*.

85. *Star-Telegram* (1911). June 8.

86. Steele, A. T(ArchibaldTrojan), *Papers, Hoover Institution Arcives*.

87. Steve Weinberg. (2008). *A Journalism of Humanity, A Candid History of the World's First Journalism School*. Universityof Missouri Press Columbia and London.

88. Sullivan, Mark, *Papers, Hoover Institution Arcives*.

89. The Journalism Alumni Association in Shanghai. (1926) *The Missouri Alumnus*,

Oct, 51.

90. *The Missouri Alumnus* (1920). Sept, p15.

91. *The Missouri Alumnus* (1920). Dec, 81.

92. *The Mizzou Alumnus* (1921). May. 198.

93. *The Missouri Publisher* (1929). March. (n.d.).

94. The North China Herald and Supreme Court & Consular Gazette 1870-1941 (1924). Oct 04.

95. TheodoreWhite (1946). *Far Eastern News in the Press*, Far Eastern Survey 15, No. 12.

96. Thomas F. Millard (1901). *Publishment and revenge in China, Scriber's*. 29, 187-194.

97. Thomas F. Millard (1906). The *New Far East*, New York, Charles subscriber's Sons, 305.

98. Thomas F. Millard (1925). *Physical Change Affecting Chinese*, The New York Times, Sep 6.

99. Thomas F. Millard (1925). Plea to Use Arms to Halts China Peace, *The New York Times*. Aug 27.

100. Thomas F. Millard (1906). The power and the settlement," *Scribner's*. 39, 119.

101. Tillman Durdin Biographical, *Papers*, The state Historical Society of Missouri.

102. Todd, O. J (Oliver Julian), *Papers, Hoover Institution Arcives*.

103. Two M.U. Men to Orient H.E.Ridings to Tokyo J.B. Powell to Shanghai (1917). *The Missouri Alumnus*. Jan, 108.

104. University of Missouri, *President's Office, Papers*, 1892-1966.

105. Votaw, Maurice E, *Papers, C3672, Manuscripts*, The state Historical Society of Missouri.

106. Walter Williams (1928). A New Journalism in a new Far East, *The University of Missouri Bulletin*, Vol.29, No.45, *Journalism Series*, December 1, 17.

107. Walter Williams, Sara Lockwood, *C2533, Manuscripts*, The state Historical Society of Missouri.

108. Walter Williams (1915). The world's journalism, The University of Missouri Bulletin, *Journalism Series*. 9, 2.

109. What is communist policy (1949). China Weekly Review, 29(1), 307.

110. Y.P. Wang (1924). *The Rise of Native Press in China*. Columbia University, New York.

111. Yong Volz, LeiGuo (2019). Making China Their "Beat": A Collective Biography ofU.S. Correspondents in China, 1900-1949, *American Journalism*, 36: 4, 473-496.

112. YuwuSong (2009). *Encyclopedia of Chinese-American Relations*, McFarland & Company, Inc., Publishers.

後　記

　　來華密蘇里新聞人研究，緣起於我在人民大學讀博二的國家公派聯合培養機會，導師方漢奇先生在行前一直反覆叮囑我，要充分利用好在美國的這一年，將那邊的資料好好的收集學習好。帶著老師的囑託，我於 2017 年 8 月來到了美國中西部一個甚至在我們很多國人眼中算不上城市（city）而充其量只能算是個小鎮（town）的哥倫比亞。在那裡有很多中國的訪問學者，大家將那裡稱作「哥村」。在這個不大的地方，我開始了選修課學習與資料收集的工作。

　　初到密蘇里大學哥倫比亞校區的中國人一定都會對新聞學院的一對石獅子倍感親切。作為中美新聞界交流的歷史遺存，它們無聲的見證了中國留學生和訪問學者們的紛至沓來，也目送了新聞學院的美國學生從這裡走出美國，走向世界各處。因為身處其中，我對這段交流的歷史充滿興趣。然而卻發現我們的學術研究中，除了學界對於新聞教育和中國留美人物的研究之外，專門對美國來華的密蘇里記者進行研究的少之又少。另一方面「社會學研究方法」等課程的學習又讓我對一些現象和所謂「問題」躍躍欲試。不過真落實到具體的人物研究，我發現由於細節的缺失，我們甚至無法對這一批來華密蘇里新聞人加以個體或群體的基本社會學分析，更無從進行心靈史的研判。所以當務之急，應當先把地基搭起來——完整掌握來華密蘇里新聞人的行動細節。

　　一個看似簡單的目標，卻花了博二下到博四將近兩年的時間。在預答辯時，有老師曾經對我說，做史料研究是很「吃虧」的，因為「很多工夫並沒有落在行文中，從資料獲取到篩選，再到學習查閱相關知識穿針引線，許多時候為了確定一個細節可能會花上很多的人力、物力，最終呈現的卻又看起來平淡無奇」。事實也的確如此，只是那時候的我並沒有想到自己的「小目標」竟然

成了一個相當時間段內的階段性任務。2017 年底，我開始在密蘇里大學的檔案館進行發掘，由於在那邊沒有買汽車，我需要騎自行車頂著零下 23 攝氏度的風雪往返於公寓和該大學的檔案館。好多時候由於丘陵坡度，我不得不自己推著車子行進，好在總體的距離並不遙遠。真正的困難在於那裡近年來新改的規定（也許此前到訪的學者們不曾遇到），只許看不許拍（照）！如果想要一份副本，必須要花錢在檔案館內複印，一張資料的複印價格就好幾美元。而彼時我正因為陷入了租房陷阱而損失了一筆不小數額的生活費，致使後續的研究中捉襟見肘，很多時候看過的檔案最終沒能完整記錄下來。不過儘管如此，通過校檔案館的查考經驗，我逐漸熟悉了相關的線索，工作的效率有了很大提升。在後來去歷史學會和去堪薩斯城看檔案的過程中逐漸的熟練了起來，查找到具有重要價值檔案的速度也大大提升，逐漸找到了方先生說的「小耗子掉進米缸裏」的感覺——雖然每天要面對工作人員推出來的一車檔案盒，但是來回查找記錄、偶而拍照、記錄等一系列工作熟練而興奮。因為獲得的「乾貨」真是越來越多，這樣興奮地過程持續了幾個月，期間只要沒有課，我基本上就在圖書館查書或者去檔案館看資料。這裡需要給後面有需要到美國找資料的老師和同學們提個醒，並非所有檔案都可以無限制的連續拍照，而圖書則更是為了保護版權而有專門要求在規定的頁數範圍內掃描或拍照。因此當我們發現了可用的資源之後，一定要計劃好，並且一定要把圖書版權頁或者檔案的系列索引編號拍下來或者記錄好。我自己就有一些材料因為疏忽了這個問題而在後期行文中被迫放棄了引用。斯坦福的胡佛檔案館資料極為豐富，建議行前最好在其官方網站上事先查好所要查看的資料，因為一些人物的檔案有時是要提前兩天以上預約的，並且在加州這一地區租房的費用也比較高，最好做好提前規劃。我自己由於在外查看檔案的時間有限，到中後期就只好對整個文件夾或者一盒文件在允許範圍內儘量多的拍照，顧不上細篩，但這也使得回國之後我的甄別工作量陡增，並且也發生了回來後發現新線索但是已經無法再查的窘境，此處一併記錄下來，做個經驗和教訓的總結。

在行文中，我時時謹記著方先生的教導：「做文章就好比做粥，只有米不夠的時候才不停兌水。」因此作為研究密蘇里新聞人以至於作為一個窗口去觀察 20 世紀前半世紀的中美交流史，獲得詳實的歷史過程是本階段研究的最大訴求。然而行文至此，我卻並不能夠十分確定自己看「全」了冰山一角，這需要全方位的歷史視野，豐厚的歷史積澱和進一步的資料發掘，而這也是我日後

研究的動力與方向。

　　面對一個學術階段的小結，我自知自己這顆小苗得到了太多來自師長的關心和幫助才得以成長。感謝趙雲澤教授，從博一階段擔任趙老師的助教開始，我得以跟隨趙老師進行一系列的科研項目和教學實習的鍛鍊學習。趙老師的敦品誠愨，為人謙和，思維敏銳都使我深感敬佩，是我不斷學習的榜樣。還要特別感謝王潤澤教授，趙永華教授和鄧紹根教授對我的細心關照和指導，自入學以來老師們對我從學業到生活都給予了無微不至的關心和幫助。特別是王潤澤教授和鄧紹根教授，兩位都以深厚的史學功底為我指點迷津，使我少走了許多彎路。感謝在密蘇里新聞學院訪學期間給與我指導和幫助的張詠教授，華東師範大學的陳紅梅教授，還有密蘇里大學新聞學院以及校圖書館的各位工作人員。是他們的給與的幫助和交流使我獲得了研究得以開展的最初知識和動力。

　　而我最應該感謝的是我的導師方漢奇先生。與先生相識於 2015 年冬季，先生的對晚輩的和藹關心和對於學業的嚴格要求使我時刻銘記於心。在生活上寬以待人，在學術上嚴以律己是先生教給我的重要一課。在論文選題時，先生讓我自由發揮但必須充分利用好赴美這一年。2017 年感恩節剛過，先生來美住在芝加哥的親人處，熱情邀請我和林溪聲師姐前往一聚。在芝加哥，老師不顧長途飛行之後的舟車勞頓和時差顛倒，一定要堅持和我們交流，特別是關心我們的課業進展。老師是那麼關心我們這些學生來美國之後適應的情況，以及在生活上、學習上的困難，並一一幫我們分析解決。在芝加哥的短短幾天，是在美一年唯一感受到家的溫馨的時刻。那個時候老師既是師長又更像是家庭裏的老人，齊齊整整的一個大家庭共享天倫之樂。而隨著畢業論文的寫作進入最後的關鍵修改階段，2020 年初一場新冠肺炎的疫情卻打亂了所有的計劃。年後從微信交流中得知先生獨自在學校的情況後非常揪心，但是學校為抗疫做出統一安排：「暫時不能返校」。不得已留在駐地和導師通過電子方式交流論文，這樣的變化讓我不知所措，很害怕給導師增加額外的心理和體力負擔。出乎意料的是，就在我提交電子版不到兩周的時間，我竟然收到了先生用 Word 批註功能做的詳細的批註版修改稿。雖然新聞上說疫情會改變國人很多生活習慣，可是卻讓當時已 94 歲高齡的老師放下過去用慣了的紅油筆，為我的論文一點點敲下這麼多小到訂正拼音輸入錯誤、大到到史料運用等極其細緻的批註，作為學生何其感動和心疼！腦海中浮現出老師戴著眼鏡，學習 Word 操

作並一點點以「一指禪」的打字方式為我修改論文的情景，不覺再次眼角濕潤。何其幸運，有師如此，自當勤勉為學不斷努力。

最後，我要衷心感謝我的家人！我自知有許多的不成熟和理想化之處，而長期身處校園的簡單環境更是讓我受到了更多的保護甚至是溺愛。感謝我的家人對我的支持和包容，在致謝中的幾行文字是輕輕的記述，而落在他們肩上的是實實在在的生活分量。

在舉國戰疫取得關鍵勝利的時刻，還要向奮戰在一線的各工種致以崇高敬意。放眼寰宇，世界範圍內病魔正在肆虐橫行，我們的抗疫工作依然不能鬆懈。而西方資本和政客企圖轉嫁危機，不斷顛倒是非的言論也必須引起我們的高度注意。保持警醒，保持自知，踏實實幹，是我們國家和平崛起的重要依靠，也是我們傳媒從業者和研究者在當前工作的重要遵循。

2020 年春